Diogenes Taschenbuch 22890

de
te
be

Jim Thompson

Der King-Clan

Roman

Aus dem Amerikanischen von Michael K. Georgi

Diogenes

Titel der 1973 bei Sphere Edition, London,
erschienenen Originalausgabe: ›King Blood‹
Die deutsche Erstausgabe erschien 1991
unter dem Titel ›Kings Blut‹
im Ullstein Verlag, Frankfurt/M. – Berlin

Umschlagzeichnung von
Tomi Ungerer

Neuübersetzung

100/96/43/1
ISBN 3 257 22890 2

Eins

1

Noch vor dem ersten Morgenlicht, kurz bevor die Morgendämmerung die Prärie von Territorial Oklahoma mit butterweichen Streifen überzog, trat Critch auf den offenen Perron hinaus und wartete dort auf die Soldatenbraut. Sie wollte zuerst auf die Toilette (kein Wunder!), und so hatte er Zeit, sein weiteres Vorgehen zu überlegen, falls ihre Haltung es erforderte, hatte Zeit, sich den szenischen Höhepunkt eines Raub- und Schändungsdramas vorzustellen.

Wenn die kleine Lady Zicken machte, würde er sie einfach von der Plattform schmeißen. Zwischen die beiden Waggons und die Mahlräder des Zuges. Hinter seinem hingen noch sieben Waggons. Wenn sie ihr Werk vollendet hätten, wäre die kleine Lady nur noch Hackfleisch. Ein Nichts, das noch weniger als nichts wäre, wenn mit dem Tagesanbruch die Kojoten und Bussarde auftauchten.

Mit einem leisen Lachen zündete sich Critch einen Zigarillo an und stellte sich vor, wie Ray ihn gelobt hätte, wenn er noch am Leben gewesen wäre. Oh, Ray hätte das zu würdigen gewußt. Mit einer kleinen Einschränkung vielleicht.

Immer das Ziel im Auge behalten, mein Junge. Die

Schwachstelle. Und die findest du nie im Uterus, wenn ich das hinzufügen darf. Es sei denn – ha, ha – du wärst erheblich besser bestückt als ich.

Ach Ray, Ray! Aber für alle Regeln gab es Ausnahmen; und manchmal überflügelte ein Schüler den Lehrer. Das Geld steckte unter ihren Kleidern, also wie sollte er da rankommen, außer durch heuchlerische Liebesschwüre? Und das Geld da zu greifen, wo es sich greifen ließ, war jetzt seine Lebensversicherung. Wenn sie kein komplettes Schaf war, konnte sie jetzt nicht reden. Wenn sie kein Schaf war, würde sie nicht versuchen zurückzuschlagen. Andernfalls, und obwohl sie bei der Beraubung das unschuldige Opfer gewesen war, müßte sie etwas zu erklären versuchen, was sich nicht erklären ließ. Nicht einem Ehemann. Keinem Mann, der sie zu ehelichen gedachte. Heute nicht und nicht in zehn Jahren.

Critch paffte seinen Zigarillo und sann mit ungewohnter Wehmut über Ray nach, den Mann, der so viele Jahre sein Vorbild und Beschützer gewesen war. Der Gedanke, daß Ray alt geworden war, daß er die Gerissenheit nicht mehr besaß, die ihn aus so vielen prekären Situationen gerettet hatte, fiel ihm schwer. Und doch, trotz des jugendlichen Körpers und des unglaublich jungen Gesichts, war er in der Tat gealtert. Ray war alt geworden, und das zeigte sich an seiner wachsenden Neigung zum Zaudern, wenn schnelle Entscheidungen gefordert waren, an seiner Krittelei und Kleinlichkeit und an einer zunehmend verhängnisvollen Unstetigkeit in Augen und Verhalten.

So wie Critch es sah, hatte es nur eine Lösung gegeben. Das gleiche, was Ray getan hätte, wenn er an seiner Stelle gewesen wäre. Nachdem er es getan hatte, erforderte sein Selbsterhaltungstrieb, daß er auf Distanz zu dem Opfer seines Verrats ging. Das tat er und verwischte während der Flucht seine Spuren.

Ray blieb in Texas. Critch landete im fernen Dakota. So war er glücklicherweise nicht dabei, als es zu Ende ging, und konnte es nur mittelbar durch die Augen eines Zeitungsillustrators mitansehen.

Critch hoffte aufrichtig, daß entweder die Augen oder der Zeichner schlecht gewesen waren. Es hätte ihn geschmerzt – eine Weile zumindest – zu glauben, daß man Ray den hübschen Hals sooo langgezogen hatte.

(Critch schleuderte ungeduldig seinen Zigarillo weg. Wo zum Teufel blieb sie? War das dumme Schaf in die Toilette gefallen?)

2

Tulsa lochopocas. Ein Treffpunkt der Osage-Stämme.

Er befand sich an der Gabelung des Arkansas River, nahe der Einmündung des Verdigris; ein Handelszentrum (soweit man damals von Handel sprechen konnte) und Versammlungsort, lange bevor der erste Weiße seinen Fuß auf amerikanischen Boden setzte.

Tulsa lochopocas. Tulsey town. Tulsa.

Critch hatte die Stadt sofort gefallen, als er aus dem Zug von Kansas City stieg. Es war ein bunt zusammengewürfelter Ort, dessen Straßen in alle nur denkbaren Richtungen liefen und dessen Häuser man dorthin gebaut hatte, wo es einem gerade paßte – das uralte Muster einer Stadt, in der schnelles Geld verdient wurde.

Es war eine Stadt, wie er sie liebte, hatte er gedacht. Eine Stadt, in der sich leicht Geld machen ließ. Eine Eisenbahn- und Flußhafenstadt, eine Baumwoll- und Rinderstadt. Pelze, Holz, Nahrungsmittel. Alles floß nach Tulsa hinein und durch Tulsa hindurch, ein endloser Gewinnzuwachs. Und jetzt gab es sogar Öl, nachdem Prospektoren mit einem Hammerbohrturm den roten Lehmboden durchstoßen hatten und auf eine beachtliche Ölquelle gestoßen waren. In dieser Gegend und ohne Raffinerien war Erdöl derzeit kommerziell ziemlich uninteressant, es war fast so wertlos wie jene Erze, die man nur aus Büchern kennt; Uran zum Beispiel. Aber egal. Hier gab es auch ohne Öl eine Menge Geld, und der Ort posaunte richtiggehend aus, daß jeder hier machen konnte, was er wollte – wenn er es sich zutraute.

So sah Critch Tulsa. Verständlicherweise sah er es so. Was er nicht sah, war etwas Undefinierbares, etwas, das viel klügere und bessere Männer auf den ersten Blick übersehen hatten in Tulsa (Tulsey town, *tulsa lochopocas*). Männer, die zumindest dem äußeren Anschein nach genug Format besaßen, um sich eine Menge zuzutrauen.

Vor ungefähr zwei Jahrhunderten führte ein Mann namens Auguste Choteau eine kleine Schar Landsleute den Arkansas hinauf, erfahrene Jäger und Trapper, die ihm sicher und mit schönem Profit den ganzen Weg von Frankreich her gefolgt waren. Sie hatten ihre Langboote an der Gabelung des Flusses festgemacht – so günstig gelegen war der Ort für ihre Zwecke – und hatten sich ihren Geschäften gewidmet, die darin bestanden, so schnell wie möglich reich zu werden.

Sie gingen dabei nicht rücksichtslos vor. Nie wäre ihnen in den Sinn gekommen, sich auf Kosten der Indianer zu bereichern. Es war schon immer französische Politik gewesen, gute Beziehungen zu den Indianern zu unterhalten, und Choteau, ein guter Mensch und ein Gentleman, hätte das ohnehin getan. Er und seine Männer wollten hier eine dauerhafte Siedlung gründen; sie hatten sogar schon einen Namen dafür ausgesucht, den Namen ihres Schutzpatrons. Sie würden hier eine Stadt bauen, eine Stadt, in der Franzosen und Osage gleichberechtigte Bürger sein würden. Und warum sollten die Osage, die schließlich vernünftige Männer waren, etwas gegen diese großartigen Entwicklungen haben und nicht bereit sein, einen Bruchteil ihres Pelzreichtums abzugeben, wo sie doch solch einen Überfluß besaßen, den sie gar nicht nutzen konnten?

Die Osage gaben zu, vernünftige Männer zu sein. Und weil sie vernünftig waren, wiesen sie darauf hin, daß es keinen triftigen Grund gab, etwas von dem abzugeben, was ihnen ohnehin gehörte, und daß es ihr Vorrecht war, nicht das der Franzosen, zu entscheiden, ob sie das alles brauchten oder nicht.

Die Choteau-Leute waren verstimmt. Sie redeten nachdrücklich mit den Bewohnern von *tulsa lochopocas*. Sie sollten nicht die letzten sein, die das taten. Denn Tulsas kühle Unabhängigkeit, die Auffassung der Stadt, daß die Welt sich nach *ihren* Regeln zu richten hätte, wurde mit jedem Tag ihrer wilden Geschichte stärker.

Mehr als zweihundert Jahre nach der lässigen Abfuhr

für die französischen Trapper und Jäger ließ Tulsa die Wall Street wissen, wohin sie sich ihr Kapital und ihre Finanzierungsmöglichkeiten stecken könnte (sinngemäß ausgedrückt). Die Morgan-Bank und die anderen waren eher belustigt als verärgert. Die Vorstellung, daß ein neureiches Wildweststädtchen in Oklahoma selbst die Milliarden für die Ausbeutung seiner Ölvorkommen aufbringen könnte, war einfach lachhaft. Und doch... das neureiche Städtchen *brachte* diese Milliarden auf. Nicht nur für sich selbst, sondern auch für andere. Und am Ende mußte die Wall Street gezwungenermaßen zugeben, daß sie einen Rivalen hatte. Sie behielt die Führung unter den Finanzmetropolen der Welt, als Finanzier für die Erdölindustrie. Aber das kleine Tulsa – oder, genauer gesagt, das nicht mehr ganz so kleine Tulsa – nahm den zweiten Platz ein.

So sah es also aus. Das war Tulsa. Eine freundliche Stadt, eine liebenswerte Stadt, in der die Devise galt: leben und leben lassen. Eine stolze Stadt, die die Dinge gerne auf ihre Art erledigte und genau wußte, was mit jenen zu tun war, die es anders wollten.

Noch bis in die ersten Jahre des Zwanzigsten Jahrhunderts gab es Flußschiffahrt bis hinauf in den Norden Dakotas. So viel, verglichen mit dem Schienenverkehr, daß der Mittlere Westen als zukünftiges Bevölkerungszentrum des Landes angesehen wurde, und es gab Bestrebungen, die Hauptstadt der Nation vom Osten an eine geeignetere Stelle im Territorium Nebraska zu verlegen.

Wegen seiner Lage hatte Tulsa eine erhebliche Anzahl von Schiffsreisenden zu Gast, und es sorgte auf besondere Weise für sie. Gräber für die einen. Teer und Federn für andere. Jenen, deren Anschauungen sich mit denen der Stadt deckten, bot Tulsa Heimstatt und Zufriedenheit, und oft Wohlstand.

Als der Cherokee Strip, das Siedlungsland der Cherokee, zur Besiedlung freigegeben und die großen Ranches in fünfundsechzig Hektar große Parzellen aufgeteilt wurden, nahm Tulsa die jetzt arbeitslosen Cowboys auf, die Abenteurer und Desperados, die zuvor den Strip durchstreift hatten, und sorgte für sie – auf die eine oder andere Art. Und wenn die Siedler, häufig mit zu wenig Kapital ausgestattet, nach der ersten Saison von der Dürre vertrieben wurden oder auf andere Weise scheiterten, bot wiederum Tulsa Fürsorge – auf seine Art.

Tulsa wußte ganz genau, wie es mit der Crazy-Snake-Rebellion umzugehen hatte, dem letzten großen Indianeraufstand. Und es wußte genau, was zu tun war – und handelte danach –, als Rassenunruhen die Stadt zu zerstören drohten. Tulsa...

Doch damit eilen wir der Geschichte voraus. Gehen wir zweihundert Jahre zurück zu Auguste Choteau und seinen Männern:

Ihr ›Nachdruck‹ gegenüber den Bewohnern von *tulsa lochopocas* wurde ihnen mit Zinsen zurückgezahlt. Genau gesagt, mußten die Franzosen um ihr Leben laufen; sie flohen mit ihren Langbooten den Arkansas und dann den Mississippi hinauf, an dessen Ufern, in einer wenig einladenden Schlammzone, sie schließlich ihre Siedlung gründeten und sie nach ihrem Schutzpatron benannten.

Es wurde eine große und blühende Stadt, ganz wie sie es vorausgesagt hatten. Eine Stadt, die Critch oft und zu seinem Vorteil besucht hatte. Jetzt, am Ende seines zweiten Tages in Tulsa, mit leerer Brieftasche und einer schmerzhaften Prellung an der Stelle, wo er die Brieftasche zu tragen pflegte, vom Fußtritt eines erbosten Tulsaners, verfluchte Critch das dämliche Schicksal, das ihn hierher geführt hatte, statt in die freundliche, von Auguste Choteau gegründete Metropole, St. Louis.

Tatsächlich hatte ihn Tulsa so entnervt, daß er sogar Bedenken hatte, auf die Kleinanzeige in der Lokalzeitung zu antworten. Ein fettgedruckter Aufruf, daß Critchfield King, jüngster Sohn von Isaac Joshua King, sich umgehend bei der Kanzlei von Judge Washington Dying Horse, Rechtsanwalt, melden möge.

3

Es bedurfte einer hungrigen und schlaflosen Nacht, einer Nacht ohne Geld für Essen oder für ein Zimmer, um seine Bedenken in Fatalismus zu wandeln und ihn zu dem Schluß zu bringen, daß das Leben ihn in keine schlimmere Tinte tunken konnte als in die, in der er bereits saß. Am Morgen, nachdem er sich im Bahnhof rasiert und präsentabel gemacht hatte, begab er sich schließlich in Judge Dying Horses Kanzlei.

Sie betrachteten einander über den Schreibtisch des Rechtsanwalts hinweg. Critch lächelte gleichmütig, die manikürten Hände auf dem unechten Goldknauf seines Spazierstocks; der Anwalt musterte ihn aus dunklen, tiefliegenden Augen, sein bronzenes Gesicht war ausdruckslos. Critch kannte diese Wartetechnik. Der einfache Trick dabei war, zu *warten*, um den Gegner – und die Welt bestand aus Gegnern – zu zwingen, seine Karten auf den Tisch zu legen.

Endlich ließen sich die tiefliegenden Augen zu einem Blinzeln herab, und ihr Besitzer sprach. »Sie sind also Critchfield King, und Sie sind dreiundzwanzig Jahre alt.«

»Das bin ich beides«, erwiderte Critch lächelnd, »und Sie sind Judge Washington, äh – ich glaube, der Name ist mir noch nie begegnet, Sir? Ein Cherokee-Name, nicht wahr?«

Es war dick aufgetragene Schmeichelei; die Cherokees hatten eine ausgeprägte Kultur, sie waren die fortschrittlichsten der Fünf Zivilisierten Stämme. Der Anwalt wies das Kompliment entschieden zurück.

»›Judge‹ ist ein Ehrentitel, Mr. King, und der Name ist Osage. Einer der *un*-zivilisierten Stämme. *Unzivilisierbar* nach Meinung der Regierung der Vereinigten Staaten. Deswegen wurde uns diese spezielle Region in Oklahoma zugewiesen, eine Gegend, die offenkundig nur zum Fischen und Jagen taugt, nicht jedoch für Landwirtschaft.«

»Und?« Critch veränderte sein Lächeln um eine Nuance. »Sie sind also einfach Mr. Dying Horse, Mr. Sterbendes Pferd, Osage-Rechtsanwalt, und Sie wollten mich sprechen, Critchfield King, jüngster Sohn von Isaac Joshua King. Warum?«

»Ich möchte«, erwiderte der Osage mit einem Stirnrunzeln, »daß Sie mir von sich erzählen, von dem Zeitpunkt an, als Sie mit Ihrer Mutter und deren Liebhaber aus dem Haus Ihres Vaters geflohen sind…«

»Ich bin nicht geflohen«, log Critch. »Sie haben mich gewaltsam entführt.«

»Das klingt plausibel; Sie waren damals erst zehn. Nun erzählen Sie mir alles über sich – was Sie gemacht haben, was aus Ihnen geworden ist –, von Ihrem zehnten Lebensjahr bis heute.«

»Warum?«

»Warum nicht?«

»Weil es nicht viel Positives zu erzählen gibt. Stellen Sie sich vor, Sie wären den größten Teil Ihres Lebens unter dem beherrschenden Einfluß eines Berufsverbrechers und einer Mutter aufgewachsen, die eine Hure und Schlimmeres war. Was gäbe es da, worauf Sie stolz sein könnten?«

»Nun ja...« Rechtsanwalt Sterbendes Pferd nickte widerwillig. »Aber Ihre Mutter ist diesem Mann – Chance, Raymond Chance – nach ein paar Jahren selber weggelaufen.«

»Allerdings. Wodurch ich ihm dann völlig ausgeliefert war.«

»Ist es Ihnen nicht in den Sinn gekommen, ebenfalls wegzulaufen?«

»Ist es in der Tat, und ich bin auch weggelaufen.« Eine weitere Lüge, aber sie hörte sich täuschend nach Wahrheit an. »Unglücklicherweise besaß ich nicht die, äh, Talente meiner Mutter, um zu überleben. Erst vor wenigen Jahren schaffte ich es endlich.«

»Hmmm. Und seitdem?«

»Verschiedene Jobs. Barkeeper. Steward auf einem Dampfboot. Hotelangestellter. Vertreter...« Das war die Wahrheit, zumindest die halbe. Er hatte alle diese Beschäftigungen innegehabt, und noch einige mehr, aber nur als Sprungbrett, als Entree für krumme Geschäfte. »In jüngster Zeit habe ich mich vorwiegend mit Spekulationen befaßt.«

»Baumwolle?«

»Was sonst?«

Dying Horse begutachtete ihn von Kopf bis Fuß: der teure Anzug mit Hut; die handgearbeiteten Stiefel, das makellose Oberhemd. Ein gutaussehender, redegewandter junger Mann. Einer, der fast zu adrett war; fast zu überzeugend. Sein indianischer Instinkt flüsterte ihm zu, daß er einen Mann vor sich hatte, den man weder mögen noch dem man trauen durfte; und doch tat er beides.

»Ihre Spekulationen scheinen erfolgreich gewesen zu sein, Mr. King.«

»Man kann davon leben.«

»Solche Transaktionen sind schwer zu überprüfen.«

»Unmöglich, würde ich sagen.«

»Genau gesagt«, beharrte der Anwalt, »bezweifle ich, ob sich der Wahrheitsgehalt Ihrer Geschichte überhaupt überprüfen läßt.«

»Das bezweifle ich auch. Und?«

Der Osage seufzte, lachte dann ein wenig irritiert. Sein Instinkt ließ sich von dem bezwingenden Charme und der Persönlichkeit Critch Kings (wenn der sich die Mühe machte, sie einzusetzen) einlullen, und unvermittelt klatschte er mit seiner bronzenen Hand auf den Schreibtisch.

»Und?« sagte er und stand auf. »Mr. King, ich denke, wir sollten dieses Gespräch bei einigen Drinks fortsetzen.«

Im Hinterzimmer eines der besseren Saloons, einem Etablissement mit teppichbedeckten Böden und Kristallleuchtern, schenkte der Anwalt Whiskey ein und hielt ein Streichholz an Critch Kings Zigarre. Er nahm versuchsweise einen Schluck und studierte seinen jungen Gast über den Rand seines Glases hinweg. Critch betrachtete interessiert ein gerahmtes Dokument, das an der Wand hing – eine handgeschriebene Empfehlung für den Saloon, unterzeichnet von Washington Irving.

»Sie kennen *A Tour of the Prairies*, Mr. King?«

»Das dachte ich, bis ich das hier gesehen habe.« Critch blickte zu dem Dokument hinüber. »Ich wußte nicht, daß Mr. Irving jemals in Tulsa war.«

Dying Horse lachte anerkennend; räumte ein, daß es tatsächlich eine Streitfrage war. »Aber hier im östlichen Oklahoma ist das Druckereiwesen seit langem beheimatet, zusammen mit all den damit verbundenen Künsten und Fachleuten. George Creekmores Zeitung war möglicherweise die erste größere regelmäßig erscheinende Publikation westlich des Mississippi.«

»Eine Zeitung in Cherokee«, nickte Critch. »Dann ist dieses Empfehlungsschreiben vermutlich eine Fälschung?«

»Hmmm. Von einem fahrenden Handwerksgesellen mit kleinem Talent und großem Durst. So wie die Radierung dort drüben, zum Beispiel.«

Critch erhob sich und ging zu der gegenüberliegenden Wand. Er warf einen langen Blick auf die Zeichnung, die dort hing, das Bild eines Indianers auf einem Pony; beide ließen verzagt die Köpfe hängen, während sie in eine steile Schlucht hinunterstarrten.

»Nein.« Critch schüttelte den Kopf und setzte sich wieder an den Tisch. »Ich muß Ihnen widersprechen, Sir. Das ist ein echter Remington, da bin ich mir ganz sicher.«

»Sie verstehen etwas von Kunst, Mr. King!«

»Vielen Dank, Sir.«

»Sie sind ein bemerkenswerter junger Mann. Erstaunlich, wie Sie trotz als schwierigen Startbedingungen zum Gentleman und gebildeten Mann herangereift sind…«

Critch bedankte sich artig für die wohlmeinenden Worte des Anwalts und machte bescheiden darauf aufmerksam, daß Notlagen oft das Beste in einem Menschen hervorbrachten. »Wenn ein Mensch niemanden hat, der ihm hilft, muß er sich selbst um so mehr bemühen. Zumindest habe ich das immer so gesehen. Wenn ein Mann wirklich etwas aus sich machen will, schafft er das auch, unabhängig davon, in welchen gesellschaftlichen Verhältnissen er geboren und aufgewachsen ist!«

Dying Horse betrachtete das so aufrichtige junge Gesicht seines Gastes, und es wurde ihm warm ums Herz, wie es ihm selten bei einem weißen Mann passierte. *Unabhängig von den gesellschaftlichen Verhältnissen.* Hier war ein Mann, der wirkliches Verständnis zeigte! Ein Mann, der wußte, was es bedeutete, zu leiden und gegen unmenschliche Widerstände zu kämpfen.

Dieser verdammte Ike King! dachte er. Liegt praktisch auf dem Sterbebett, und dann behandelt er seinen eigenen Sohn auf diese Weise!

Er trank einen großen Schluck, dann noch einen. Critch bedachte ihn mit einem verständnisvollen Lächeln und tätschelte tröstend eine bronzene Hand.

»Machen Sie sich nichts draus, Judge. Ich habe meinen Vater nicht mehr gesehen, seit ich ein Kind war, aber ich kann mir nicht vorstellen, daß er sich sehr geändert hat.«

»Nein.«

»Ich habe oft gedacht, wenn er meine Mutter nur ein wenig anders behandelt hätte...« Bedauernd schüttelte Critch den Kopf. »Sie war eine Creek, wissen Sie, und sie hatte ziemlich drahtiges, krauses Haar. Dad warf ihr immer vor, sie hätte Negerblut in sich.«

»Ach ja?« Dying Horse lachte ärgerlich. »Das hört sich ganz wie Ike King an!«

»Natürlich gab es Mischehen bei den Creeks.« Critch zuckte mit den Achseln. »Aber was war daran schlimm? Und warum eine Frau öffentlich verhöhnen für etwas, wofür sie nichts kann?«

Der Osage trank erneut, und sein Gesicht rötete sich leicht. Er knallte das schwere Glas auf den Tisch.

Leicht beschickert, dachte Critch. Wann begreifen diese stinkenden Indianer endlich, daß sie nicht trinken können?

»Mr. King – *hicks* –, Ihr Vater ist, wie Sie vielleicht wissen, mein Mandant in diesem Bezirk. Es war meine Aufgabe, falls Sie auffindbar wären, Sie kritisch zu überprüfen und zu entscheiden, ob Sie es wert wären, als sein Sohn und Erbe wiedereingesetzt zu werden. Ich habe mich entschieden – positiv. Jetzt stellt sich mir lediglich die Frage, ob er es wert ist, Ihr Vater zu sein!«

Critch lächelte nachsichtig und schüttelte sanft den Kopf. Schließlich solle man nicht so hart mit dem alten Mann ins Gericht gehen, gab er zu verstehen.

»Ich würde mich freuen, ihn noch einmal zu sehen, bevor er stirbt. Ich wäre schon längst zurückgekommen, war mir aber nicht sicher, wie er mich empfangen würde.«

»Sie werden zufrieden sein«, versicherte ihm Dying Horse, »unter den gegebenen Umständen. Wenn Sie natürlich Pech gehabt hätten, wenn Sie ein kompletter Versager wären und wirklich Hilfe gebraucht hätten...«

»Dann würde ich mich gewiß nicht in die Nähe von Dad wagen.« Critch lachte schuldbewußt. »Ein merkwürdiger Mann, mein Vater, aber fair – absolut fair –, auf seine Weise. Er hat sich seine eigenen Mißerfolge nie verziehen, warum sollte er sie also anderen verzeihen?«

»Aber sein eigener Sohn«, protestierte der Anwalt. »Sein eigen Fleisch und Blut!«

»Nur wenn er mich tatsächlich als Sohn akzeptiert«, bemerkte Critch. »Was er nur tut, wenn ich seinen Ansprüchen genüge.«

Sie redeten noch eine Zeitlang. Dann schaute der Anwalt auf die Uhr und erinnerte sich, daß er noch einen Termin hatte. Als er nach seiner Brieftasche griff und einen Kellner herbeiwinkte, legte Critch einen Zehn-Dollar-Schein auf den Tisch.

»Das geht auf meine Rechnung, Judge. Ich bestehe darauf.«

»Unsinn. Es war ein geschäftlicher Anlaß, Mr. King, also sind wir beide Gäste Ihres Vaters. Ich...« Stirnrunzelnd brach er ab und klopfte sich aufs Gesäß. »Gottverdammich!« rief er. »Ich habe meine Geldbörse verloren!«

»So ein Pech.« Critch zog mitfühlend die Stirn kraus. »War viel drin?«

»Nein, nicht besonders viel. Fünfzig Dollar oder so.«

Verflucht! dachte Critch.

Er trank in Ruhe seinen Whiskey aus, während der Rechtsanwalt zu seinem Termin eilte. Dann, nach einem kostenlosen Mittagessen, das vom Haus spendiert wurde, suchte er die Toilette im Hof auf, wo er die Brieftasche leerte und sie in das Plumpsklo warf.

Draußen auf der Straße schlenderte er durch die mittägliche Menschenmasse, ein freundliches Lächeln auf dem Gesicht, die Augen wachsam, falls das Schicksal eine weitere günstige Gelegenheit bereithielt. Denn es wäre bestimmt nicht klug, sich mit dieser mageren Beute bei Ike King einzufinden. Er mußte noch seine Fahrkarte kaufen, brauchte Geld für Essen und Trinken und sonstige Kleinigkeiten. Bei der Ankunft wäre er praktisch pleite, ein höchst gefährlicher Zustand bei einem Erzeuger wie Old Ike. Isaac Joshua King war durchaus fähig, ein gemästetes Schaf für den verlorenen Sohn zu schlachten, ein goldenes Kalb gewissermaßen, aber nur, wenn der Zurückkehrende ein paar Rinder vor sich hertrieb als Beweis seines Erfolgs im Leben.

Die paar Dollar, die er dem Rechtsanwalt Sterbendes Pferd geklaut hatte, waren nichts weiter als eine Chance. Eine Grundlage, auf die er aufbauen konnte, um einen wirklich gutbetuchten Gimpel auszunehmen.

Zwei

I

Raymond Chance war als Kapitalist verkleidet nach King's Junction gekommen, als ein Mann, der angeblich geeignetes Land suchte, um darin sein Geld zu investieren. Versteht sich, daß er sehr überzeugend und liebenswürdig war, und er hatte in seinem Gepäck einen Stapel eindrucksvoller Empfehlungsschreiben, alle gefälscht natürlich, so wie sein Bündel vornehm geprägter Bankschecks. Als Gast des Junction Hotels, das gleichzeitig das Ranchhaus der Kings war, hatte er leichten Zugang zu Isaac Joshua, der nicht abgeneigt war, ein paar seiner eigenen Ländereien zu verkaufen, vorausgesetzt, der Preis stimmte.

Ike hatte Besseres zu tun, wie er selbst zugab, als potentielle Käufer durch seinen Besitz zu führen. Und das war auch gar nicht notwendig, da seine Frau es genauso tun konnte und sie ohnehin, wie alle Frauen, nach seinem Dafürhalten zu wenig nutze war. Und er fand es auch keineswegs riskant (witzelte er), seine Frau den ganzen Tag mit einem so gutaussehenden jungen Mann herumziehen zu lassen, denn wenn jemand unbedingt eine Creek mit Niggerblut haben wollte, dann war sie ihm mehr als gegönnt! Doch als Tribut an Schicklichkeit und Anstand durfte sein Sohn Critchfield die beiden begleiten. Der

Sohn taugte genauso wenig (nach seinem Dafürhalten), höchstens als Pinkelpfosten in der Scheune.

Critch war begeistert von den täglichen Ausflügen. Seine Mutter packte immer großzügige Picknicks ein – weit schmackhaftere Speisen, als sie je im Hotel zubereitet hatte. Sie war auch fast immer guter Laune und hatte nur noch selten ihre Temperamentsausbrüche, bei denen ihre Hände blitzschnell nach ihm griffen, ihn schlugen, knufften und schüttelten. Sicher, es tat ihr sofort leid nach solchen Zornausbrüchen, und sie hätschelte ihn dann genauso rasch, wie sie ihn strafte. Doch obwohl er ihr verzieh, konnte er nie ganz vergessen noch sich entspannen, während sie in Reichweite war. Das hatte er nie gekonnt, das heißt, bis zur Ankunft von Ray Chance.

In späteren Jahren staunte Critch immer wieder darüber, daß ein Erzhalunke wie Ray es mit derartiger Leichtigkeit fertigbrachte, all die guten und angenehmen Eigenschaften in einem Menschen ans Tageslicht zu fördern. Doch bei näherem Hinsehen schien dieser Wesenszug hauptsächlich darin zu bestehen, die schlimmsten Fehler bei einem Menschen zu ignorieren, während er gleichzeitig die winzigsten Tugenden lobte. Indem er negative Züge in positive verwandelte. Wenn Ray zauberte, wurde der häßlichste Abfall zu purem Gold.

Ray kritisierte ihn nie, wenn er schniefte, sondern lobte die mannhafte Art, mit der er sich die Nase putzte. *(Fast hätte er mich dazu gebracht, die ganze verdammte Nase wegzupusten, erinnerte sich Critch amüsiert.)* Ray kommentierte nie seine Unbeholfenheit, seine Neigung, über die eigenen Füße zu stolpern, sondern lobte seine innere

Stärke, die ihm Jammern und Tränen verbot. Ray machte sich nicht darüber lustig, daß er Daumen lutschte und nervös Nägel kaute. Er bemerkte lediglich, daß es doch eine Schande sei, diese Hände, die schönsten, die er je an einem Jungen gesehen hätte, zu verunzieren.

Um die Kraft und die Grazie und andere Tugenden zu demonstrieren, die kein anderer als Ray je in ihm gesehen hatte, unternahm Critch lange Dauerläufe durch die Prärie, wenn sie gegen Mittag eine Pause einlegten. Er sprang über Bäche und Tümpel. Hüpfte durch das Johnsongras und das Unkraut, bis er nur noch ein Fleck am Horizont war. Atemlos kam er zurück, viel langsamer, als er losgelaufen war, aber auch das war in Ordnung. Denn Ray fand es bewundernswert, wie er seine Kräfte schonte, wenn Weisheit dies erforderte. Ray machte ihm viele Komplimente über seine Fähigkeit, unbemerkt durch das Gras zu kriechen (wie ein erfahrener Jäger) und dann urplötzlich aus dem Nichts aufzutauchen.

Critch war noch viel besser im Anschleichen, als Ray jemals gewahr wurde; mehrmals kam er so dicht heran, ohne von ihnen bemerkt zu werden, daß er Dinge sah, die nicht für seine Augen bestimmt waren, und er wußte, daß er sich besser wieder genauso unbemerkt zurückschleichen sollte. Aber da er ein Kind war und neugierig, ließ er sich Zeit mit dem Rückzug, um es milde auszudrücken.

Ray und seine Mutter waren die ersten menschlichen Wesen, die er beim Geschlechtsverkehr gesehen hatte. Aber er hatte es so oft bei den sogenannten niederen Tieren beobachtet, und keine Klapperstorchgeschichten oder sonstige Ammenmärchen hatten den derben Ausdrücken standgehalten, aus denen das Vokabular des alten Ike zu einem guten Teil bestand. So wußte Critch recht genau, was er da sah, auch wenn ihm die technischen Einzelheiten neu waren.

Ray pimperte seine Mutter. Ray ließ ihre Muschi tanzen.

Warum konnte sie denn nicht stillhalten, wie das Rindviecher und Hühner taten, statt solch ein abstoßendes und groteskes Gekasper zu vollführen? Sie umklammerte Ray mit den Beinen! Wackelte und hoppelte mit dem Hintern, bis sie Ray fast abgeworfen hätte! Wölbte und reckte ihre großen Lollos mit den Dattelpflaumenspitzen, als sie versuchte, sie Ray in den Mund zu zwängen! Und sie lachte und plärrte gleichzeitig, als hätte sie nicht mehr alle Tassen im Schrank! *Vielleicht war sie doch ein halber Nigger? Wer weiß?*

Old Ike war zu einer Zeit durch die Staaten gezogen, als die Fünf Stämme noch Sklavenhalter waren. Und er hatte fleischliche Zurschaustellungen gesehen, über die er noch heute mit Belustigung und staunender Verwunderung sprach. Gottverdammich! pflegte er zu sagen. Gottverdammich, es war ein absolutes Spektakel, wie diese Weiber sich aufgeführt haben, wenn sie einen Schwengel reingesteckt bekamen!

Eine Lady jedoch, die hatte keinen Spaß daran. Eine Lady ließ es einfach über sich ergehen, weil es zur Rolle als Ehefrau und Mutter dazugehörte, und um ihn von anderen Löchern fernzuhalten. Aber diese gottverdammten Niggerschlampen! Die konnten einem Dutzend gestandener Männer die Eier weichkochen und immer noch mehr wollen! Es hängt damit zusammen, wie sie gebaut sind, wissen Sie. Voll Saft und Kraft und elastisch, und je mehr sie es benutzen, um so besser wird es (statt schlaff wie ein alter Sack zu werden, wie bei einer Lady).

Gottverdammich, da war diese uralte Schlampe. Mindestens vierzig, wenn's reicht; keine Zähne mehr im Mund und mit total ausgeleierten Titten. Aber, bei Gott, wenn man der eine reife Baumwollkapsel an die Möse gehalten hat, Sie glauben nicht, was dann passiert ist. Bei Gott, sie hätte die Kapsel mit den Händen nicht sauberer abzupfen können. Sah aus, als wäre ihr ein Kaninchen reingehüpft und hätte den Schwanz raushängen lassen.

Das ist Tatsache, ich schwör's Ihnen! So waren diese Weiber. Anders gebaut, wissen Sie. Nicht wie Ladys.

Aber wie seine Mutter? dachte Critch.

So benahmen sich Nigger, nicht wahr?

Dann kam ein Tag, an dem Old Ike vor Tagesanbruch King's Junction verließ für den langen Ritt zu einer entfernten Siedlung. Kaum war er außer Sichtweite, da fuhren Critch, seine Mutter und Ray ebenfalls los – erheblich früher als gewöhnlich –, und mit ihnen reiste der Inhalt von Ike Kings Geldkassette, gestohlen von seiner Frau und versteckt im Picknickkorb.

Sie fuhren ziemlich schnell, ganz ohne die lustigen Possen, die sonst ihre täglichen Ausflüge würzten. Als der Buggy über den ausgefahrenen Weg fegte und die Räder holperten und rüttelten und schwankten, wäre Critch mehrmals beinahe von seinem hohen Sitzplatz hinter der geflochtenen Rückwand der Sitzbank heruntergeschleudert worden. Aber seine schüchternen Proteste und Anfragen blieben von den beiden Erwachsenen unbeantwortet. Und ihr ungewöhnliches Schweigen und der angespannte Ausdruck auf ihren Gesichtern beeindruckten Critch weit mehr als gutes Zureden oder Ermahnungen.

Etwas Merkwürdiges ging vor. Etwas, das zweifellos damit zusammenhing, daß Ray seine Mutter gepimpert hatte. Was völlig okay war, nur wenn das Ganze solchen Spaß machte, dann brauchten die beiden weiß Gott nicht zu denken, daß sie ihn allein im Regen stehenlassen konnten!

Erst am frühen Nachmittag hielten sie an. Nicht an einem der hübschen Orte, wo sie üblicherweise Rast machten, sondern an einer trostlosen Arbeiterhütte in der Nähe der östlichen Grenze von Old Ikes Besitz. Ray aß ein Sandwich, während er das Pferd fütterte und tränkte. Critch pumpte sich einen Becher Wasser, nahm mißtrauisch das Freßpaket an, das seine Mutter ihm reichte, und ließ sich von ihr ins Innere des Schuppens führen.

Dort kauerte sie nieder und schlang die Arme um ihn. Sie drückte ihn mehrmals an sich und küßte ihn, weinte ein bißchen und sagte ihm dann, erst mit stockender, dann mit festerer Stimme, was er zu tun hatte.

Critch starrte sie wütend an. »*Nein!*« schrie er, so plötzlich und so laut, daß sie beinahe hintüberfiel.

Sie machte Anstalten, ihn zu schlagen. »Du Balg! Du Rotznase!« Dann riß sie sich zusammen und wurde wieder liebevoll und flehend. Doch ihr Sohn blieb verstockt.

Nein, nein, nein! Er würde *nicht* hierbleiben! Es interessierte ihn nicht, daß sie eine Nachricht für seinen Vater hinterlassen hatte und daß er kommen und ihn hier abholen würde. Auch nicht, daß er ein großer, tapferer Junge sei. Sie konnte ihm weiß Gott nichts vormachen, und sie war eine böse alte Lügnerin, wenn sie behauptete, daß sie und Ray bald wieder in Junction City wären und daß dann alle drei eine ganz tolle Zeit miteinander erleben würden.

»Ich gehe mit dir, weil du nie nicht zurückkommst, überhaupt nie mehr! Du *kannst* nicht zurückkommen!«

»Aber Critch. Natürlich können wir zurückkommen, Schatz. Warum meinst du ...«

»Darum! Du und Ray, ihr seid verheiratet, also kann Papa nicht mehr dein Mann sein.«

»Ver ... Natürlich sind wir nicht verheiratet!«

»Seid ihr doch. Du und Ray habt miteinander gefickt, also seid ihr verheiratet!«

In genau diesem Moment tauchte Ray an der Tür auf und verhinderte zweifellos, daß Mrs. King ihrem Sohn alle Haare ausriß, wie sie es oft genug schon angedroht hatte. Ray sagte, Critch habe absolut recht; er und Critchs Mutter seien tatsächlich verheiratet, und es gäbe nicht den geringsten Grund, warum Critch nicht mit ihnen kommen und ihr Sohn sein sollte.

»Aber, Ray ...!« Mrs. King starrte ihren Liebhaber entgeistert an. »Das können wir nicht!«

»Nein? Denk doch mal einen Moment nach. Überleg mal, was für ein guter Beschützer ein so großer, tapferer Junge wie Critch wäre.« Er zwinkerte ihr zu. »Na? Verstehst du nicht?«

»Hmmm ...«

»Ike wird ganz schön sauer sein. Wenn es nur um uns

beide geht, könnte er auf die Idee kommen, uns ziemliche Unannehmlichkeiten zu bereiten. Aber solange wir Critch bei uns haben...«

Critch ging mit ihnen. Ray bestand darauf. Und offenbar bedauerte er nie seine Entscheidung, höchstens gegen Ende seiner Karriere, als er möglicherweise vermutete, daß Critch hinter dem Verrat steckte.

Der Junge war intelligent, formbar, und es lag ihm viel daran, anerkannt zu werden. Er lernte rasch das kultivierte und sympathische Verhaltensmuster, das Ray so mühsam für sich selbst entwickelt hatte. Finanziell gesehen trug die sorgfältige Schulung von Critch zunächst wenig Früchte, wenn überhaupt. Doch Ray erkannte ein wahrhaft erstaunliches Potential in dem Jungen, der ihm in der Zwischenzeit das Bedürfnis nach angenehmer und familienähnlicher Gesellschaft erfüllte. Er brauchte jemanden, mit dem er reden konnte, jemand, der seine Neigungen und Abneigungen teilte und seinen sorgfältig kultivierten Sinn für Ästhetik. Rays Mutter konnte keines dieser Bedürfnisse befriedigen. Das einzige, das sie stillte, war ihm tatsächlich am wenigsten wichtig.

Critch war Glück und Freude für Ray Chance und ein Versprechen für die Zukunft. Critch bereicherte sein Leben. Die Frau dagegen lenkte ihn davon ab und gab ihm nichts als ihre unermüdlichen und zunehmend ermüdenden Lenden.

Ray hielt sich für einen Meisterschwindler, für einen Mann, der seine Ziele erreichte, indem er schneller und cleverer dachte als seine Opfer. Er war nicht zimperlich, was den Einsatz von Gift und Schußwaffen und Messern betraf, wenn sie erforderlich waren. Aber er empfand es als etwas entwürdigend, sah sein Image als Superhirn getrübt durch die Anwendung von Gewalt. Und jetzt, als selbsternanntes Vorbild für den Jungen – der ihn richtiggehend vergötterte –, ertrug er nicht den geringsten Flecken auf seiner weißen Weste, die eigentlich ziemlich dunkel war.

Wenn ein Betrüger allein unterwegs ist, kann er entweder solo oder im Doppel arbeiten, indem er sich im letzteren Fall zeitweise eine »Frau« oder eine »Schwester« zulegt. Aber ein Team, ein Mann mit echtem oder Pseudofamilienanhang, muß im Doppel arbeiten. Allein ihr Vorhandensein zwingt dazu, daß die Frau eine zumindest untergeordnete Rolle übernimmt. Sie muß in die Geschäfte ihres »Mannes« oder »Bruders« eingeweiht sein. Wenn sie nicht darüber informiert ist, geht es auf Dauer schief – für beide.

Also versuchte Ray es mit einem ganz simplen Trickbetrug. Die angebliche nachträgliche Wette auf ein Siegerpferd, in einem Rennen, das bereits gelaufen war. Er probte mit seiner »Frau« ihre winzige Rolle, bis sie sie im Schlaf zu beherrschen schien. Und tatsächlich gab es nur wenig zu proben. Sie hatte nicht mehr als ein Dutzend Worte zu sagen, bevor sie in Tränen ausbrach.

Ein paar Worte, dann die Tränen. Was konnte um Himmels willen einfacher sein? Ein Kind hätte es tun können, wenn es eine Rolle für ein Kind gewesen wäre. Und doch verpatzte sie es, die dumme Schlampe! Sie warnte den »Gimpel«, in dessen Vertrauen sie sich einschleichen sollte, und der Gimpel rief die Polizei.

Ray konnte das Schlimmste abwenden, aber nur durch

ein entsprechendes Schmiergeld an die Polizei, was den verbliebenen Inhalt von Ike Kings Geldkassette völlig aufzehrte. Hinterher behauptete sie schmollend, es sei nicht ihre Schuld gewesen. Er hätte sie nervös gemacht, aber beim »nächsten Mal« (strahlend jetzt) würde sie bestimmt viel besser sein. Ray war zu wütend, um ihr darauf eine Antwort zu geben. Doch als sie in dieser Nacht allein waren, prügelte er sie halb tot.

Er hätte sie bedenkenlos ganz tot geprügelt, aber seine Angst, Critch dadurch zu verlieren, hielt ihn davon ab. Er mußte sich seines Einflusses auf den Jungen sicherer sein; mußte ihren Einfluß schwächen und seinen eigenen stärken. Und, verdammt noch mal, sie *mußte* doch für irgend etwas gut sein außer fürs Bumsen!

Offen gesagt, taugte sie jedoch tatsächlich kaum für etwas anderes. Seit ihrer Heirat mit Ike im Alter von dreizehn hatte sie wenig anderes getan. Und jetzt, Anfang Dreißig, waren andere Fähigkeiten, die vielleicht in ihr geschlummert hatten, verkümmert.

Ray sah sich gezwungen, sie so zu akzeptieren, wie sie war, und das Beste daraus zu machen. Eine Zeitlang funktionierte das sogar ganz gut.

Sie war ein wunderbarer Lockvogel für sexuelle Erpressungen. Ein lockender Blick über die Schulter zu einem »Freier« hin, dann ein aufreizender Hüftschwung, und schon hatte sie ihn im Schlafzimmer. In das im kritischen Moment natürlich der aufgebrachte »Ehemann« eindrang.

Finanziell sanierten sie sich langsam, wie es im Jargon heißt. Aber die ständige Wiederholung führte bei ihr allmählich zu Langeweile und machte aus ihr eine groteske

Karikatur der ungetreuen und verängstigten Ehefrau, die sie eigentlich spielen sollte. Statt sich ängstlich in die Ecke zu kauern, neigte sie zum Gähnen. Einmal hatte sie sich sogar auf den Nachttopf gesetzt und, begleitet vom Plätschern des Urins, ihre Bitten um Verzeihung gemurmelt.

Ray hielt ihr eine Standpauke, wies sie auf die Gefahr für Leib und Leben hin, auf den sicheren finanziellen Ruin als Folge ihres Verhaltens. Er schlug sie, und seine Wut wurde noch verstärkt durch Frustration, als er spürte, daß sie die Bestrafung auch noch dankbar genoß. Doch weder Schimpfen noch Prügel konnten sie ändern. So wie die Langeweile, zuviel vom Gleichen, sie von Old Ike weggetrieben hatte, so verhinderte Langeweile auch diesmal, daß sie ihre Rolle professionell spielte. Und das zum denkbar ungünstigsten Zeitpunkt. Sie brauchten einen großen Coup, oder zumindest stetige Einnahmen, doch bei der traurigen Vorstellung, die sie bot, war auf einen Jackpot nicht zu hoffen.

Der Abstieg ist einfach. Man muß sich ausruhen vor dem langen Aufstieg, und der beste Platz ist immer auf der nächsttieferen Stufe. Es eilt ja nicht, es gibt keinen Grund zur Beunruhigung. Denn wenn es abwärts geht, muß es schließlich auch wieder aufwärts gehen, nicht wahr?

Oder?

Sie gab eine gute Hure ab, die durchgebrannte Ehefrau von Old King. Ihr Ruf, sexuelle Befriedigung zu bieten, verbreitete sich so rasch, daß Ray sie gar nicht zu verkuppeln brauchte, nachdem er sie einmal auf den Strich geschickt hatte. Denn hier, im immer Gleichen, fand sie Abwechslung. Im immer Gleichen fand sie eine Herausforderung. Sie konnte nach Herzenslust experimentieren und Neues erproben, und ihre Sinne bekamen stets den entsprechenden Lohn.

Sie gab eine gute Hure ab… als praktizierendes Sexobjekt. Eine, die von jeder neuen Nummer begeisterter war und ihre Kunden von Mal zu Mal mehr begeisterte. Und das war das Problem. Hier, wie in allem anderen, stellte sie sich selbst ein Bein.

Der Akt als solcher genügte ihr vollkommen. Eigentlich sollte sie Geld verlangen; meist verlangte sie es auch. Doch oft, in ihrer Begeisterung und Erregung, vergaß sie es. Und wenn sie es nicht vergaß, genügte es meist, wenn der Freier ihr ein wenig Honig um den Bart schmierte, wenn er vorgab, pleite zu sein oder kein Interesse zu haben, und schon verzichtete sie auf ihre Forderungen. Einige Männer brüsteten sich sogar, sie hätten sie dazu gebracht, den *Freier* zu bezahlen. Die einzige Kritik, die je laut wurde, war, daß sie die Männer völlig fertigmachte.

Mit vierzehn wußte Critch schon seit einiger Zeit, daß seine Mutter sich für Geld pimpern ließ, und er akzeptierte es nüchtern als eine Lebensnotwendigkeit. Sie tat es mit Ray? Warum also nicht mit anderen? Er war abhängig von ihrer finanziellen Unterstützung; ohne ihre Einnahmen wäre die so faszinierende Verbindung mit Ray unmöglich. Und so war er ihr dankbar. Vielleicht vergrub er tief im Herzen ein Gefühl der Scham. Vielleicht gab es dort auch Wut und Haß auf Ray, weil er sie dazu gebracht hatte. Doch diese Gefühle waren so verschüttet, so tief ins Unterbewußtsein abgesunken, daß sie nur mühsam und qualvoll an die Oberfläche steigen konnten und sich dann auf völlig verzerrte Art manifestierten, in Handlungsweisen, die sich mit der eigentlichen Ursache nicht mehr in Verbindung bringen ließen.

Er war immer noch vierzehn, als er seine Mutter verlor. Zweifach verlor. Das zweite Mal, als sie mit einem Zuhälter durchbrannte und nie mehr gesehen wurde. Das erste Mal...

Nun, dies war das entscheidende Mal. Denn danach hatte sie aufgehört, für ihn zu existieren. Danach strich er sie aus dem Gedächtnis, denn er konnte nicht mehr an sie denken, ohne sich zu übergeben.

Er war in jener Nacht spät zu Bett gegangen. Ray und seine Mutter stritten sich heftig im Nebenzimmer und machten Schlaf unmöglich. Schließlich wurden ihre Stimmen leiser, und er döste ein, aber nicht für lang. Er schreckte plötzlich hoch, und ein Schauder lief ihm über den Rücken bei den merkwürdigen Geräuschen, die aus dem Nebenzimmer drangen.

Er hatte noch nie etwas Ähnliches gehört. Was ganz natürlich war. Erst seit einem guten Jahr, mit der Unruhe der beginnenden Pubertät, konnte er länger als bis zehn wach bleiben. Erst seit einem Jahr, während seine Mutter seit mehr als zwei Jahren auf den Strich ging. Und eine Hure darf man nicht schlagen oder sonstwie verletzen, ohne daß ihre Einnahmen sinken. Ray hatte es fertiggebracht, sich zurückzuhalten. An diesem Tag jedoch war sie zu weit gegangen. So wie er es sah, hatte er nichts mehr zu verlieren, wenn er sie verprügelte. Die dumme Kuh war den ganzen Tag beschäftigt gewesen. Ein Freier nach dem anderen. Und doch hatte sie am Ende weniger Geld als am

Anfang. Hatte Körper und Geld hergegeben. Eine kostenlose Nummer und noch Geld dazu!

Sie lag ausgestreckt auf dem Bett, auf dem Bauch, das kurze Hemd über den breiten Hintern hochgestreift, den ihr Ray, wie er versprach, in Fetzen schlagen wollte.

Er hob seinen Gürtel hoch, ließ ihn mit einem lauten Klatschen auf die nackten Fleischhügel niedersausen. Sie bebten und zitterten, feine Schauer überfielen sie, als führten diese Gesäßbacken ein Eigenleben, getrennt vom Rest ihres Körpers. Ray hielt inne, schwer atmend. Einen Moment lang herrschte Stille, Bewegungslosigkeit, während die heruntergedrehte Petroleumlampe flackernd die Szene porträtierte: lüsterner Alptraum eines betrunkenen Doré. Dann zuckte der sandfarbene Torso ein wenig; eine kleine, ungeduldige Bewegung. Und aus dem Kissen drang ein erstickter Seufzer: quengelig, fragend. Fordernd.

Rays Augen blitzten. Der Gürtel sauste auf und nieder, auf und nieder, ließ Schlag um Schlag auf das hungrige Fleisch niederprasseln. Und leise öffnete sich die Tür zum Nebenzimmer, und Critch schaute hindurch.

Er handelte instinktiv, ohne auch nur eine Sekunde nachzudenken. Eine simple Reaktion auf das, was Ray tat. Er warf sich zwischen diesen Mann und seine Mutter; beendete automatisch, was beendet werden mußte, wie das Blinzeln eines Augenlids eine Musterung beendet. Weil es sein mußte. Weil es schlimme Folgen haben würde, wenn er es nicht beendete.

Und dann blickte er Ray an, ein wenig erschrocken wegen seiner Tat. Erschrocken und beinahe reumütig. Und doch, getrieben von einem tief eingewurzelten Drang, schlug er wild nach seinem Idol und veranlaßte Ray, einen Schritt zurückzuweichen.

»D-du darfst das nicht«, stammelte er. »D-das tut man nicht... d-du darfst eine Frau nicht schlagen.«

Es war seine Stimme, doch die Worte, das uralte Verbot zumindest, stammten von seinem Vater. Ein weibliches Wesen, ob Mädchen oder Frau, durfte man nicht schlagen. Die Lollos konnten ihr dadurch abfaulen, oder es konnte ihre Eingeweide vermurksen (die ohnehin ganz schön vermurkst waren, nicht wie die guten, soliden Eingeweide eines Mannes). *Wenn ich dich noch einmal erwische, daß du ein Mädchen schlägst, Junge, dann reiß ich dir den Pimmel aus und schlag dich damit tot.* Der Apache, Tepaha, Old Ikes ältester und engster Freund, hatte dieses Tabu bekräftigt, insgeheim allerdings mit einem Vorbehalt. Es war schlechte Medizin, Frauen zu schlagen (genauso schlecht war es, kleine Kinder zu schlagen, wenn ihr Piephahn und ihre Muschi noch nicht ausgewachsen waren und dadurch verletzt werden konnten). Aber es *gab* Gelegenheiten, wo es nicht nur gut, sondern sogar notwendig war, eine Frau zu *töten*. Das war so, und alle weisen Männer wußten es.

Und nun blickte er Ray angstvoll und verständnisheischend an. Aber standhaft, im Bewußtsein seiner Rechtschaffenheit. »Das kannst du nicht, Ray«, stammelte er. »Es tut mir leid, aber das darfst du nicht.«

»Nein?« Ray lächelte und zog fragend eine Braue hoch. »Und warum nicht?«

»Darum!«

»Ja? Warum – darum?«

»Du weißt schon. Weil es... weil es...«

Critch fielen nicht die richtigen Worte ein. Mit etwas Geduld hätte er sie vielleicht aus seinem Gedächtnis hervorkramen können, aber es blieb ihm nicht die Zeit.

Seine Mutter stand plötzlich hinter ihm, packte ihn wütend an den Haaren. Zerrte heftig und gab ihm einen Stoß, der ihn durchs Zimmer stolpern und hart an die gegenüberliegende Wand schlagen ließ.

Er rutschte an der Wand herunter und setzte sich mit einem Plumps auf den Fußboden. Leicht benommen starrte er in das haßerfüllte Gesicht seiner Mutter. Und Worte quollen aus dem Mund dieses Gesichts, ein Sturzbach von Beschimpfungen aus dem Vokabular einer Hure.

»Du Penner, du Wichser, du Schwanzlutscher, du kleiner Scheißer! Was soll das heißen, hä? Was fällt dir ein, nach Ray zu schlagen? Ich werd dir's zeigen, du Dreckskerl. Ich schlag dich windelweich, du kleiner Pisser!«

Sie machte einen Schritt auf ihn zu, zögerte; warf Ray einen beifallheischenden Blick zu. Seine Miene war ausdruckslos, und unterwürfig griff sie nach seiner Hand und versuchte sie zu küssen.

Er zog die Hand weg. Dann ging er quer durchs Zimmer zu Critch und hielt ihm die Hand hin. Zögernd nahm sie Critch und ließ sich auf die Beine helfen, wobei sein Blick zwischen seiner Mutter und Ray hin- und herzuckte. Zwischen Frau und Mann. Zwischen finster blickender Hure und lächelndem Gentleman.

»Siehst du, wie es ist, Critch? Du versuchst, ihr zu helfen, und was passiert? Verstehst du? Hast du gesehen, was passiert?«

Critch starrte die Frau an. Sie starrte zurück, gleichgültig, verächtlich. Und dann änderte sich ihr Gesichtsausdruck und änderte sich erneut. Und noch einmal, und noch einmal, während die Inhaberin des Gesichts versuchte, den passenden Ausdruck zu finden, sich zu entscheiden, irgendeine Wahrheit zu entdecken, mit der es sich leben ließ. Und am Schluß nur das fand, was es zu finden gab, was jeder für sich findet, sei es Gold oder unedles Metall oder Dreck. Aber letztendlich für jeden akzeptabel, weil das alles ist, was es zu finden gibt, und mehr ist einfach nicht da.

Sie akzeptierte es, wie sie es am Anfang schon akzeptiert hatte. Die schlechteste Lösung, die trotzdem noch die beste war. Die Augen lockend zu Schlitzen zusammengezogen, den angemalten Mund leicht geöffnet, legte sie sich wieder aufs Bett und rollte sich auf den Bauch.

»Critch?« Ray hielt ihm lächelnd den Gürtel hin. »Es ist okay.«

Critch blickte auf den Gürtel. Er blickte die Frau auf dem Bett an, dann wieder den Gürtel. Seine Gefühle waren auf einem toten Punkt in diesem endlos erscheinenden Moment. Gefangen und blockiert, zwischen der unwiderstehlichen Kraft seiner Erbanlagen und der unbeweglichen Gegebenheit der Umstände. Wie kann man sich bewegen, wenn es keinen Raum dafür gibt?

Wie aus großer Ferne drang ihm ein Geräusch ans Ohr. Ein leises Quietschen, ein noch leiseres Rascheln. Entsetzt kämpfte Critch mit allem, was in ihm war, gegen den Drang, zum Bett hinüber zu schauen. Und doch bröckelte Stück für Stück jenes Etwas ab, das seinen innersten Kern ausmachte, und lautlos schreiend fiel er in den Abgrund.

Das dünne, offenherzige Nachthemd glitt langsam nach oben. Langsam, so langsam wie ein nicht ordnungsgemäß funktionierender Bühnenvorhang.

Zuerst war da nur die Andeutung einer schattenumspielten Spalte. Dann, nach einem kurzen Zupfen, ein genauerer Blick; der Beginn einer Furche, die sich allmählich verbreiterte, als das Hemd höher und höher glitt. Jetzt zwei weiche Hügel; sandfarben, prall und breit, die in die schmale Taille ausliefen. Jetzt der schattenhafte Graben zwischen jenen Hügeln, die in einer ganz schwachen Einbuchtung ausliefen und dann in den Grübchen ihres Kreuzes ganz verschwanden...

Das reichte.

Das reichte Critch für immer. Nach diesem Erlebnis würde es nie mehr irgendwelche Skrupel geben. Nichts, das ihn zurückzucken ließe, nichts, das an seinem Gewissen nagen würde.

»Siehst du, Critch? Verstehst du jetzt?«

Ich verstehe.

»Schlag diesen gelben Arsch, Junge. Gib's ihr richtig!«

Critch nahm den Gürtel.

2

Mr. Isaac Joshua King,
King's Junction,
Oklahoma Territory.

Sir:

Ich muß Sie dringend ersuchen, den überaus schmeichelhaften Brief betreffend Ihren Sohn Critchfield, den ich Ihnen heute geschickt habe, als ungeschrieben zu betrachten, da ich zwischenzeitlich feststellen mußte, daß meine Empfehlung ganz und gar unfundiert war. Dies sind die Fakten:

Während ich mit Ihrem Sohn Erfrischungen zu mir nahm, stellte ich plötzlich fest, daß meine Geldbörse verschwunden war. Mit vermeintlicher Großzügigkeit zahlte er unsere Rechnung mit einer Zehn-Dollar-Banknote, und ich machte mir keine weiteren Gedanken über den Vorfall – zwischenzeitlich hatte ich meinen ersten Brief an Sie geschrieben und abgeschickt –, bis mich einige Stunden später der Besitzer des Etablissements aufsuchte, in dem wir gastiert hatten. Er hatte die Zehn-Dollar-Banknote, eine wertlose Fälschung, bei sich. Da sie von meinem Begleiter stammte, auch wenn dieser ihm unbekannt war, wollte er, daß ich den Schaden wiedergutmachte (was ich selbstverständlich tat).

Nun erinnere ich mich sehr gut an diese spezielle Banknote, Sir. Ich trug sie schon seit längerer Zeit in meiner Geldbörse, mehr oder weniger als Souvenir, und ich hatte sie auf unverwechselbare Art gekennzeichnet, um zu vermeiden, daß ich sie versehentlich ausgab. Es ist praktisch ausgeschlossen, daß es zwei solcher Fälschungen mit gleicher Markierung gibt. Unter den gegebenen Umständen kann es nicht den leisesten Zweifel geben, daß Ihr Sohn Critchfield meine Geldbörse gestohlen hat.

Ich weiß nicht, wie oder wann er es getan hat. Noch weiß ich, warum ein so sympathischer junger Mann, der offensichtlich nicht im mindesten in Geldverlegenheit ist, sich zu einem Diebstahl herablassen konnte. Doch die Fakten sind eindeutig und lassen sich nicht wegleugnen.

Mit aufrichtigem Bedauern
Washington Dying Horse
Rechtsanwalt

3

Es war fast Mittag, am vierten Tag nach dem Diebstahl, und Critch befand sich noch immer in Tulsa. Eine gefährliche Trägheit hatte von ihm Besitz ergriffen, verursacht durch Unsicherheit und Angst vor einem Fehlschlag, und er konnte sich nicht dazu überwinden, das zu tun, was er tun mußte.

Er tigerte durch das billige Hotelzimmer, das billigste, das sich mit seinem Anspruch auf ein gewisses Niveau gerade noch vereinbaren ließ. Verzweifelt schlug er die geballte Faust der einen in die Handfläche der anderen Hand. Er zog die Brieftasche hervor und zählte erneut den Inhalt.

Nicht genug, dachte er niedergeschlagen und steckte die

Brieftasche wieder ein. Besser gesagt, es reichte kaum für den Grundstein seines Plans. Nachdem er die bescheidene Hotelrechnung beglichen und seine Fahrkarte nach King's Junction gekauft hätte, wäre er praktisch pleite. Vielleicht blieben noch ein paar Dollar übrig für Essen und einige Drinks unterwegs, aber mehr auch nicht. Er wäre blank, wenn er die Junction erreichte. Was bedeutete, daß der Trip umsonst gewesen war. Denn der gute Eindruck, den er bei Rechtsanwalt Dying Horse hinterlassen hatte, war erst der halbe Sieg.

Den alten *Ike King* mußte er überzeugen. Old Ike, mit seinen Tausenden und Abertausenden von wertvollen Hektaren und dem unermeßlichen Reichtum, der damit verbunden war.

Ike King würde niemanden als seinen Erben akzeptieren, der dessen nicht würdig war – würdig nach seinen Maßstäben. Und jene Maßstäbe wären extrem hoch angesetzt, soweit es Critch betraf. Critch war mit einer schweren Hypothek belastet. Der alte Mann würde ihm die Untreue und den Verrat seiner Frau ankreiden. Nur Erfolg, Geld – konkreter Beweis, daß er diese Hypothek getilgt hatte –, würde Ike zufriedenstellen.

Oder vielleicht auch nicht, dachte Critch hoffnungsvoll. Vielleicht tue ich ihm Unrecht. Immerhin habe ich ihn dreizehn Jahre lang nicht mehr gesehen. Also, vielleicht...

Kein Vielleicht. Daß er dreizehn Jahre weggewesen war, genau darin lag das Problem. Old Ike hatte ihn nicht im Auge behalten können wie seine beiden anderen Söhne Arlington und Bosworth. Arlie, der ein Jahr älter war als Critch, und Boz, ein Jahr älter als Arlie, waren all diese

Jahre bei ihrem Vater geblieben. Sie arbeiteten auf seinem riesigen Besitz und taten, ohne zu fragen, was er von ihnen verlangte. Und es war ihnen ganz offensichtlich gelungen, den Alten zufriedenzustellen – zu beweisen, daß sie seine rechtmäßigen Erben waren –, sonst hätte Old Ike sie schon längst vor die Tür gesetzt. Er, Critch, dagegen…

Critch grinste gequält bei dem Gedanken an die wohltönenden Namen.

Critchfield, Arlington und Bosworth. Seine Mutter hatte sie aus der Gästeliste eines Hotels abgeschrieben. So dumm, wie sie war, hatten alle drei noch verdammtes Glück, daß es zu dem Zeitpunkt keine Gäste mit Namen wie Fuckingwell oder Moesenburgh gab!

Seine Mutter – er verdrängte den Gedanken an sie. Wandte sich wieder seinen beiden Brüdern zu.

Arlie und Boz. Sie müßten natürlich beseitigt werden. Alles von etwas war nun mal wesentlich besser als ein Drittel. Und er konnte niemals sicher sein, auch nur ein Drittel zu bekommen, solange seine beiden Brüder am Leben waren. Der Alte würde vielleicht wenig schmeichelhafte Vergleiche zwischen ihm und den Brüdern ziehen. Möglich, daß er einfach entschied, seinen jüngsten Sohn zu enterben. Auf der anderen Seite, wenn nur der jüngste Sohn noch am Leben war und es keine anderen Erben gab…

Ja, Arlie und Boz mußten verschwinden. Er müßte sie umbringen. Und Boz abzumurksen, wäre wirklich ein Vergnügen. Ein gemeiner Hund, dieser Boz. Steckte voller sinnloser Gemeinheiten. Verdrehte einem immer den Arm oder bog die Finger zurück oder piekste einen mit einem

Stock. Alles, was ihm einfiel, nur um einen zum Heulen zu bringen. Old Ike hatte ihn eines Tages erwischt, wie er einem kleinen Kätzchen bei lebendigem Leib das Fell abzog. Er ließ die Katze kochen und servierte sie Boz zum Mittagessen. Und er zwang ihn, sie zu essen. Old Ike zog ihm jedesmal die Pferdepeitsche über, wenn er zu essen aufhörte, und er kannte keine Gnade, bis sein Sohn Blut erbrach. Aber auch das nutzte Boz wenig. Er durfte zwar aufhören zu essen, aber nur für diese Nacht. Am nächsten Morgen bekam er Katze zum Frühstück und dann zu jeder Mahlzeit – kein anderes Essen, bei Gott –, bis er auch den letzten Rest aufgegessen hatte.

Aber selbst das veränderte Boz um keinen Deut. Er wurde nur noch verschlagener, ließ sich nicht mehr so leicht erwischen bei seinen Bosheiten, war aber noch gemeiner als vorher.

Critch hatte sich genug Menschenkenntnis und Lebenserfahrung angeeignet, um zu verstehen, warum Boz so war, wie er war. Er hatte seinem Bruder nie verziehen, aber er konnte ihn verstehen. Als ältester Sohn hatte er die Strenge seines Vaters in voller Wucht abbekommen, sie qualvoll mit seiner Haut aufgefangen und sie so für seine jüngeren Brüder erträglicher gemacht. Da er der Älteste war, hatte man mehr von ihm verlangt. Wenn er die Anforderungen nicht prompt und tadellos erfüllen konnte, ging Old Ike auf ihn los. Also war Boz verständlicherweise gemein geworden. Der Wut seines Vaters ausgeliefert, hatte Boz die eigene Wut gegen andere wehrlose Wesen gerichtet.

Was Arlington betraf – Arlie –, nun ja, sein Tod würde

Critch wirklich bedrücken (allerdings nicht so sehr, daß es ihn davon abhalten würde). Die meisten mittleren Kinder bekommen relativ wenig Zuwendung, verglichen mit dem Ältesten oder dem Jüngsten, sie werden weder übermäßig verwöhnt noch übermäßig streng behandelt. Und so entwickeln sie sich, wie es die gütige Natur vorsieht – sie schenken Glück, um selbst Glück geschenkt zu bekommen, sind freundlich, um freundlich behandelt zu werden –, und sie werden in der Regel ganz ordentliche Menschen.

Arlie war zäh und abgebrüht, wie es bei jedem Sohn von Old Ike zu erwarten war. Aber darüber hinaus war er gutmütig und hilfsbereit. Ein netter Junge. Dachte Critch zumindest...

Mit einem Fluch sprang Critch vom Bett auf. Sagte sich ärgerlich, daß es höchste Zeit sei, etwas zu unternehmen.

Er mußte etwas tun – *irgend etwas,* bei Gott! –, und er mußte es jetzt tun. Nachdem er seine beiden teuren Koffer aufs Bett gewuchtet hatte, kramte er ungeduldig darin, zählte die teuren Anzüge und Oberhemden und all die anderen Accessoires eines gutsituierten Gentlemans.

Er beendete seine Untersuchung, runzelte die Stirn und kniff nachdenklich die Augen zusammen. Eine Menge wertvoller Sachen, aber bei einem Pfandleiher würden sie nicht viel einbringen. Außerdem hätte es wenig Sinn, den Plunder zu versetzen, denn ebenso, wie er das Geld brauchte, brauchte er die äußere Erscheinung. Wenn ein Mann einmal seine Fassade preisgegeben hatte, konnte er nicht mehr ›arbeiten‹.

Ein Objekt gab es allerdings. Die Uhr. Die eindrucksvoll ziselierte Uhr, mit funkelnden Brillis besetzt, die einen berühmten und angesehenen Namen trug.

Critch nahm sie aus seinem Gladstone-Handkoffer und betrachtete sie. Eine solche Uhr war fünfhundert Dollar wert – wie jeder Dummkopf auf den ersten Blick sehen konnte. Besser gesagt, sie wäre fünfhundert Dollar wert gewesen, wenn das Gold tatsächlich Gold, die Brillanten tatsächlich Brillanten und der Markenname nicht eine Fälschung gewesen wären.

Das Problem war, wenn man solch ein Stück verkaufen wollte, daß man a) einen Eigentumsnachweis führen mußte und daß b) in aller Regel eine offizielle Schätzung verlangt wurde. Natürlich konnte man es wahrscheinlich auf die Schnelle irgend jemand für einen Zwanziger verkaufen. Aber so eine fachmännische Fälschung war teuer, und wenn er die Uhr für zwanzig Dollar versetzte, hätte er kaum den Einstandspreis herausgeholt.

Also, verkauft werden konnte die Uhr nicht. Es war ein Wertobjekt, aber er durfte keine krummen Dinger damit drehen, die ihm Ärger einbringen konnten. Zuviel stand auf dem Spiel, und er hatte einfach nicht die Nerven, um jetzt noch Streß durchzustehen.

Was er brauchte, war ein gutgläubiger Trottel, ein richtiger Gimpel. Einer, der sich schnell und kräftig ausnehmen ließ. Und das auf eine Art, die keine negativen Nachwirkungen haben durfte.

Wo fand man am ehesten solch einen Gimpel? Und wie konnte er besagten Gimpel am sichersten ausnehmen?

Critchs nachdenkliches Stirnrunzeln verschwand plötzlich, und ein feines Lächeln überzog sein hübsches Gesicht.

4

Sie war vor gut einer halben Stunde mit dem Zug aus dem Norden gekommen. Eine junge Frau, soweit er es durch den Halbschleier beurteilen konnte. Von ihrem Gesicht konnte er nicht viel erkennen, und ihre Kleider, ein Sammelsurium schlecht sitzender Teile, verbargen ihren Körper weitgehend. Doch ob sie attraktiv oder wohlgerundet war, spielte keine Rolle. In allen anderen entscheidenden Punkten erfüllte sie die Voraussetzungen.

Ein Dummchen, das alleine reiste. Ein Dummchen mit zwei schönen Koffern. Nachdem sie den Zug verlassen hatte, war sie mit ängstlich eingezogenen Schultern in den Bahnhof gekommen und hatte sich schüchtern umgesehen. Dann hatte sie sich auf eine Bank gesetzt, weit weg von den anderen Fahrgästen, und seitdem saß sie dort. Den Kopf gesenkt, die Hände im Schoß gefaltet. So verängstigt und nervös durch die fremde Umgebung, daß sie wahrscheinlich an die Decke gesprungen wäre, wenn man Buh zu ihr gesagt hätte.

Sie war nicht weit gereist: Ihre Kleider waren dazu zu wenig zerknittert und rußverschmiert. Aber ihr Verhalten und die beiden schweren Koffer deuteten darauf hin, daß sie noch eine längere Reise vor sich hatte. Critch tastete nach der Fahrkarte, die sich in einer Innentasche seines maßgeschneiderten Anzugs befand, und war gespannt darauf, ob er wirklich soviel Glück haben würde, wie alle Anzeichen es versprachen.

Er hatte die Fahrkarte zu der Garnisonsstadt Lawton mit dem Hintergedanken gekauft, sie notfalls wieder einzutauschen. Eine preiswerte Ausflugskarte, die viel weniger kostete als die reguläre Fahrkarte nach King's Junction, das noch vor Lawton lag. Wenn dieses verschüchterte Hühnchen jetzt auch nach Lawton wollte...

Egal, im Grunde spielte es keine große Rolle. Sie war ganz offensichtlich das Opfer, das sich ausnehmen ließ.

Critch richtete sich auf. Mit forschem Schritt kam er aus der schattigen Ecke, von wo er sie beobachtet hatte, blickte sich im Warteraum um wie ein Mann, der nach jemandem sucht, und fixierte sie dann. Sie schien noch kleiner zu werden unter seinem Blick. Mit gerunzelter Stirn, den Blick auf ihre zusammengeschrumpfte Gestalt gerichtet, schritt Critch durch den Warteraum und setzte sich neben sie.

»Darf ich Ihre Fahrkarte sehen?« sagte er schroff.

»Wa-was...?« Ein ängstliches Keuchen hinter dem Schleier. »W-warum... w-as?«

»Ihre Fahrkarte bitte! Ich möchte sie sehen.«

Er streckte die Hand aus. Sie wühlte nervös in ihrer Handtasche, gestattete ihm dabei einen raschen Blick auf das fette Bündel Geldscheine und hielt ihm dann hastig den Fahrausweis hin.

Critch nahm ihn und studierte ihn eingehend. Sein Puls beschleunigte sich, als er ihr Fahrtziel sah.

Lawton – Fort Sill. Eine Soldatenfrau oder Soldatenbraut oder eine Verwandte. Und sie war offenbar nie zuvor dort gewesen, sonst wäre sie nicht so nervös.

»Sie fahren nach Fort Sill, wie?« Er gab ihr die Fahrkarte zurück. »Ist das Ihre Heimatstadt?«

»N-nein, Sir. Ich komme aus Kan... ich meine, Missouri.«

»Ja?« Sehr barsch.

»M-Missouri. Kansas City in Missouri.«

Sie nannte ihm die Adresse und sprudelte dann ängstlich auch noch ihren Namen hervor. Allerton, Emma Allerton. Und sie war die Frau von Soldat Allerton, und sie hatten geheiratet, als er auf Urlaub zu Hause war, und nun wollte sie zu ihm ziehen, und... und...

»Ist ja gut, meine Liebe...« Mit einem warmen Lächeln unterbrach er sie. »Ich bin Captain Crittenden, Rechtsberater in der Garnison. Vielleicht hat Ihr Gatte meinen Namen erwähnt? Nun, wie auch immer, ich mußte feststellen, wer Sie sind, und mich überzeugen, daß Sie eine rechtschaffene Frau sind, wegen...«

Wegen dieser wertvollen Uhr, die er am Eingang des Bahnhofs gefunden hatte. (Hübsch, nicht wahr? Massives Gold, mit Brillanten). Der Stationsvorsteher machte ihm keinen besonders vertrauenerweckenden Eindruck. Versicherte wahrscheinlich, daß er sie dem rechtmäßigen Besitzer aushändigen würde, ohne es jedoch wirklich zu tun – und wie konnte er, der Captain, sicher sein, daß sie zurückgegeben wurde, nachdem er sich wieder auf den Weg gemacht hatte? Er hatte auf eigene Faust ein bißchen herumgefragt, ohne Erfolg allerdings, und jetzt mußte er ein paar Minuten in die Stadt, um etwas zu erledigen. Da sie ja ohnehin auf den Zug warten mußte, würde es ihr etwas ausmachen, die Uhr in Verwahrung zu nehmen, falls der Eigentümer auftauchte?

»O nein! Ich meine, o ja, natürlich, das tue ich gern!« Vor Erleichterung über seine unerwartete Freundlichkeit traten ihr fast Tränen in die Augen. »Ich rühre mich nicht von der Stelle! Das ist ein Versprechen, Captain, und Sie können sich darauf verlassen. Ich... ich meine, Sie brauchen sich keine Sorgen zu machen...«

»Natürlich nicht, meine Liebe.« Er drückte ihr väterlich die Hand. »Ich bin Anwalt, erinnern Sie sich? Ich erkenne eine anständige junge Frau auf den ersten Blick.« Er machte Anstalten, sich zu erheben, zögerte dann. »Übrigens, ich fürchte, ich war ein wenig brüsk, als ich Sie angesprochen habe. Ich... nun ja, meine Frau ist vor zwei Wochen gestorben, und ich...«

»Oh, wie schrecklich! Mein aufrichtiges Beileid, Captain.«

»Danke«, sagte er schlicht und fügte hinzu, daß er gerade aus dem Osten käme, von der Beerdigung seiner Frau. »Was ich jedoch eigentlich sagen wollte, mir ist aufgefallen, daß ich seit ihrem Tod manchmal ein wenig barsch mit den Leuten umgehe, und wenn ich das in Ihrem Fall getan habe...«

Aber nein! Nicht im geringsten, Captain.

»Vielen Dank, meine Liebe«, sagte er. »Sie sind ein süßes, liebes Mädchen.«

Er verließ sie und tippte grüßend an seinen eleganten Fedorahut. Zwanzig Minuten später, nach einem planlosen Spaziergang, kehrte er zum Bahnhof zurück.

Getreu ihrem Versprechen hatte sie sich nicht vom Fleck gerührt. Er nahm wieder seinen Platz neben ihr ein und bemerkte lächelnd, daß sie der lebende Beweis für seine Fähigkeiten in Menschenbeurteilung sei – ein ehrlicher Mensch eben. Sie wand sich erfreut bei dem Kompliment und senkte kichernd den Kopf. Sie wollte ihm die Uhr zurückgeben, was er jedoch leutselig ablehnte. Schließlich hatte sie mehr Platz in ihrer Handtasche als er in seinen Taschen, und Frauen waren viel geeigneter als Männer, Dinge in ihre Obhut zu nehmen und zu verwalten.

»Ich weiß wirklich nicht, wie ihr Frauen das macht«, sagte er mit gespielter Verwunderung. »Meine Frau zum Beispiel kann...« Er brach ab; drehte einen Moment den Kopf weg, als wollte er eine Träne abwischen. Dann, leise: »Ist das nicht seltsam? Sie war so sehr ein Teil von mir, daß ich noch immer nicht glauben kann, daß sie von mir gegangen ist.«

»Ach, Sie Ärmster!« rief sie; dann, erschrocken über ihre Kühnheit: »Oh, entschuldigen Sie, Captain! Ich... ich...«

»Aber, aber, meine liebe Emma. Es gibt keine Rangunterschiede zwischen Freunden. Im Leiden sind wir alle gleich.«

»Im Leiden... Das ist das Schönste, was ich je gehört habe, Captain. So, äh, poetisch. M-mögen Sie Poesie, Captain?«

Critch gestand, daß dies in der Tat eine Schwäche von ihm sei, daß er sogar manchmal Gedichte schreibe. »Vielleicht kennen Sie zufällig mein kleines Gedicht ›Rosen sind rot, und Veilchen sind blau‹?«

»Du meine Güte, ja, natürlich! Du meine Güte! Haben Sie noch mehr geschrieben, Captain?«

Critch nickte leutselig und zitierte ihr ein paar Verse von bänkelsängerischem Pathos. Sie war so beeindruckt, lauschte so ehrfürchtig, daß er nur mit Mühe den kleinen Kobold in sich zum Schweigen bringen konnte, der ihr erzählen wollte von dem alten Einsiedler namens Wutte, der in seiner Höhle aufbewahrte eine tote Nutte.

»Tja, also...« Er streckte die Beine und blickte zu der achteckigen Bahnhofsuhr hinauf. »Noch lange hin bis zur Abfahrt, nicht wahr? Über eine Stunde. Ich finde, wir beide sollten einen Happen essen.«

Sie machte Einwendungen. Eigentlich hatte sie gar keinen Hunger, und eigentlich würde sie viel lieber bleiben, wo sie war. O nein, es war nicht wegen des Geldes, aber...

»Natürlich nicht. Sie sind selbstverständlich mein Gast. Jetzt gehen Sie erstmal dorthin« – er nickte in Richtung Damentoilette – »und machen sich ein bißchen frisch. Das wollten Sie doch ohnehin tun, nehme ich an« – ein freundlicher, aber kritischer Blick. »Reisen ist leider eine ziemlich schmutzige Angelegenheit.«

Sie erhob sich widerstrebend, wollte nach ihren beiden Koffern greifen. Critch wehrte mit einer großspurigen Handbewegung ab.

»Ich gebe sie einfach bis zu Ihrem Zielbahnhof auf, während Sie weg sind. Wußten Sie, daß man das machen kann? Viel sicherer, als wenn Sie sie bei sich haben, und es erspart Ihnen eine Menge Schlepperei.«

»Ja, also, äh...«

»Ja? Brauchen Sie noch etwas aus Ihren Koffern?«

»Nein, aber...«

Kein Aber. Sie hatte doch die Uhr, nicht wahr? Diese teure, diamantbesetzte Uhr aus massivem Gold.

»A-also gut, Captain. Vielen, vielen Dank. Ich beeile mich auch.«

»Oh, lassen Sie sich Zeit, meine Liebe«, drängte Critch lächelnd. »Lassen Sie sich nur Zeit. Wir werden in einem sehr netten Lokal speisen, und ich möchte, daß Sie sich wirklich hübsch machen.«

Sie nickte und schlich davon, mit hängenden Schultern und schüchtern gesenktem Kopf. Critch wartete, bis sie durch die Schwingtür der Damentoilette verschwunden war. Dann schleppte er ihre Koffer zu einem Seiteneingang hinaus und ein Stück die Straße hinunter bis zu einem Pfandleiher, der auch mit Gebrauchtwaren handelte.

Critch hatte von anderen Profis aus dem Milieu von diesem Laden gehört. Unter Eingeweihten wurden solche Informationen bereitwillig ausgetauscht. Er hatte bis jetzt noch keine Gelegenheit gehabt, mit dem Inhaber ins Geschäft zu kommen, war aber einmal auf ein unverbindliches Schwätzchen vorbeigekommen. Und heute winkte ihn der Inhaber prompt ins Hinterzimmer und trat dann ebenfalls durch die mit einem Vorhang versehene Tür, nachdem er rasch die Straße hinauf- und hinuntergeschaut hatte.

»Ihnen ist doch niemand gefolgt, wie? Also, sehen wir uns mal an, was Sie mitgebracht haben.«

Der Inhalt der beiden Koffer bestand aus dem gleichen Sammelsurium von Kleidungsstücken, wie sie die junge Frau auf dem Leib trug. Sachen, die nur ein naiver, weltfremder Mensch einpacken würde. Vielleicht hatte sie sie auch von wohlmeinenden Verwandten geschenkt bekommen. Es waren keine wirklich billigen Kleider, jemand, wenn nicht sie, hatte schon ein paar Dollar dafür hingelegt. Aber sie waren einfach nicht passend; eine Menge von jedem, aber kein einziges gutes Alltagskostüm. Es gab sogar zwei Abendkleider! Dachte sie etwa, Fort Sill sei West Point?

»Na ja...« Der Inhaber hielt sich ein Kleid an den untersetzten Körper und schüttelte zweifelnd den Kopf. »Mit den Fummeln weiß ich nicht recht, aber die Koffer sind nicht schlecht. Sagen wir dreißig?«

»Sagen wir vierzig.«

»Sie haben gerade den Weihnachtsmann getroffen«, sagte der Inhaber und zählte die vierzig Dollar ab.

In der Zwischenzeit stand Emma Allerton, alias Anne Anderson, in einer Kabine der Damentoilette, nackt von der Hüfte aufwärts. Die Schultern zurückgedrückt, hoben und senkten sich die vollen Brüste in der ungewohnten Wonne, frei atmen zu können.

Gott, was für eine Erleichterung! Was für eine Erleichterung, eine Weile aus dem Korsett herauszukommen und sich strecken zu können!

Sie reckte und streckte sich, zog den Bauch ein, zog das Kinn ein und musterte kritisch ihren nackten Oberkörper. *Ich wette, ich weiß, was du gerne hättest, sprach sie zu ihm. Und ihre Lenden prickelten bei dem Gedanken.* Dann fiel ihr Blick auf ihre rechte Brust, auf die häßliche Bißnarbe da, wo einst die Brustwarze gewesen war. Und sie fluchte voller Haß.

Der lüsterne alte Bastard! Jedesmal, wenn sie diese Brust sah, kam sie in Rage. Verdammtes Schwein! Verdammte Schwester!

Schuld an allem war eigentlich Sis, diese arrogante Schlampe! Sis hätte den Typ schon lange abservieren sollen. Aber es hatte ihr zuviel Spaß gemacht, sich im Nebenzimmer vernaschen zu lassen, und so hatte Emma-Annie die Brustwarze abgebissen bekommen.

Eine Scheißschwester war Sis. Aber sie hatte dafür bezahlt, bei Gott! Und wie sie dafür bezahlt hatte! Besser gesagt, Little Sis hatte sich selbst die Bezahlung geholt, und keinen Tag zu früh, nach allem, was sie gehört hatte. In den Zeitungen stand noch nichts, aber Gerüchten zufolge war Sis entweder verhaftet worden oder stand kurz davor.

Anne klopfte sich auf die fette Geldkatze, die sie um den Leib geschnürt trug, ein boshaftes Funkeln in den Augen, als sie an ihre Schwester dachte. Geistesabwesend streichelte sie sich mit einer Hand über die verstümmelte Brust, in ihrer Vorstellung war es die Hand eines Fremden, und ihr Gesicht bekam einen träumerischen Ausdruck.

Verdammt, es wäre nett nach all den Wochen. Sechs Wochen auf der Flucht, kreuz und quer durch den Mittleren Westen und den Südwesten, wo sie eine Spur hinterließ, die keine war, und dann schließlich die abrupte Richtungsänderung ins Territory. Sechs Wochen lief sie schon mit gebeugtem Kopf und hängenden Schultern herum und sah aus wie ein Lumpenbündel.

Kein ordentlicher Bums während der ganzen Zeit. Und davor niemand, mit dem es wirklich Spaß gemacht hätte. Sis hatte immer die gutaussehenden Knaben für sich genommen und ihr die Bauerntrampel aufgehalst. Niemals war ihr ein auch nur annähernd so süßer und attraktiver Mann unter die Finger geraten wie dieser Captain Crittenden.

Sie beschäftigte sich in Gedanken weiterhin mit ihm,

während sie sich lustlos wieder anzog. Dachte daran, wie verdammt schade es war, daß die Dinge so verfahren waren.

Wenn sie nicht behauptet hätte, verheiratet zu sein, frisch verheiratet sogar...

Wenn er nicht gerade seine Frau verloren hätte...

Mit einem bedauernden Kopfschütteln zog sie sich fertig an. Sie wollte schon die Kabine verlassen, setzte sich dann aber auf die Schüssel und schlug die Beine übereinander. Ihre Schuhe waren hochhackig und geschnürt, entsprechend der damaligen Mode. Mit einer kräftigen Drehbewegung entfernte sie den einen Absatz.

Er war hohl, und ein winziger Derringer befand sich darin. Beruhigt und zufrieden schraubte sie den Absatz wieder an, strich das Kleid glatt und verließ die Kabine. Und erneut schweiften ihre Gedanken vom Geschäftlichen zum Vergnügen.

Captain Crittenden.

War es wirklich so undenkbar, wie es erschien?

Er war irgendwie ein bißchen naiv, auf eine süße Art, und er würde eitel sein, wie alle Männer. Warum also sollte er sich nicht plötzlich im Sattel wiederfinden, und warum sollte sie nicht plötzlich das Pferdchen spielen, ohne daß einer von beiden – Gott behüte – das auch nur im entferntesten gewollt hätte?

Lächelnd kam er auf sie zu, als sie die Damentoilette verließ. Er führte sie aus dem Bahnhof hinaus, machte ihr Komplimente über ihr Aussehen, tätschelte sie hier und da – alles natürlich auf liebenswürdige und völlig harmlose Weise – und entdeckte dabei mit sicherem Gespür die Geldkatze. Mit der gleichen vermeintlichen Unabsichtlichkeit drückte sie ihren Busen an ihn und rieb eine pralle Pobacke an seinem Oberschenkel.

Arm in Arm gingen Anne-Emma, professionelle Mörderin, und Critch-Captain Crittenden, Erzhalunke, fröhlich und zufrieden ihrem Schicksal entgegen.

Drei

I

In ihrem Schlafzimmer im King's Junction Hotel (das gleichzeitig Ranchhaus der Kings war) packte Boz, Old Ikes ältester Sohn, die feste, pralle Brust seiner Apache-Frau Joshie – Old Tepahas Enkelin – und drehte sie erbarmungslos. Er drehte und quetschte sie und knirschte hinter zusammengebissenen Zähnen die Drohung, er werde sie abreißen. Doch das Mädchen zeigte keine Reaktion. Schweigend, reglos, weigerte sie sich, die brutale Behandlung durch ihren Mann auch nur mit der kleinsten Bewegung oder dem leisesten Schmerzenslaut zur Kenntnis zu nehmen.

Schließlich hörte er auf und verlegte sich auf Argumentieren und Bitten. Und er machte einen lahmen Versuch, sie in dem Zwielicht vor der Morgendämmerung zu liebkosen.

»Ach, jetzt stell dich nicht so an, Joshie. Warum gibst du es nicht zu? Du hast ihn gewarnt, stimmt's? Du hast Arlie gesagt, daß ich ihn mir schnappen will.«

»Ha!« Haßerfüllt spie das Mädchen die Worte aus. »Ich deine Squaw. Du denken, ich verzinken mein Arschloch von Mann?«

»Wie soll er denn sonst darauf gekommen sein? Wie soll

er es herausgefunden haben, wenn du es ihm nicht gesagt hast?«

»Wie finden er heraus, daß Stinktier schlimmen Gestank machen?«

»Hör mal, du unverschämte…«

»Arlie cleverer als du, Old Boz. Old Arlie richtiger Mann.«

»Scheiße! Willst du damit sagen, daß ich kein Mann bin?«

»Ich sagen, du haben keine Eier.«

Boz fluchte und wollte erneut auf sie losgehen. Doch da er wußte, wie sinnlos das war, drehte er sich wütend auf den Rücken.

Und in ihrem Schlafzimmer im King's Junction Hotel (das gleichzeitig Ranchhaus der Kings war) packte Arlie seine Frau Kay – für King –, die ebenfalls Tepahas Enkelin war und Joshies Schwester, und versetzte ihrem nackten Po einen bewundernden Klaps.

»Das ist wirklich ein Prachtarsch«, erklärte er. »Wenn er noch ein bißchen breiter wird, kannst du in einen Waschzuber scheißen.«

»Ho-ho!« Kay kicherte glücklich. »Ich scheißen dir in die Hand, Old Ehegatte.«

»Du bist eine richtig rotzfreche alte Squaw!«

»Du lieben rotzfreche alte Squaw?« Sie kuschelte sich an ihn und tastete mit ihrer kleinen Hand über seinen harten, flachen Bauch. »Du lieben, was alte Squaw machen?«

»Na, ich weiß nicht recht. Vielleicht probiere ich's erst mal aus…«

Nachdem ihre Leiber sich wieder entflochten hatten

und sie zufrieden Seite an Seite lagen, wisperte Kay ihrem Mann ins Ohr und knuffte ihn spielerisch, als er nicht sofort reagierte.

»Du tun es, Old Arlie, nicht? Du heute umbringen Arschloch Boz, nicht?«

»Tjaaaa…«, neckte sie Arlie und hielt inne. »Ja, ich glaube schon. Schätze, daß ich heute eine ziemlich gute Chance habe.«

»Wie du es tun wollen?«

Arlie zuckte mit den Schultern und murmelte, daß er einfach abwarten müsse. »Aber so wie ich diesen Hurensohn kenne, wird er es praktisch selbst tun.«

»Du es tun«, beharrte Kay, dann, ganz die fürsorgliche Frau: »Du zu gutmütig. Andere Leute auf dir herumtrampeln.«

Arlie drohte, gleich auf ihr herumzutrampeln. Kay bohrte weiter.

»Du auch Critch erledigen. Wenn er kommen, du ihn töten.«

»Critch? Warum denn das, um Himmels willen?«

»Ha! Gleicher Grund, warum du töten Arschloch Boz.«

»Gottverdammich«, murmelte Arlie mit widerwilliger Bewunderung. »Du bist ja eine richtige blutrünstige alte Squaw. Weißt nicht einmal, ob Critch überhaupt kommt, und schon machst du mir die Hölle heiß, daß ich ihn umbringen soll.«

»Wir müssen Pläne machen«, sagte Kay verschmitzt. »Du müssen vorbereitet sein.«

»Mach nur weiter«, warnte Arlie. »Rede nur weiter, dann zeige ich dir ein paar Pläne. Und verdammt gute dazu.«

»Ho! Du nicht bereit, Old Ehegatte. Zu früh.«

Arlie drehte sich zu ihr um und gab ihr einen weiteren Klaps auf den Po. »Da bist du dir sicher? Ganz, ganz sicher?«

»Na ja... Vielleicht du zeigen mir?«

2

Hinter den geschlossenen Doppeltüren der Ranchhaus-Bar fauchten sich Tepaha, der Apache, und Isaac Joshua King gegenseitig an. Old Ike nannte Tepaha ein Weib mit einem Schwanz. Old Tepaha erklärte, Ike habe Verrat an einem Freund und Bruder begangen.

»Auch noch gebrüstet hast du dich damit!« schrie der alte Indianer. »Du hast dich an Geronimos Feuer gewärmt. Du hast mit ihm geraucht, und er nannte dich Freund und Bruder, und du hast gelächelt und ihn ebenfalls Freund und Bruder genannt. Und dann...« Dramatisch riß Tepaha den Arm hoch. »Dann hast du...«

»Schweig!« unterbrach ihn Old Ike wütend. »Du verdrehst die Wahrheit! Ich habe dir erzählt, wie es war. Hundertmal hab ich's dir erzählt. Warum geht das nicht in deinen dummen Kopf?«

»Scheiße!« sagte Tepaha laut. »Old Ike steckt voller Scheiße!«

Es war ein Lieblingswort von ihm, und er fand es außerordentlich nützlich (so wie Ike). Je nachdem, wie, wo und wann es benutzt wurde, konnte es ein komplettes Vokabular ersetzen.

»Ich erzähl dir's noch einmal«, sagte Old Ike. »Zum allerletzten Mal, also hör gut zu, verdammt noch mal...«

»Scheiße!«

»Wirst du mir zuhören, du alter Schwätzer! Die Blauröcke hatten Geronimo in einen Käfig gesperrt, drunten in Fort Sill. In einen Käfig, mein Gott, wie einen *chongo* im Zoo. Und alle gottverdammten Satteltramps und Siedler und ihre gottverdammten Verwandten und Bekannten waren meilenweit angereist, um ihn anzugaffen und ihn zu necken. Also, bei Gott, mir gefiel das kein bißchen, und ich hab's ihnen auch laut und deutlich gesagt. Ich hab mich durch die Gaffer gedrängt und ein paar von ihnen sogar umgestoßen, bei Gott, und ich nannte Geronimo meinen Freund und Bruder, der er natürlich war, und ich streckte meine Hand durch die Gitterstäbe, um ihm die Hand zu schütteln. Und weißt du, was dieser dreckige *chongo*-Apache gemacht hat?«

»Chongo«, höhnte Tepaha. »Wenn Apache Affe, du auch Affe. Du Apache-Bruder!«

»Dieser gottverdammte – *halt den Mund!* – dieser gottverdammte Geronimo packt meine Hand und beißt hinein! Also hab ich mit der anderen Hand den Bastard an der Nase gepackt und sie ihm beinahe abgeschraubt, bevor die Blauröcke dann dazwischengegangen sind. Und... und es tut mir kein bißchen leid!«

Aber natürlich tat es ihm leid. Er hatte instinktiv reagiert, ohne daran zu denken, daß Geronimo schon sehr alt war und seine Augen und Ohren nicht mehr die besten waren und er Old Ike vermutlich für einen weiteren Quälgeist gehalten hatte, statt für seinen Freund und Bruder.

Old Ike tat es verdammt leid. Und Tepaha tat es leid, daß er das Thema aufgebracht hatte. Er hatte es aus Freundschaft und Stolz getan – aus den gleichen Motiven, die Old Ike dazu gebracht hatten, ihn zu verspotten und zu beleidigen. Denn große Schande war über die Familien von Tepaha und King gekommen; eine ganz besonders schlimme Schande, da sich ein Mitglied jeder Familie gegen ein Mitglied der anderen Familie vergangen hatte. Von Boz wußte man, daß er seine Frau Joshie mißhandelt hatte. I. K., Tepahas Enkel, war erwischt worden, als er seinen ›Onkel‹ bestahl, Old Ike.

Es war unverzeihlich, die eigene Familie zu bestehlen. Andere zu bestehlen, war in Ordnung, sogar lobenswert. Obwohl Old Ikes Einstellung, was das letztere betraf, nicht mehr ganz so liberal war wie einst.

Auf jeden Fall war Schande über sie gebracht worden – und derzeit warteten sie darauf, daß den Schuldigen strenge Bestrafung zukäme –, und aus dieser tiefen Verletzung heraus handelten sie so, wie sie es soeben getan hatten. Um sich gegenseitig abzulenken. Um zu zeigen, daß sie keinen Schmerz kannten. Denn es ist beleidigend, einem Mann Mitleid anzubieten, und es ist schimpflich, den Eindruck zu erwecken, als brauchte man welches.

Tepaha stocherte in dem Kanonenofen. Old Ike goß Drinks für beide ein, steckte sich eine Zigarre an und hielt seinem Freund das Streichholz hin.

Obwohl ihre brüderliche Vertrautheit aus freien Stücken entstanden war und nicht durch zufällige Verwandtschaft, hätte ein Außenstehender zu einem anderen Schluß kommen können, trotz der unterschiedlichen

Hautfarbe. Sie waren so viele Jahre zusammengewesen und hatten so viel gemeinsam erlebt, dieselben Gedanken und Taten geteilt, daß sie durch die notwendige Anpassung an den anderen auch dessen Verhaltens- und Ausdrucksweisen übernommen hatten, und jetzt ähnelten sie sich ziemlich.

Meistens war sich auch ihre Sprache verblüffend ähnlich, wobei Ike sogar in gebrochenes Slang-Englisch verfiel. Er sprach fast so fließend Apache wie Tepaha, desgleichen umgangssprachliches Spanisch. Und sehr häufig verwendeten sie beide Sprachen – oft klang es so ähnlich, daß man schwer feststellen konnte, wann der eine aufgehört und der andere angefangen hatte.

Old Ike rasierte sich regelmäßig den Kopf, während Tepahas Haare bis zu den Ohrläppchen reichten; außerdem trug Tepaha ein perlenbesetztes Band um die Stirn, während Old Ike einen Sombrero vorzog. Aber beide Männer waren mit Kalbslederjacken und Levis bekleidet. Und beide trugen sie spanische Stiefel mit Blockabsätzen, und aus dem rechten Aufschlag eines jeden Stiefels ragte das abgegriffene Heft eines blitzenden Messers.

Als Old Ike unbewußt seufzte, wollte Tepaha noch einmal die Briefe dieses verrückten Osage-Anwalts vorgelesen haben. Mit sichtlich besserer Laune kramte Ike die Briefe aus der Tasche, und beide lachten verständnisinnig, als Ike sie zum x-tenmal vorlas.

»Dieser verrückte Osage«, erklärte Ike. »Sagt, daß Critch ein prächtiger Bursche ist und einen Haufen Geld hat. Dann behauptet er, daß Critch ihm lächerliche fünfzig Dollar gestohlen habe! Das ergibt doch keinen Sinn.«

»Alle Osage sind verrückt.« Tepaha nickte weise. »Critch hatte recht, ihm das Geld zu stehlen.«

»Na ja, ich weiß nicht recht, aber ...«

Er schüttelte den Kopf und verfiel wieder in Schweigen, das Kinn auf der Brust. Tepaha verlangte noch eine Verlesung der Briefe. Old Ike ignorierte ihn. Und er ließ sich auch nicht zu einem weiteren Streit verleiten.

Und dann, als Tepaha am Ende seiner Weisheit war, wie er seinem Freund helfen konnte, kam ihm die Erleuchtung. Ein Erlebnis aus grauer Vergangenheit fiel ihm ein, und es erwies sich als außerordentlich wirkungsvoll, Old Ike aus seinem Brüten herauszureißen.

»Hä? Was hast du gesagt?« Er warf Tepaha einen finsteren Blick zu. »Was meinst du damit, ich hätte ihn gegessen?«

»Ich meine«, sagte Tepaha mit gespieltem Abscheu, »ich meine, was ich sage. Du hast Osage gegessen.«

»Das ist eine gottverdammte Lüge! Ich habe nie einen Menschen gegessen, ob Indianer oder Weißer. Ich halte nichts von Kannibalismus!«

»Doch, du hast ihn gegessen. Du hast – warte!« Er hob die Hand, um dem Wutausbruch seines Freundes zuvorzukommen. »Denk mal viele, viele Jahre zurück. So viele Jahre, bis zu den schönen Zeiten, als wir noch jung waren. Erinnerst du dich, Old Ike – die Nacht, als wir zum erstenmal Geronimo getroffen haben? Die Nacht, als wir mit Speeren in sein Lager getrieben wurden? Wir waren von *Tejas* nach *okla homa* gekommen, dem Land des Roten Mannes ...«

3

Sie hatten an diesem Morgen den Red River überquert, die Grenze zwischen Oklahoma und Texas, hatten dabei im Treibsand ihre Packpferde und Vorräte verloren und fast noch ihr Leben, als sie erfolglos versuchten, die verzweifelt wiehernden Tiere zu befreien. Mit Glück und mit Gottes Hilfe, wie das Sprichwort sagt, war es ihnen irgendwie gelungen, ihre Reitpferde in tieferes Wasser zu lenken und mit ihnen zum Nordufer zu schwimmen. Aber ihr Pulver war nur noch ein klebriger Brei und ließ sich nicht mehr für die langen Sharps-Flinten verwenden. Und es schneite, und in der gefrorenen Niedriggrasprärie gab es kein eßbares Wild.

Tepaha grub einen uralten Büffelhaufen auf und entzündete das trockene Innere mit seinem Feuerstein. Sie speisten die Flamme mit weiterem Dung und trockneten ihre Kleider soweit, daß sie nicht mehr froren. Dann wandten sie sich erneut nach Norden, mit eingezogenen Köpfen gegen das Schneetreiben.

Gegen Abend war aus dem Sturm ein Blizzard geworden. Aber vor ihnen lag der schwache Geruch eines Lagerfeuers in der Luft, der Duft von Essen, und mit ungeduldigen Bewegungen in ihren hohen Sätteln spornten sie die zitternden Pferde an. Eine Stunde verging. Vor ihnen roch es noch immer nach Essen und Rauch. Und um sie herum, kaum zu hören im Heulen des Sturms, waren Geräusche. Geräusche, die mehr zu spüren als zu hören waren. Kaum wahrnehmbare Unterbrechungen der Stille, und Ike und Tepaha hatten gelernt, sie als das zu interpretieren, was sie waren, nämlich Anzeichen von menschlichem Leben.

Leise zogen sie ihre Messer. Im gleichen Moment bäumten sich erschreckt ihre Pferde auf, als unsichtbare Hände plötzlich nach dem Zaumzeug griffen. Dann – nun, dann war nichts mehr. Nichts als die stumpfen Enden von zwei Speeren, die sich die Köpfe von Ike und Tepaha zum Ziel genommen hatten und die beiden bewußtlos aus den Sätteln schleuderten.

Mit Fausthieben und Fußtritten wurden sie geweckt und auf die Füße gestellt.

Speerspitzen trieben sie ins Dorf des Apachenhäuptlings Geronimo und zu seinem großen Wigwam.

Der Indianerhäuptling war zu dieser Zeit schätzungsweise Mitte Vierzig, ungefähr doppelt so alt wie Ike und Tepaha. Nach den damaligen Maßstäben galt er somit als alter Mann, während Ike und Tepaha an der Schwelle zum gesetzten Mannesalter standen. Dennoch hatte Geronimo sein hartes Leben gut überstanden, er sah schlank und drahtig aus, und sein Gesichtsausdruck war eher boshaft belustigt als wild und grausam. Ike würdigte er keines Blickes und sprach statt dessen im Tonfall nachdenklicher Verwunderung Tepaha an.

»Und wen haben wir denn hier?« wollte er wissen. »Wer ist diese seltsame Kreatur, die ein Indianer zu sein scheint, ein Apache sogar, und die doch ganz offensichtlich eines weißen Mannes Hund ist und ihm den Arsch und die Eier leckt, weil er sonst mit einem Stöckchen verprügelt wird?«

»Du riechst deinen eigenen Atem, alter Mann«, erwiderte Tepaha hochmütig. »Für einen, der sich von Hundekot ernährt, sind alle anderen ebenfalls Hunde.«

Eine Speerspitze pikte ihn mißbilligend. Mit einer blitzschnellen Bewegung packte Tepaha den Speer am Schaft und zerbrach ihn mit einer scheinbar mühelosen Drehung des Handgelenks. Es war ein kolossaler Kraftakt. Geronimo würdigte ihn, indem er mit einer Kopfbewegung den Krieger zurückhielt, der schon auf Tepaha losgehen wollte.

»Na gut«, meinte Geronimo, »vielleicht bist du doch kein Hund. Vielleicht. Du wirst uns also erzählen, was du mit diesem weißen Mann zu schaffen hast, und du wirst uns erzählen, wer er ist und was er ist, wenn nicht dein Herr.«

Tepaha erklärte stolz, daß Ike sein Freund und Bruder sei. Schon seit ihren Jugendjahren, als beide als *bandidos* in einem mexikanischen Gefängnis gesessen hatten und sie die Todesstrafe erwartete. Sie waren zusammen ausgebrochen, und Tepaha war dabei schwer verwundet worden. Ike hatte ihn zu einer Ranch auf der anderen Seite des Rio Grande gebracht. Ihr Besitzer, ein spanischer Grande, hatte ihnen Unterschlupf gewährt, dann aber heimtückisch einen seiner aztekischen *peons* losgeschickt, um die *carbineros* zu holen. Der Mann war statt dessen zu Ike gegangen, und der hatte den Spanier getötet, und sobald Tepaha soweit genesen war, daß er reisen konnte, hatten sie die Ranch niedergebrannt, das Vieh weggetrieben und die *peons* mitgenommen, die sich ihnen anschließen wollten.

»Wir ließen uns weit ab vom *Rio* nieder«, fuhr Tepaha fort, »in einem gut zweihundert Meilen entfernten Tal. Wir errichteten ein Blockhaus und Nebengebäude. Aber es gab viele Apachen in der Gegend, und bald verließen uns die verängstigten *peons,* die so lange Sklaven gewesen waren, daß sie den Willen zum Kämpfen verloren hatten. Ich hätte natürlich gekämpft, da Old Ike mein Freund und Bruder ist. Aber Ike sagte, das sei nicht notwendig. Statt dessen ging er unbewaffnet zu den Apachen, und er nannte sie Brüder, und er sagte zu ihnen, sie könnten als Gäste zu seinem Wigwam kommen und sich alles nehmen, was sie brauchten. Und...«

»Und...« Geronimos Augen funkelten voll ironischer Anerkennung. »Und so kamen sie, wie? Als Gäste. Und da sie Gäste waren, raubten sie ihm nicht alles und töteten ihn, wie sie es sonst getan hätten.«

»Warum sollten sie?« erwiderte Tepaha stirnrunzelnd. »Mißbrauchen Apachen Freundschaft? Behandeln sie einen Bruder schlecht? Oder vielleicht«, fügte er anzüglich hinzu, »vielleicht ist das Sitte bei den Apachen von Oklahoma?«

»Du«, ermahnte ihn Geronimo, »du bist dem Tode sehr nahe, o Tepaha. Es wäre klug von dir, keine Beleidigungen zu äußern und Fragen zu beantworten, statt welche zu stellen. In diesem Lager befindet sich ein Osage-Gefangener, dessen großes Maul und kleines Hirn ihm morgen früh das Leben kosten werden.«

Tepaha richtete sich auf und stieß ein lautes, verächtliches »Ho!« aus. »Höre meine Worte, o Geronimo«, fuhr er fort. »Dies ist Old Ike King! Wenn er scheißt, bildet sein Kot himmelhohe Gebirge, und fürchterliche Fluten werden durch sein Pissen verursacht, und wenn er furzt, werden ganze Wüsten in den Himmel geweht. Dies habe ich gesehen. Ich, sein *vaquero*-Häuptling. Und uns folgen dreihundert Apache-Krieger, *vaqueros* wie ich, mit ihren Familien. Alle sind Blutsbrüder von Old Ike, alle sind Feinde seiner Feinde. Drohe uns also nicht mit dem Los deines elenden Osage, denn du versuchst das Schicksal, wenn du Osage und meinen Bruder, Old Ike, auch nur in einem Atemzug nennst!«

Die anderen alten Männer in dem Wigwam tauschten verstohlen anerkennende Blicke, denn dies war gut gesprochen. Doch Geronimo ließ sich so leicht nicht beeindrucken.

»Du redest große Scheiße, Apachenhund«, sagte er. »Nichts folgt euch, außer eure eingekniffenen Ärsche, es sei denn, die *carbineros* sind hinter euch her, die euch aus *Tejas* verjagt haben.«

Tepaha versicherte ihm, daß er sich bald mit eigenen Augen überzeugen könnte. »Niemand verjagt Old Ike. Weder die *carbineros* noch die *soldados* von Kaiser Maximilian, noch sonst jemand. Old Ike hat einen Freund, Sam Houston. Unsere Anwesenheit in *Tejas* bringt ihn in eine peinliche Lage, daher sind wir auf seine Bitte hin gegangen.«

»Und ihr beabsichtigt, hier eine Ranch zu gründen? Die Blauröcke werden das nie erlauben!«

»Du kennst Old Ike nicht«, erklärte Tepaha. »Er kann mit *soldados* umgehen. Er wird lächeln und sie mit Geschenken überhäufen. Er wird mit allem einverstanden sein, was sie sagen, und sogar Anstalten machen, es zu tun. Wenn er es nicht tut und die *soldados* zurückkehren, wird er wiederum lächeln und ihnen Geschenke machen und sich ihrem Willen beugen. Und trotzdem wird er bleiben, wo er ist. Sie werden mit Zwangsmaßnahmen gegen ihn drohen. Immer noch lächelnd, wird Ike Zwangsmaßnahmen gegen sie ergreifen, aber auf eine Art, daß sie ihm nicht am Zeug flicken können. Kugeln werden aus dem Nichts auftauchen und ihre Herzen treffen, und ihren Pferden werden die Gelenksehnen durchgeschnitten, und ihre Wigwams werden Feuer fangen. Und nach einer Weile werden die *soldados* wieder abziehen und nicht mehr zurückkommen, weil sie begreifen, daß das, was sich nicht ändern läßt, akzeptiert werden muß. Dies habe ich mit meinen Augen gesehen.«

Geronimo sagte, er hätte auch Scheiße gesehen und auch gerochen. »Ist dies ein Gott?« höhnte er, mit einer Kopfbewegung zu Ike hin. »Als nächstes wirst du uns weismachen wollen, daß er die Pocken heilen kann!«

»Auch das«, erklärte Tepaha. »Sieh her, alter Mann!«

Er entblößte sein linkes Handgelenk und hielt es in den schwachen Schein des Feuers. Am Handgelenk gab es eine kleine Stelle mit Blatternarben – aber nur dort. Die tödlichen Pocken – die chronische Geißel des Roten Mannes – hatten seine Haut nur leicht berührt und waren dann verschwunden.

Die alten Männer waren sprachlos vor Staunen. Geronimo machte große Augen, und die Ironie in seinem Gesicht war wie weggewischt.

»Wie?« Er starrte Tepaha an. »Wie kann das sein?«

»Zauber. Was sonst?«

»Offensichtlich. Aber was für eine Art Zauber?«

»Ein Zauber, den nur Old Ike bewirken kann. Zuerst spricht er einen Zauber über eine Kuh – eine *Kuh*, ja –, und das Blut dieser Kuh wird goldfleckig. Er nimmt diese Goldflecken und streicht sie auf einen blutenden Schnitt der Person, die den Pocken ausgesetzt war. Die Krankheit kostet das Blut dieser Person und flieht entsetzt, wobei sie nur ein winziges Zeichen ihres Bisses hinterläßt.«

»Und es ist immer das gleiche? Das Opfer wird immer geheilt?«

»Keineswegs«, sagte Tepaha hochmütig. »Böse Menschen und solche, die Ikes Feinde sind, sterben unter schrecklichen Qualen.«

Geronimo erhob sich und ergriff Ikes Hand. »Old Ike King«, sagte er, »du und Tepaha, ihr seid willkommen an meinem Feuer, und wir werden zusammen essen und trinken, und ich, Geronimo, werde euch Brüder nennen.«

Das Essen bestand aus *pashofa,* einer Art Grütze aus Maismehl. Gewürzt mit Nesseln, fand Ike es ganz schmackhaft. Doch es war ein bißchen wässerig und enthielt kein Fleisch, nicht mal eine kleine Schlange. Und Tepaha, der die Beleidigungen Geronimos noch nicht verwunden hatte, zog schreckliche Grimassen, während er aß.

Das starke Gebräu, das ihnen serviert wurde, war ebenfalls ein Produkt aus Mais. Wenn der Mais noch grün war, kauten Squaws die Kolben ab und spuckten den Brei in einen großen Kessel. Dieser Art von Maische wurde Wasser hinzugefügt, der Schaum mehrfach abgeschöpft, dann verschloß man den Kessel luftdicht und ließ den Inhalt fermentieren.

Es war ein wirklich hochprozentiges Getränk. Wie auch das Essen, fand Ike es durchaus annehmbar. Tepaha natürlich nicht – zumindest gab er sich diesen Anschein.

Solch ein Gesöff, erklärte er lautstark, wäre im Wigwam von Old Ike King nie serviert worden. Das bescheidenste Getränk, das ein Gast in Old Ikes Wigwam vorgesetzt bekam, war *mescal* oder *tequila,* und für Ehrengäste – Gleichgestellte von Ike und ihm – gab es echten Whiskey.

Die alten Männer am Feuer wanden sich vor Scham, und Geronimo murmelte verlegen Entschuldigungen. Doch trotz eines mißbilligenden Blicks von Ike wollte Tepaha nicht damit aufhören.

»Im Wigwam von Old Ike King«, sagte Tepaha, »gibt es immer Fleisch. Ein Gast kann sich immer den Bauch füllen mit gutem fetten Rindfleisch und kann bei der Abreise so viel mitnehmen, wie er möchte. Grütze bekommen nur kleine Kinder und zahnlose alte Hunde.«

»Es tut mir leid«, murmelte Geronimo. »Es war ein harter Winter. Im Lager gibt es kein Fleisch.«

»Sehr schlechte Planung«, rügte Tepaha. »Old Ike King könnte so etwas nie passieren.«

»Tut mir leid«, wiederholte Geronimo steif. »Wenn wir Fleisch hätten, würden wir es euch gern geben.«

Tepaha fixierte ihn höhnisch. Er sagte, nun verstehe er langsam Geronimos Ruf, sehr listenreich zu sein.

»Ja, jetzt ist es mir klar. Du hebst euer Fleisch für euch auf und servierst deinen Gästen Grütze.«

Das war eine der schlimmsten Beleidigungen. Einen Moment befürchtete Tepaha, zu weit gegangen zu sein. Doch dann lächelte Geronimo geheimnisvoll und erhob sich.

Er ging aus dem Zelt hinaus in den Blizzard, kehrte nach wenigen Augenblicken zurück und verkündete, daß in der Tat Fleisch vorhanden sei. Nicht genug für das ganze Dorf, aber mehr als ausreichend für seine verehrten Gäste.

»Und du und Old Ike King sollt alles haben, o Tepaha. Meine Krieger und ich werden keinen Bissen davon nehmen.«

... So also war es passiert, dachte Ike. So war es gekommen, daß man ihm und Tepaha den gefangenen Osage zum Abendessen vorgesetzt hatte.

»Verdammt noch mal, dieser alte Hurensohn!« brüllte er, und seine Stimme hallte durch die Hotelbar. »Zur Hölle mit dir, Tepaha ...«

»Osage gutes Fleisch.« Tepaha klopfte sich auf den Bauch. »Sonst für nichts gut, Osage, nur für Essen und Bumsen.«

Dann öffneten sich die Türen, und Arlie und Boz traten mit ihren Frauen ein.

4

Die beiden jungen Männer waren ähnlich gekleidet wie ihr Vater, bis hin zu den Messern in den Stiefelschäften. Ihre Squaws, die in respektvollem Abstand hinter ihren Ehemännern blieben, trugen Levis, farbenfrohe Flanellhemden, Wildledermokassins und Wildlederjacken.

Joshie war knapp ein Jahr älter als ihre Schwester Kay und hätte, bis auf den etwas ernsteren Gesichtsausdruck – hier spiegelte sich ihr Zusammenleben mit Boz –, ohne weiteres als ihre Zwillingsschwester durchgehen können. Beide Mädchen waren zierlich, aber wohlgerundet, und sie waren praktisch gleich groß. Beide trugen sie ihr Haar lang und so fest zu Zöpfen geflochten, daß ihre Gesichtshaut spannte und es den Anschein hatte, als rissen sie ständig die Augen weit auf.

Während ihr Großvater sie streng musterte, ob es etwas an ihrem Aussehen und ihrer Haltung auszusetzen gäbe, hatten sie die Augen sittsam niedergeschlagen und die Lippen fest zusammengepreßt, um ja keinen Anflug eines Kicherns erkennen zu lassen. Zufrieden mit seiner Begutachtung, schob Tepaha die Türen zum Speisesaal auf und winkte herrisch seinem Enkel I. K.

I. K. kam herein, die Hände in den Taschen seines billigen Versandhausanzugs vergraben, die grellgelben Schuhe klackten auf dem Boden, als er unbekümmert daherstolzierte. Sein Haar, das vor Pomade glänzte, war in der Mitte gescheitelt, in der großstädtischen Mode jener Tage. Trotz der unheilschwangeren Atmosphäre in der Bar lächelte er. Denn er konnte nicht glauben, daß ihm wirklich etwas Schlimmes passieren würde.

Er war Tepahas jüngstes Enkelkind und Old Ikes Liebling. Beide hatten ihn verwöhnt, über seine geckenhafte Kleidung und sein geziertes Benehmen gelacht und ihn nur milde gerügt wegen seiner Faulheit und weil er ein Nichtsnutz war. Also, warum sollten sie auf einmal Strenge hervorkehren?

»Hallo, Großvater. Onkel Ike«, sagte er. »Wie hängt dein Hammer heute?«

»Schweig«, fuhr ihn Tepaha an. »Du hast Schande über uns gebracht.«

»Ich? Aber Großvater, jetzt...«

Tepaha gab ihm unvermittelt eine Ohrfeige. Als I. K. gequält aufheulte, schlug ihn Tepaha noch einmal. Der junge Mann biß die Zähne zusammen, Tränen in den Augen. Tepaha zog das glänzende Messer aus dem Stiefel und reichte es ihm.

»Du wirst dieses Messer deinem Onkel Ike geben. Er wird mein Messer und seine Hand benutzen. So bestrafen wir dich beide dafür, daß du ihn bestohlen hast.«

»N-nein!« keuchte I. K. »Ich... w-as will er tun...?«

»Er wird dir einen Finger abschneiden.«

»Einen Finger...? *O nein!* B-bitte, Großvater. Bitte nicht...«

Tepaha starrte ihn versteinert an. Unnachgiebig wiederholte er seine Anordnung. Ein Finger würde ihm jetzt abgeschnitten. Zwei, wenn er zauderte. Drei, wenn er es noch länger hinauszögerte.

»Jetzt hör mal«, protestierte Arlie. »Das ist nicht fair.«

»Schweig«, sagte Tepaha.

»Aber es ist nicht fair, Großvater Tepaha. Du und Pa, ihr habt I. K. die ganzen Schlechtigkeiten beigebracht. Ihr habt gelacht über seine Klauerei. Es ist nicht sein Fehler...«

»Schweig! Er hat seine eigene Familie bestohlen, deinen Vater. Ein großes Verbrechen und eine Schande für mich.«

»Aber, verdammt noch mal...«

Tepaha holte blitzschnell aus und schlug Arlie voll ins Gesicht. Jetzt, erklärte er, solle Arlie besser schweigen, andernfalls würde er noch eine Ohrfeige bekommen. Boz lachte über Arlies Verlegenheit.

»Junge, Junge, bist du ein Feigling! Der soll mal versuchen, *mir* eine runterzuhauen!«

Arlie ignorierte den Spott. Tepaha packte seinen Enkel am Arm und zerrte ihn vor Old Ike. Zitternd hielt I. K. seine linke Hand hin, worauf Ike ihm säuberlich den Ringfinger abtrennte und ihn I. K. zurückgab.

I. K. ergriff ihn mechanisch und preßte den blutenden Stumpf an die Brust. Mit leerem Blick, vom Schock betäubt, lauschte er, als Tepaha den Rest seines Urteils verkündete. Er hatte unverzüglich King's Junction zu verlassen. Wenn er je zurückkehrte, würde er getötet werden.

»Und jetzt geh«, sagte Tepaha mit ausgestrecktem Arm. Und I. K. ging. Der alte Apache schob hinter ihm die Türen des Speisesaals zu.

Tepaha wandte sich wieder um. Er suchte Ikes Blick, und Ike nickte bedächtig, machte eine Kopfbewegung zu Boz hin.

»Leg dich dort auf den Boden«, sagte er. »Dein Großvater Tepaha wird dir in den Arsch treten.«

»*Was?*« blaffte Boz. »Was redest du da für einen Scheiß?«

»Ich sagte, leg dich hin! Also, wird's bald, oder soll ich dich flachlegen?«

»A-aber... aber...« Boz' Blick zuckte nervös von seinem Vater zu Tepaha. »Was ist das für ein Scheiß? Warum will Tepaha mich treten?«

Ike sagte, der Fußtritt sei seine Idee gewesen, so wie es Tepahas Idee gewesen sei, I. K. den Finger abzuschneiden. »Du hast Joshie getreten, seine Blutsverwandte. Jetzt wird er dich treten.«

»Ja, da soll doch der Teufel...« Boz fuhr herum und starrte seine Frau an. »Du hast Lügen über mich erzählt, nicht wahr? Du nimmst das jetzt sofort zurück, sonst...«

»Sie hat kein Wort gesagt«, unterbrach ihn Arlie in gelangweiltem Ton. »Ist viel zu stolz, als daß sie zugeben würde, daß ihr eigener Mann sie getreten hat.«

»Hab ich auch nicht, bei Gott! Wer das sagt, ist ein verdammter Lügner!«

»Ich habe das gesagt«, erklärte Arlie grinsend. »Und ich habe nicht gelogen. Also halte lieber den Arsch hin und laß dir eine reintreten.«

Boz stürzte sich auf ihn und griff dabei an seinen Stiefelschaft. Doch im gleichen Moment spürte er die Spitze von Arlies Messer an seiner Kehle.

»Jetzt leg dich hin, Junge«, sagte Arlie sanft. »Auf den Fußboden, sonst fehlt dir gleich dein Adamsapfel.«

Fluchend legte sich Boz hin und schwor, es seinem Bruder heimzuzahlen, und wenn es hundert Jahre dauern würde. Arlie erwiderte lachend, so lange würde es dauern, bis er einen hochbekäme.

»Genug!« grollte Old Ike. Und dann zu Tepaha: »Wann immer du bereit bist, mein Freund.«

Tepaha trat einen Schritt vor. Er kickte Boz zweimal in den Hintern, was den jungen Mann beim zweiten Fußtritt zu einem lauten Furz veranlaßte.

Arlie brüllte vor Lachen, als Boz sich wieder aufrichtete. »Ich hab's doch immer geahnt, daß du voller Scheiße steckst. Jetzt gibt's wohl keine Zweifel mehr.«

Das Gesicht weiß vor Schmerz und Wut, stand Boz langsam auf. Gleichgültig drehte ihm Arlie den Rücken zu, als wollte er etwas zu seiner Frau sagen.

Es war natürlich eine Falle. Aber Boz sah es als günstige Gelegenheit an. Er sprang los, mit gezücktem Messer.

Doch Arlie war plötzlich nicht mehr da, wo er gestanden hatte, und genauso plötzlich war Boz nicht mehr. Punkt.

Er lag wieder auf dem Boden, aufgeschlitzt von den Leisten bis zum Brustbein. Seine Gedärme quollen auf die altersdunklen Dielen.

Arlie wischte das Blut von seinem Messer und warf seinem Vater einen betont bedauernden Blick zu. »Ich mußte es tun, Pa. Es ging einfach nicht anders.«

Old Ike nickte, mit ausdruckslosem Gesicht. »Ich habe es gesehen«, sagte er.

Vier

I

Critchfield King stand auf dem offenen Perron des Salonwagens und sah zu, wie die Morgendämmerung allmählich die Prärie erhellte. Nervös warf er den Zigarillo fort, während er auf die Frau wartete, die angebliche Soldatenbraut.

Was zum Teufel war passiert? fragte er sich wütend. Was in aller Welt konnte sie aufgehalten haben?

Sie hatte die Geldkatze direkt nach ihrem Liebesspiel vermißt und prompt ihre Rückgabe gefordert. Er hatte gelacht und versprochen, sie ihr zurückzugeben, aber nur, wenn sie mit ihm auf den Perron hinauskäme auf ein paar Küsse. Sie war einverstanden, wollte aber erst auf die Toilette. Das war jetzt schon über dreißig Minuten her; weit mehr, denn der Zug hatte zwischenzeitlich an zwei Dörfern gehalten. Bald würde es hell sein, zu spät für die entscheidende Kraftprobe mit ihr; danach würde er verhängnisvolle Aufmerksamkeit auf sich lenken. Wenn sie in den nächsten fünf Minuten nicht auftauchte...

Sie tauchte nicht auf. Völlig entnervt suchte Critch fieberhaft nach einer Erklärung und entschied sich rasch für zwei Möglichkeiten.

Sie hatte sich an den Zugbegleiter gewandt und ihm von

dem Diebstahl erzählt – von dem peinlichen und kompromittierenden Umstand, daß sie, eine verheiratete Frau, sich einem Mann hingegeben hatte und dabei bestohlen worden war. Zwar hielt er es für unwahrscheinlich, daß sie so verzweifelt oder so dumm gewesen sein sollte, das zu tun, aber *möglich* war es. In welchem Fall er, Critch King, in ernsthaften Schwierigkeiten steckte.

Möglichkeit Nummer zwei, und die kam ihm wahrscheinlicher vor: Irgend etwas war passiert, was sie auf der Toilette aufgehalten hatte. Vielleicht war ihr schlecht geworden, oder ihre Kleider waren so sichtbar beschmutzt worden durch ihr Liebesspiel, daß sie sie reinigen mußte, oder… Oder?

Er mußte es herausfinden. Er hatte nichts dadurch zu verlieren, daß er die Wahrheit herausfand. Und so riß er sich zusammen, bemühte sich um eine lässige Miene, verließ den Perron und ging in den Waggon zurück.

Petroleumlampen brannten an beiden Enden und schwankten mit den Bewegungen des Zuges. Sie beleuchteten schwach die schlafende menschliche Fracht. Die Morgendämmerung, die durch die schmutzigen Scheiben drang, gab mehr Licht. Daher konnte Critch schon von weitem sehen, daß die Bank, auf der er mit dem Mädchen gesessen hatte, leer war.

Er durchquerte den Waggon, ging in den nächsten und in die restlichen drei des Zuges. Dann kehrte er um und blieb nur einmal stehen, um dem gähnenden Zugbegleiter seine Fahrkarte vorzuweisen. Der Mann zeigte nicht das geringste Interesse an ihm, und erleichtert kehrte er auf den Perron zurück, wo er gestanden hatte.

Keine Spur von ihr. Leise betrat Critch erneut den Salonwagen und probierte es vorsichtig an der Tür der Damentoilette.

Zuerst rührte sich nichts. Dann ging sie mit einem dumpfen metallischen Klappern auf. Das Schloß war aufgebrochen worden. Glasscherben von dem zerbrochenen Fenster übersäten den Boden. Critch warf einen bestürzten Blick auf das Durcheinander. Dann zog er hastig die Tür wieder zu und verschwand gegenüber in der Herrentoilette.

Er versperrte die Tür und lehnte sich schweratmend dagegen. Leise fluchend grübelte er über dieses neue Rätsel nach.

Die Frau war offenbar aus dem Zug gesprungen. Oder sie war, in Anbetracht des aufgebrochenen Schlosses, gezwungen worden, aus dem Zug zu springen. Jemand hatte die Tür aufgebrochen, und um diesem Jemand zu entkommen, hatte sie die Scheibe eingeschlagen und war geflüchtet.

Der Zug hatte zweimal gehalten, seit sie verschwunden war. Während er abbremste, hätte sie einigermaßen gefahrlos abspringen können. Aber auch die Person, die das Schloß aufgebrochen hatte und vor der sie offenbar geflüchtet war.

Aber weshalb... was...?

Es konnte nur eine Antwort geben. Noch jemand hatte von dem Geldgürtel gewußt, der jetzt um seine Taille hing. Er hatte nicht der Frau gehört, der er ihn abgenommen hatte – andernfalls hätte sie um Hilfe gerufen, statt aus dem Zug zu springen. Ebenso einleuchtend war, daß die Geldkatze auch nicht der Person gehörte, die die Frau aus dem Zug getrieben und zweifellos durchs Fenster verfolgt hatte, andernfalls hätte diese Person versucht, auf legale Weise das Geld zurückzubekommen.

Aber eines war todsicher: Er, Critch King, war in eine große Sache hineingestolpert. In eine *sehr große* Sache! Nur für einen wirklich hohen Einsatz würden die Frau und ihr Verfolger so riskante Sachen machen.

Critch schnallte den Gürtel ab und griff zum erstenmal in dessen Taschen. Vor Überraschung zuckte er zusammen, als er das erste Bündel Scheine hervorzog, und fast hätte er es in die offene Toilettenschüssel fallen lassen. Aufgeregt zog er ein weiteres Bündel hervor, und noch eines, und überschlug dabei grob die Summe. Als er alle Taschen der Geldkatze geleert hatte, schlug ihm das Herz bis zum Hals, und durch den Schock seiner Entdeckung wurde ihm schwindelig.

Er klappte den Toilettendeckel herunter und setzte sich erst einmal. Er hörte den gedämpften Ruf des Zugbegleiters »King's Junction«, spürte, wie der Zug abbremste und anhielt und dann nach kurzer Zeit weiterfuhr.

Critch zählte das Geld noch einmal und verstaute die Bündel in den raffiniert angebrachten Taschen seines Anzuges. Der Schneider, der sich auf solche Kleidungsstücke spezialisiert hatte, brüstete sich damit, daß man in dem Anzug ein Vermögen verbergen könnte ohne die geringste verräterische Ausbeulung. Als Critch aufstand und sich kritisch begutachtete, sah er, daß es kein leeres Versprechen gewesen war.

Zweiundsiebzigtausend Dollar – *zweiundsiebzigtau-*

send Dollar. Und dennoch hätte niemand vermutet, daß er auch nur einen Dollar in alten Cent-Noten bei sich trug. Er hatte noch gut zweihundert Dollar aus der Handtasche der Frau gestohlen, also alles zusammen...

Zweiundsiebzigtausend Dollar! Es war mehr Geld, als er sich je erträumt hatte. Tatsächlich verdammt noch mal zu viel Geld, um damit im Haus seines Vaters aufzutauchen. Sogar für Old Ike mit seinen sehr liberalen Ansichten über Gelderwerb war es viel zu viel, vor allem weil der größte Teil davon aus Fünfhundert- und Tausend-Dollar-Noten bestand. Der Alte würde ihn schlicht zu einem Raubmörder erklären, oder bestenfalls zu einem im großen Stil operierenden Bankräuber, und einen Bundesmarshal holen. Und Critch King würde es herzlich wenig helfen, die Wahrheit zu sagen, selbst wenn er jemand davon überzeugen könnte, wie er an das Geld gekommen war.

Es war so ein Fall, wo eine Lüge nichts nutzte und die Wahrheit tödlich war. Im besten Fall würde ihn Old Ike enterben, ihn als unwürdig für einen Anteil am väterlichen Vermögen betrachten. Also müßte er den Besitz einer so großen Summe geheimhalten. Und in diesem Fall...

Ein Plan nahm Gestalt in seinem Kopf an. Der erste Schritt dieses Plans erforderte, daß er den Zug in der aufstrebenden Stadt El Reno verließ und dann... Oder, nein, das war nicht der allererste Schritt. Jetzt im Moment mußte er sich zuerst der Geldkatze entledigen.

Critch versuchte, das Fenster aufzuschieben. Es klemmte natürlich; diese verdammten Dinger klemmten immer. Critch zögerte und klappte dann den Toilettendeckel auf.

Es war keine echte Toilette im modernen Sinn. Nur ein Plumpsklo, das sich direkt auf die Schienen entleerte. Critch warf den Gürtel hinein, dann, nach einem prüfenden Blick in den Spiegel, zündete er sich noch einen Zigarillo an und trat in den Gang hinaus.

Der Zugbegleiter besichtigte gerade die Verwüstung in der Damentoilette. Er wandte sich um und kniff mißtrauisch die Augen zusammen, als Critch in den Korridor trat.

»Wie ist Ihr Name, Mister?« fragte er barsch.

»Mein Name?« Critch ließ sich die Frage durch den Kopf gehen und zog nachdenklich an seinem Zigarillo. »Ich glaube nicht«, sagte er kühl, »daß Sie das etwas angeht.«

»Vielleicht geht es mich sehr wohl etwas an! Wo haben Sie heute nacht gesessen?«

»Überall in Ihrem verdreckten Zug«, erklärte Critch. »Ich habe versucht, einen Sitznachbarn zu finden, der nicht gestunken oder geschnarcht hat. Bedauerlicherweise fand ich keinen, der nicht beides getan hätte.«

»Sie haben doch neben einer jungen Frau gesessen. Eine Zeitlang jedenfalls. Ich weiß, daß Sie dort gesessen haben!«

»Ach ja?« Critch schnippte die Asche von seinem Zigarillo. »Jetzt will ich Ihnen mal sagen, was *ich* weiß. Daß Sie sich nämlich einen neuen Job suchen können, wenn Sie mir nicht unverzüglich das Privatabteil zur Verfügung stellen, das mir Ihr Fahrkartenverkäufer in Tulsa versprochen hat.«

»Privatabteil – *was?*« Der Zugbegleiter blinzelte dümmlich. »Jetzt hören Sie mal…«

»Privatabteil«, wiederholte Critch nachdrücklich. »Dieser Zug hat einen Waggon für Erste-Klasse-Passagiere, ich weiß also, daß Sie ein Salonabteil zur Verfügung haben müssen. Sie werden meine Koffer aus dem Gepäckwagen holen und mich sofort in das Privatabteil bringen.«

Er hielt ihm die Gepäckscheine hin, zusammen mit einer Fünf-Dollar-Note. »Ihr Trinkgeld«, sagte er hoheitsvoll. »Nun? Worauf warten Sie, Mann? Ich möchte mich frischmachen, bevor wir in King's Junction ankommen.«

Der Zugbegleiter nahm die Gepäckscheine und das Geld, während sich auf seinem einfältigen Gesicht Verwirrung breitmachte. Dann, mit plötzlicher Bestürzung, versuchte er alles wieder Critch in die Hand zu drücken.

»King's Junction?« rief er. »Mister, wir haben King's Junction vor fünfundzwanzig Minuten passiert!«

»Sie haben King's Junction *passiert!*« sagte Critch mit gut gespielter Fassungslosigkeit. »Nach all meinen Anweisungen an Ihren Mann in Tulsa haben Sie mich an der Junction vorbeifahren lassen!«

»Aber... aber... ich habe die Station ausgerufen. Vielleicht haben Sie mich nicht gehört, aber...«

»Ich habe Anweisung gegeben, daß man mir persönlich Bescheid sagt! Übrigens, mein Name ist King. Critchfield King.«

»Aber niemand hat mir etwas ausgerichtet... *King?*« sagte der Zugbegleiter. »Haben Sie King gesagt...? Sind Sie verwandt mit... mit...«

»Allerdings. Isaac Joshua King ist mein Vater. Sie haben den Namen schon mal gehört?«

Der Zugbegleiter nickte kläglich. Und ob er ihn gehört

hatte! Jeder, der irgendwas mit der Eisenbahn zu tun hatte, vom Präsidenten bis zum Gepäckträger, hatte von Old Ike King gehört, und jedem graute davor, sich seinen Zorn zuzuziehen. Vor kurzem erst, als sich die Eisenbahngesellschaft mit dem Schadenersatz für zwei überfahrene Kühe ziemlich Zeit ließ, hatte Old Ike einen Zug an die Schienen angekettet und ihn über sechs Stunden festgehalten, bis ein Bereichsdirektor per Sonderzug eintraf, sich entschuldigte und persönlich das Geld übergab.

Ike King machte seine eigenen Gesetze. Als persönlicher Freund mindestens eines Präsidenten der Vereinigten Staaten – einem Mann, der die Junction besucht und mit ihm gejagt hatte – schienen Gesetze, denen gewöhnliche Sterbliche unterworfen waren, für ihn einfach nicht zu gelten.

Der Zugbegleiter wand sich daher vor Verlegenheit und murmelte Entschuldigungen, während Critch ihm eine Standpauke hielt. Und den wahren Grund für die Strafpredigt ahnte er natürlich nicht im geringsten. Er vergaß sein Mißtrauen, das Rätsel der zerbrochenen Fensterscheibe und die verschwundene Frau, als Critch ihn schonungslos abkanzelte.

»... eine Schande. Diese Eisenbahn und das gesamte Dienstpersonal! Ich brauche nur an eure Bummelzüge durch Arkansas zu denken! Ich kann schneller kriechen, als dieses Ding fährt!«

»Ja, sehen Sie, das ist ein Lokalzug, Mr. King. Er muß an jeder Hütte anhalten. Aber wir haben jetzt auch einen Expreß, der ...«

»Kann ich mir vorstellen! Hat wahrscheinlich eine Spitzengeschwindigkeit von zwölf Meilen die Stunde!«

»Nein, Sir. Er kann auf ebener Strecke zwanzig, fünfundzwanzig fahren. Aber...«

»Ach, vergessen Sie's. Wen interessiert das schon«, sagte Critch mit betontem Überdruß. »Sie haben mich an meiner Station vorbeifahren lassen. Nun werden Sie mir vermutlich noch erzählen wollen, daß Sie kein Salonabteil zur Verfügung haben.«

Der Zugbegleiter nickte unglücklich. »Bis vor kurzem hatten wir eins frei. Wenn ich das gewußt hätte...« Er unterbrach sich und begann auf einmal vor Freude zu strahlen. »Ihr Bruder! Wie konnte ich das nur vergessen!«

»Mein Bruder?« Critch runzelte die Stirn. »Was ist mit meinem Bruder?«

»Ich meine, er hat das letzte freie Salonabteil bekommen. Sie können es ja mit ihm teilen.«

2

Arlie begrüßte Critch überschwenglich und drückte ihn fest an sich, worauf Critch gern verzichtet hätte in Anbetracht des vielen Geldes, das er am Leib trug. Nachdem er sich endlich losgemacht hatte, warf er einen fragenden Blick auf den jungen Indianer, der sich auf einer der Polsterbänke räkelte – ein Apache mit verbundener Hand und städtischer Kleidung. Arlie sagte, sie könnten offen reden, da der junge Mann kaum ein Dutzend Worte Englisch verstünde.

»Wird verdammt schwer werden für ihn in El Reno«, fügte er hinzu. »Aber er wollte unbedingt das Großstadtleben kennenlernen, also hat Pa zugestimmt und ihn auf die Reise geschickt.«

»Verstehe.« Critch lächelte und machte den Versuch, sich vorzustellen. Aber durch die mangelnde Übung hatte er praktisch sein gesamtes Apache vergessen. Und so blieb es Arlie überlassen, die Vorstellung zu übernehmen. Er sprach längere Zeit mit dem jungen Mann, der offenbar etwas beschränkt war und zahlreiche Fragen stellen mußte. Endlich jedoch knurrte der Indianer zustimmend und stellte mit einem Grinsen eine hoffnungsvolle Frage.

»Whiskey?«

»Ja, klar«, erwiderte Critch lächelnd. »Ich habe eine...«

»Aber die bekommt er nicht«, erklärte Arlie. »Der Hurensohn bekommt keinen Tropfen mehr, bis wir in El Reno ankommen. Hör zu, I. K....« Erneut redete er in fließendem Apache auf den Mann ein. »Du bekommst nichts mehr.«

Der junge Indianer gab schmollend nach. Arlie wandte die Aufmerksamkeit wieder seinem Bruder zu und überschüttete ihn mit Fragen, wobei die letzte bezeichnenderweise eine beiläufige Erkundigung nach der Mutter war.

Critch erwiderte, daß er sie seit Jahren nicht mehr gesehen und daß er keine angenehmen Erinnerungen an sie hätte. »Ich möchte lieber nicht über sie sprechen, wenn's dir nichts ausmacht, Arlie. Die Vergangenheit ist vergangen, und es hat keinen Sinn, sich damit aufzuhalten. Ich war trotzdem recht erfolgreich im Leben.«

»Jeder Dummkopf kann das sehen.« Arlie bedachte ihn mit einem warmen Lächeln. »Pa wird verdammt stolz auf dich sein. Wie kommt's übrigens, daß du nicht in King's Junction ausgestiegen bist?«

»Nun ja...« Nachdenklich spitzte Critch die Lippen. »Ich habe mit dem Gedanken gespielt. Aber ich war mir nicht sicher, was für einen Empfang man mir bereiten würde, und ich sah keinen Grund, nach Hause zu kommen, abgesehen von einer gewissen Sentimentalität.«

»Keinen Grund!« rief Arlie. »Ein fettes Erbteil soll kein Grund sein?«

Critch setzte eine verwunderte Miene auf und erklärte, daß Old Ike seinen Söhnen doch sicherlich nicht viel zu vererben hätte, wenn überhaupt etwas.

»Drunten in Tulsa bin ich einem Osage-Anwalt über den Weg gelaufen, schien mir ein ganz patenter Bursche zu sein, am Anfang wenigstens...«

»Er hat Pa wegen dir geschrieben«, unterbrach ihn Arlie lachend. »Behauptet, du hättest ihm die Brieftasche gestohlen.«

»Ein richtiger Winkeladvokat.« Critch nickte gleichmütig. »Zuerst hat er Drinks im Wert von fast zwanzig Dollar geschnorrt. Dann tauchte er am nächsten Morgen in meinem Hotel auf und drohte, einen unvorteilhaften Bericht über mich zu schreiben, wenn ich ihm nicht fünfhundert Dollar gäbe. Ich sagte ihm, er könne von mir aus machen, was er wolle, da ich wüßte, daß mein Vater ein relativ armer Mann ist.«

»Pa, *arm*? Er hat ein paar Schulden, klar, aber wie kommst du darauf, daß er arm ist?«

»Nun, er hat nie wirklich Land besessen. Einiges im Strip hatte er gepachtet, doch das meiste nahm er sich einfach.«

»Und das hat er immer noch, Brüderchen! Das ganze

Land, das er schon immer hatte. Diese Landreformen haben ihm nicht das geringste anhaben können.«

Erstaunt schüttelte Critch den Kopf. »Aber wie in aller Welt...?«

»Ich will dir's erzählen«, antwortete Arlie grinsend, und das tat er auch – eine Saga, die sich schon fast im ganzen Südwesten herumgesprochen hatte.

Arlie, Boz und Old Ike hatten von ihrem Recht Gebrauch gemacht, sich Siedlungsland von jeweils fünfundsechzig Hektar Größe abzustecken. Zusätzlich hatte ein gutes Fünftel von Ikes mehr hellhäutigen Apachefreunden, in städtische Kleidung gesteckt, Parzellen in jeweils gleicher Größe für sich beansprucht. Wie die Kings hatten sie jedoch nicht den ›Run‹ mitgemacht, den Wettlauf um Siedlungsparzellen, sondern hatten das Land ›soonered‹, das heißt, sie steckten ihre Parzellen auf dem Territorium ab, das Old Ike von Anfang an in Besitz genommen hatte.

»Weißt du, was ich meine, Critch? Verstehst du, was ›sooner‹ bedeutet?«

Critch nickte. Ein ›sooner‹ war ein Mensch, der schon vor dem offiziellen Startschuß losrannte. In späteren Jahren wurde es zu einem liebevollen Spitznamen für Oklahoma – der ›Sooner-Staat‹ –, so wie ›Jayhawk‹ zu einem Spitznamen für Kansas und ›Cornhusker‹ für Nebraska wurde.

»Natürlich«, fuhr Arlie fort, »gab es eine Menge Aufregung deswegen. Aber wie du ja sicher weißt, läßt Pa sich nicht so leicht beeindrucken, und zum Glück hatte er genügend politische Rückendeckung, um den Sturm zu überstehen.«

»Schön für ihn«, murmelte Critch. »Aber das sind erst ein paar tausend Hektar. Wie hat er den Rest seines Besitzes zurückbekommen?«

»Mit Geld.« Arlie zuckte die Achseln. »Das heißt, er hat die Parzellen von den Siedlern aufgekauft. Viele hatten nicht das Geld, um ein schlechtes Jahr durchzustehen, und mußten an Pa verkaufen. Die anderen – nun ja, die hat es ein bißchen nervös gemacht, weil so viele Indianer in der Gegend lebten. Irgendwie kamen sie auf die Idee, ihr Skalp könnte an irgendeinem Pfahl baumeln, wenn sie nicht verkauften. Daher...«

»Aha«, sagte Critch. »Ich glaube, ich verstehe.«

»Jetzt komm bitte nicht auf falsche Gedanken«, protestierte sein Bruder. »Vielleicht wurden sie ein ganz klein wenig unter Druck gesetzt, aber alle haben sie einen fairen Preis für ihre Parzellen bekommen. Mehr, als sie wert waren, in den meisten Fällen. Du wirst dich nicht erinnern, da du so lange weg warst, aber die Gegend hier draußen taugt nur für Weideland. Wenn du mit dem Pflug rangehst, weht dir der Boden weg. Ganz offen gesagt« – sorgenvoll schüttelte er den Kopf –, »ich wünschte, Pa hätte nicht so verdammt viel Land. Lieber hätten wir weniger Land, aber mehr Geld, um etwas damit anzufangen. Ich sag dir, Critch, manchmal mache ich mir solche Sorgen, daß...«

Abermals schüttelte er den Kopf und verstummte. Dann hellte sich seine Miene auf, und er sagte, zum Teufel damit.

»Wir beide werden das Kind schon schaukeln, Brüderchen. Mit diesem gottverdammten Boz konnte man nichts anfangen, aber jetzt, nachdem ich ihn aus dem Weg geräumt habe...«

»Äh – aus dem Weg geräumt?« fragte Critch.

»Ich habe den Hurensohn umgebracht. Habe ihn soweit gereizt, daß er mit dem Messer auf mich losgegangen ist, und ihn dann aufgeschlitzt. Ich mußte es einfach tun, Critch. Andernfalls hätte er mich umgebracht. Zwei- oder dreimal hätte der Bastard mich fast abgemurkst, wenn ich nicht aufgepaßt hätte.«

»Das klingt sehr nach Boz.« Critch nickte. »Er war schon immer gemein und verschlagen.« Und insgeheim fügte er hinzu, daß die Umstände von Boz' Tod ebenfalls typisch für Arlie waren. Boz hatte sich kräftig übernommen, indem er sich mit seinem mittleren Bruder anlegte. Trotz seiner Verbindlichkeit und überschäumend guten Laune konnte Arlie vernichtend hart sein, wenn es sein mußte. Wichtiger noch, er war schlau genug, danach ungeschoren davonzukommen – indem er raffiniert seinem Opfer die Schuld zuschob.

Während der Zug durch die endlose Prärie dampfte, nickte und lächelte Critch, und Arlie plapperte unablässig weiter. Nickte und lächelte, ohne wirklich zuzuhören, während er nach und nach zu einer Entscheidung kam.

Er würde nicht nach King's Junction zurückkehren. Mit zweiundsiebzigtausend Dollar in der Tasche brauchte er nicht zurückzukehren. Es reichte, um ein luxuriöses Leben bis ins hohe Alter zu führen, also konnte er gut auf sein Erbteil verzichten. So wie Arlie es geschildert hatte, war dieses Erbe sowieso mehr eine Möglichkeit als eine Tatsache. Der King-Besitz war mit Schulden belastet, und Ikes feudale Art, Dinge zu erledigen, machte diesen Schuldenberg doppelt drückend. Er, Critch, mochte ein alter

Mann sein, bevor der potentielle Reichtum Wirklichkeit wurde. Und es war höchst unwahrscheinlich, daß Arlie ihn so lange am Leben ließ.

Arlie schien ihn zu mögen und mochte ihn zweifellos auch. Dennoch würde er Critch als Bedrohung empfinden – so wie er Boz als eine Bedrohung angesehen hatte. Also...

Er hätte den Platzvorteil, dachte Critch. Heimvorteil für ihn, Auswärtsspiel für mich. Es zahlt sich nicht aus, einem anderen Mann das Spiel kaputtmachen zu wollen; ich war ein Narr, auch nur daran zu denken. Mr. Critchfield King wird sich mit dem begnügen, was er hat, und bei guter Gesundheit bleiben!

In El Reno verabschiedete Arlie den Indianer mit ein paar Silberdollar und einem gutturalen Redeschwall auf Apache. Dann packte er Critchs Koffer und seine eigenen und warf sie auf den Pferdekarren des besten Hotels am Platz.

»Wir tragen uns später ein«, sagte er zu seinem Bruder. »Jetzt müssen wir zuerst einmal zum Büro des U.S.-Marshal.«

»Zum Büro des Marshal?« Critch blinzelte verwirrt. »Wozu?«

»Damit ich den kleinen Unfall, der Boz zugestoßen ist, melden kann; deswegen bin ich schließlich auch hierher gekommen«, erwiderte Arlie. »Was ist los mit dir, Junge? Hast du mir nicht zugehört?«

»Ja, äh... Aber ich habe auch einiges zu erledigen, Arlie. Wie wär's, wenn ich mich verdrücke, während du den Marshal aufsuchst, und dann können wir...«

»Wie wär's«, unterbrach ihn Arlie, »wenn du mit mir zum Marshal kommst, wie du es bereits versprochen hast? Mir gewissermaßen moralische Rückendeckung gibst?«

»Aber... aber es ist sehr wichtig, daß ich...«

»Kann gar nicht so wichtig sein«, sagte Arlie entschieden. »No, Sir, es könnte viel wichtiger für dich sein, daß du dem Marshal ordnungsgemäß vorgestellt wirst. El Reno zieht eine Menge Falschspieler und Betrüger und sonstiges Gelichter an. Und bei deinem Aufzug könntest du leicht für einen von ihnen gehalten werden. Yes, Sir«, fügte er bedächtig hinzu, »du könntest verdammt leicht mit so einem verwechselt werden, Critch. Würde mich überhaupt nicht überraschen, wenn sie dich anhalten und mal kurz filzen, bevor du auch nur eine Viertelmeile gegangen bist.«

Critch warf ihm einen scharfen Blick zu. Aber wenn ein Hintersinn in Arlies Worten gelegen hatte, eine verhüllte Drohung, dann war in seinem Gesicht nichts davon zu lesen. Ganz im Gegenteil, Arlie schien ehrlich besorgt um sein Wohlergehen, schien bestrebt, daß sein jüngerer Blutsverwandter in dieser fremden Umgebung richtig Fuß faßte.

Daher lächelte Critch freundlich und bat Arlie, vorauszugehen. »Zum Büro des Marshal«, sagte er. »Ich kümmere mich später um meine Geschäfte.«

3

El Reno, Schauplatz der staatlichen Grundstückslotterie, erhob sich aus der Prärie als zusammengewürfelte Masse aus soliden Backsteingebäuden und wackligen Holzhäusern, manche einstöckig mit falscher Fassade, andere drei oder vier Stockwerke hoch; denn dies war sowohl eine alte als auch eine neue Stadt, nach der Zeitrechnung im Territory. Es gab sogar einige ›Zeltgebäude‹ – mit Planen bespannte Holzbalkenkonstruktionen. Und an den Rändern erstreckte sich, hinaus in das leicht hügelige Grasland, soweit das Auge reichte, eine chaotische Ansammlung von Zelten und Hütten, auf die Schnelle errichtet von den neu angekommenen Siedlern.

Die staubigen Straßen waren verstopft mit Planwagen, Pferdekarren und Buggys, und Reiter auf abgewetzten Sätteln suchten sich geduldig einen Weg durch sie hindurch. Die meisten waren arbeitslose Cowboys, entwurzelt und unerwünscht, als der Pflug unermüdlich ihre angestammten Gebiete durchfurchte – den Cherokee Strip, das Big Pasture und andere Landstriche des Territory. Manche fanden vielleicht noch Arbeit in Texas oder weiter westlich in den zukünftigen Staaten Wyoming und New Mexico. (Oder auch im Norden, im nordwestlichen Nebraska und in Dakota.) Einige wenige würden sich umstellen, nur aus der verhaßten Notwendigkeit heraus, vom Cowboy zum Ackerbauern. Manche würden zu Gesetzlosen. Einige würden es als Gesetzeshüter versuchen und die gleichen Männer jagen, mit denen sie einst zusammengearbeitet und die sie Freunde genannt hatten. Was den Rest betrifft… wer weiß? Was passiert mit den Männern, die keinen anderen Weg für sich finden können als den, auf dem sich der alles verschlingende Moloch Zivilisation breitmacht? Um mit der zynischen Weltanschauung jener Jahre zu sprechen, sie waren auf Zick-Kurs, wenn sie eigentlich auf Zack sein sollten. Sie hatten auf Rot gesetzt, und Schwarz kam.

Die Gehsteige, die noch belebter waren als die Straßen, bestanden aus Holzplanken und aus unterschiedlichen Ebenen, je nach Lust und Laune des Geschäftsinhabers, vor dessen Etablissement sie vorbeiführten. Wenn er Wert auf eine überdachte Veranda legte, ging es ein paar Stufen hoch, und der Gehsteig wurde zu einem Teil der Veranda; auf der anderen Seite ging es ein paar Stufen hinunter bis zur Eingangshöhe des Nachbarladens.

»Gottverdammich«, jauchzte Arlie, als er sich durch die Menge drängte. »Hast du so was schon mal gesehen, Bruderherz?«

»So was Ähnliches«, erwiderte Critch ein wenig atemlos. »Aber nicht so viel auf einmal.«

»Eine richtige Metropole, nicht wahr? Ein toller Bastard von einer Stadt!«

»Auf jeden Fall«, erwiderte Critch, »ist sie gut genug für uns, bis sich was Besseres findet.«

In Decken gehüllte Indianer saßen an Hauswänden gelehnt, die Beine unschuldig ausgestreckt, so daß der unachtsame Passant leicht darüberstolperte. Siedlerfrauen in Ginghamkleidern und mit breitkrempigen Sonnenhäubchen standen neben leichtgeschürzten Saloon-Mädchen. Cowboys drängten sich neben Siedlern. Indianer, Händler,

Handelsvertreter, Kontoristen, Arbeiter, Frauen jeden Alters und Aussehens; die Reichen, die Schönen, die Verdammten – alle dichtgedrängt in einer chaotischen, farbenprächtigen Menge.

Aus unzähligen Schwingtüren roch es nach Bier, Whiskey und kostenlosem Mittagessen, drang das gedämpfte Getöse der unterschiedlichsten Geräusche auf die Straße. Das Klicken von Roulettekugeln, das Klappern von Spielchips; das dünne Klimpern von Pianos, ausgelassene Schreie und Gelächter, protestierendes Kreischen weiblicher Stimmen.

Trotz der leichtsinnigen und ausgelassenen Stimmung, der freizügigen Atmosphäre, waren keine Schüsse zu hören, kein Anzeichen von Schlägereien. Denn in El Reno wurde Gesetz und Ordnung großgeschrieben – wie Critch bald entdecken sollte.

Es passierte, als er an einem Saloon vorbeikam, ein oder zwei Schritte hinter Arlie. Es gab eine plötzliche Explosion von Schreien und Flüchen, das Geräusch zersplitternden Holzes. Das ganze Gebäude schien zu erbeben. Und dann brach eine Flut von Männern durch die Schwingtüren, hinaus auf die Straße, und Critch wurde von der Menschenmasse gegen einen Holzpfosten, der zum Anbinden von Pferden diente, geschleudert.

Offenbar hatten die Männer nichts Ernsthaftes angestellt – sich vielleicht nur gestritten –, denn die beiden Deputy Marshals, die ihnen auf die Straße hinaus folgten, scheuchten sie nur weg, nach einigen wohlplazierten Hieben und Fußtritten. Etwas lädiert und fuchsteufelswild hob Critch seinen staubbedeckten Hut auf; als er sich aufrichtete, blickte er in ein Paar freundliche, aber stahlharte Augen.

»Schöner Tag«, begrüßte ihn der Mann liebenswürdig. »Würden Sie mir freundlicherweise sagen, wer Sie sind, Mister?«

»Einen Teufel werde ich tun!« fauchte Critch. »Wer sind Sie denn überhaupt?«

»Mein Name ist Tilghman, Bill Tilghman.«

Der Name sagte Critch im Moment gar nichts; tatsächlich handelte es sich um einen der berühmtesten Gesetzeshüter des Westens. Er machte ihm einen ausgesucht schmutzigen und beleidigenden Vorschlag – oder versuchte es wenigstens. Er brachte gerade zwei oder drei Worte über die Lippen, da spürte er den kalten Lauf seines 45ers in der Magengrube.

»Hoch damit!« sagte der Marshal. »Streck diese Händchen über den Kopf!«

Critch hob die Hände und blickte sich verzweifelt nach Arlie um. In dem Durcheinander waren sie getrennt worden, und jetzt konnte er ihn nirgendwo sehen.

Die beiden Deputy Marshals kamen von der Straße zurück und musterten Critch interessiert. »Wen hast du denn da, Bill?«

»Jedenfalls jemand mit ziemlich schlechten Manieren. Sehen wir mal, was er sonst noch bei sich hat.«

»Aber klar.«

Die zwei Deputys machten Anstalten, ihn zu durchsuchen. Gerade als der eine sich bückte, um Critchs Hosenbeine abzutasten, und der andere seinen Mantel aufriß...

»Hallo, Jungs! Was macht ihr denn mit meinem kleinen Bruder?«

Arlie drängte sich durch die Menge und legte ihm schützend einen Arm um die Schultern. Beinahe ohnmächtig vor Erleichterung, hörte Critch ihn sagen, klar, das sei sein Bruder. War seit frühester Jugend von zu Hause weg, aber jetzt sei er zurückgekommen und werde hierbleiben.

»Mr. Tilghman, das hier ist ...«

»Wir haben uns bereits kennengelernt«, unterbrach ihn Tilghman, dann drehte er sich auf dem Absatz um und ging davon. Critch wurde den beiden anderen Männern vorgestellt, den Deputy Marshals Heck Thomas und Chris Madsen, die seine nervös überschwengliche Begrüßung mit trockenem Lächeln erwiderten.

»Also, wollen wir mal sehen«, sagte Arlie. »Das waren jetzt alle von euch, oder? Niemand sonst, der Critch vielleicht für jemand hält, der er nicht ist?«

»Da ist noch Jim«, sagte Madsen. »Zuletzt habe ich ihn auf dem Weg zum Büro des Marshal gesehen.«

»Gut«, erklärte Arlie. »Da wollen wir auch hin.«

Unterwegs schimpfte er gutmütig mit Critch und erkundigte sich, wie er es nur geschafft hätte, mit so gefährlich schlechten Manieren so lange am Leben zu bleiben; kopfschüttelnd hörte er sich Critchs Erklärung an, er sei so durchgeschüttelt worden, daß er einen Moment die Beherrschung verloren hätte.

»Paß lieber auf, wo du künftig die Beherrschung verlierst, Junge«, sagte er, und Critch versprach gottergeben, sich daran zu halten.

Sie erreichten das Bundesgebäude und stiegen zu den Diensträumen des Marshal im zweiten Stock hinauf. Im Vorzimmer füllte ein schwergewichtiger junger Mann mit dem Profil von McKinley auf einer klapprigen Schreibmaschine geschäftig einen Haftbefehl aus. Arlie stellte ihn als Deputy Marshal Jim Thompson vor.

»Old Jim war früher Schullehrer, Critch. Sein Onkel Harry ist der Marshal hier.«

Thompson schüttelte ihnen die Hände. »Beides hat nichts mit meinem derzeitigen Job zu tun«, erklärte er lächelnd. »Übrigens, mein voller Name ist James Sherman Thompson.«

»Das ist doch der Abschuß!« rief Arlie. »Es gibt kaum jemanden im Territory, der nicht Südstaatenrebell gewesen wäre, aber Old Jim betont immer seinen Mittelnamen. Wahrscheinlich dreht ihm deswegen mal jemand den Hals um.«

»Das bezweifle ich«, sagte U.S. Marshal Harry Thompson. »Das bezweifle ich sehr.«

Er stand in der Tür seines Büros, ein großer, vornehm wirkender Mann mit pechschwarzen Haaren und Augen, der eine gewisse Ähnlichkeit mit dem inzwischen aus dem Geschäft ausgestiegenen Banditen Frank James hatte. Er war redegewandt, tadellos gekleidet in blütenweißem Leinen und feinem schwarzem Wollstoff. Denn ein United States Marshal ist ein hoher Regierungsbeamter, im Rang vergleichbar mit einem Bundesrichter, und nicht der Raufbold mit den zwei Revolvern aus der einschlägigen Trivialliteratur.

Er warf seinem Neffen einen Blick zu, der den jungen

Mann eiligst zu seiner Schreibmaschine zurückkehren ließ, dann bat er die beiden King-Brüder mit einer höflichen Geste in sein Dienstzimmer. Er hörte gelassen zu, die Fingerspitzen gegeneinandergelegt, als Arlie die Todesumstände von Boz schilderte. Nachdem Arlie mit einem nervösen Wortschwall geendet hatte, schwieg der Marshal eine ganze Weile. Dann beugte er sich vor und zog Arlie das Messer aus dem Stiefelschaft.

»Ein echtes Bowie, nicht wahr?« fragte er.

»Klar, Marshal Harry. Eines, das der alte Jim Bowie unserem Pa höchstpersönlich gegeben hat.«

»Hast du mir schon mal gesagt«, nickte der Marshal. »Und was habe ich dir gesagt? In puncto Waffen in mein Dienstzimmer bringen, meine ich?«

»Du lieber Gott, Marshal Harry...« Arlie fuhr sich nervös mit dem Finger unter den Hemdkragen. »Hab ich einfach vergessen, ehrlich!«

»Wenn du es noch einmal vergißt«, sagte Thompson leise, »dann muß ich sehr böse mit dir werden.«

Mit einer blitzschnellen Handbewegung schleuderte er das Messer. Es landete mit der Spitze haarscharf neben Arlies Stiefel, und das Heft zitterte noch ein wenig von der Wucht des Wurfs. Arlie, etwas blaß unter seiner Bräune, zog es aus dem Fußboden. Er schob es so tief wie möglich in seinen Stiefel.

»Okay«, sagte Thompson, »ich habe keinen Zweifel, daß sich der Tod deines Bruders genauso ereignet hat, wie du erzählst. Allerdings habe ich auch keinen Zweifel, daß sich sein Tod hätte vermeiden lassen.«

»Aber der verdammte Hurensohn hat versucht, mich

umzubringen, Marshal Harry! Er war schon lange hinter mir her.«

»Tatsächlich? Warum hast du es mir nicht gemeldet?«

»Weil es nichts genutzt hätte! Ich konnte ihm nichts nachweisen.«

»Brauchtest du auch nicht. Ich bin überzeugt, daß eine kleine Warnung von mir genügt hätte, Boz' Mordversuche zu unterbinden.«

»Aber… aber, verdammt noch mal, Marshal…«

»Hm-hm. Das ist nicht die Art der Kings, Dinge zu erledigen, nicht wahr?«

»Nein, ist es nicht, bei Gott!«

»Aber von jetzt an wird es so sein«, erklärte Thompson. »Dein Vater ist zu alt, um sich noch zu ändern, und es bringt auch nichts, wenn er es in seinem Alter noch versuchen würde. Aber du, Arlie, und auch Sie, Sir« – er schloß Critch in seinen Blick mit ein – »ihr beide müßt mit diesem Land wachsen und reifen, müßt erwachsen werden, oder ihr könnt nicht länger ein Teil dieses Landes sein. Ich meine das sehr ernst, meine Herren. In King's Junction wird in Zukunft niemand mehr das Gesetz selbst in die Hand nehmen. Wenn es doch passiert, werde ich dafür sorgen, daß der dafür Verantwortliche an den Galgen kommt. Okay, bevor ihr geht…«

Er griff in seinen Schreibtisch, zog ein Fahndungszirkular hervor und reichte es Arlie. Die Abbildungen – im Holzschnittdruck – seien nach Beschreibungen der Verbrecherinnen angefertigt worden und ihnen vermutlich nicht sehr ähnlich, sagte er.

Arlie stieß ein bewunderndes »Donnerwetter!« aus, als

er das Zirkular betrachtete. Dann las er, die Stirn vor Anstrengung gerunzelt und manchmal über ein Wort stolpernd, den Text laut vor.

»Gesucht wegen Mordes... Zehntausend Dollar Belohnung... Anne und Ethel Anderson, al... ali... äh, alias Little Sis und Big Sis Anderson. Zuletzt gesichtet in der Nähe der Stadt Olathe, Kansas. Vorsicht bei Kontaktaufnahme! Die Gesuchten haben nachweislich dreißig Personen ermordet...«

Arlie unterbrach sich und schüttelte ungläubig den Kopf. »Also, verdammt noch mal, Marshal Harry! Sie wollen mir doch nicht erzählen, daß diese süßen schnuckeligen Weibsbilder dreißig Leute umgebracht haben!«

»Nein«, gab Thompson zu, »die Zahl ist nicht korrekt. Seit der Herausgabe dieses Zirkulars wurden die Leichen von sieben weiteren Männern gefunden. Diese beiden jungen Frauen betrieben ein Rasthaus in Kansas. Wenn gutsituierte Männer dort übernachteten, riskierten sie, daß es ihre letzte Nacht war. Die eine Schwester ging mit dem Mann ins Bett, die andere brachte ihn dann um.«

»Heiliger Joseph! Eine Nacht mit so einem Weib wäre das fast wert! Aber wie kommt's, daß ich nichts davon in der Zeitung gelesen habe?«

Marshal Harry sagte, die Story sei auf dringendes Ersuchen von den Zeitungen nicht veröffentlicht worden. Man hielt es für das Beste, die Anderson-Frauen glauben zu lassen, daß sie nicht gesucht würden, und in der Zwischenzeit Gasthäuser und andere Einrichtungen mit Publikumsverkehr über das Fahndungsersuchen zu informieren.

»Soweit wir die Fakten rekonstruieren können«, fuhr er

fort, »hat Anne – das ist die Jüngere – ihre Schwester sitzenlassen und ist mit der gesamten Beute abgehauen. Ethel – die Ältere, cleverer und rücksichtsloser als Anne – ist Anne anscheinend dicht auf den Fersen. Wenn du also der einen begegnest, ist die andere wahrscheinlich nicht weit.«

»Hol mich der Teufel! Und Sie meinen, sie sind hier im Territory?«

»Möglicherweise. Obwohl es eher unwahrscheinlich ist, daß Flüchtige ausgerechnet hierher kommen.«

Arlie versprach, nach den mörderischen Andersons Ausschau zu halten, und reichte das Zirkular an seinen Bruder weiter.

Critch nahm es – und glotzte entgeistert.

4

Verdammt, die Schlampe war mit ihnen im Zug gewesen! Sie mußte im Zug gewesen sein! Hatte vielleicht sogar zugeschaut, als Little Sis gepimpert wurde. Und kaum war er auf den Perron hinaus- und Little Sis in die Toilette hineingegangen…

Anne, Little Sis, hatte gewußt, daß ihre Schwester nicht mit sich reden lassen würde. Ethel würde sie auf jeden Fall umbringen, ob mit oder ohne Geld. Also war sie aus dem Zug gesprungen, und Big Sis hatte sie verfolgt. Und was dann passiert war…

»Ja, Mr. King?« sagte Marshal Thompson. »Haben Sie diese Frauen schon einmal gesehen?«

Critch antwortete nicht sofort. Und er blickte auch nicht hoch. Er traute seiner Stimme nicht und hatte Angst, was man aus seinem Gesicht ablesen mochte. Erst als er sich wieder gefangen und der Marshal ihn ein zweites Mal angesprochen hatte, hob er den Blick und sprach.

»Ich bin mir nicht hundertprozentig sicher«, sagte er, so ehrlich und überzeugend wie möglich, »aber ich glaube, ich bin der jüngeren Frau schon einmal begegnet.«

»Wann und wo?«

»Tja... ich würde sagen, innerhalb des letzten Monats. Wo genau, kann ich wirklich nicht sagen. Möglicherweise in Dakota, in Texas – es kann praktisch überall gewesen sein.«

»Texas oder Dakota?« Der Marshal zog die Brauen hoch. »Eine ganz schöne Strecke für einen Monat.«

»Ich reise gerne«, erwiderte Critch achselzuckend, »und glücklicherweise kann ich es mir leisten.«

»Zwei gute Gründe, um zu reisen«, sagte Thompson mit einem Nicken. »Haben Sie noch einen dritten?«

»Jawohl, Sir. Es ist der einzige mir bekannte Weg, von einem Ort zum anderen zu gelangen.«

Arlie mischte sich nervös ein: »Verdammt noch mal, Critch! Gib Marshal Harry nicht so freche Antworten!« Doch Thompson brachte ihn mit einer Handbewegung zum Schweigen.

»Sie scheinen mir irgendwie in der Defensive, Mr. King«, sagte er zu Critch.

»Sie scheinen mich soweit getrieben zu haben, Sir. Als ein Mann, der nichts zu verbergen hat, reagiere ich natürlich empfindlich darauf.«

»Und für einen Mann, der etwas zu verbergen *hat*, ist ein heftiger Angriff natürlich die beste Verteidigung.«

»Möglich. Darüber wissen Sie bestimmt mehr als ich, Sir.«

Marshal Thompson nickte gelassen. Erneut legte er die Fingerspitzen zusammen und schaukelte in seinem knarrenden Drehstuhl vor und zurück. »Ein Bekannter von mir, ein Rechtsanwalt namens Al Jennings, hat mir einmal versichert, daß jeder Mann auf die eine oder andere Art im Laufe seines Lebens genügend Gesetze bricht, um sich die Todesstrafe zu verdienen. Wenn wir mal unterstellen, daß seine Theorie stimmt« – die schwarzen Augen bohrten sich in Critchs Gesicht –, »wenn wir das unterstellen – was ich nicht tue –, würden Sie dann sagen, daß Sie eine Ausnahme sind?«

»Würden Sie das sagen?«

»Glücklicherweise«, erwiderte der Marshal, »habe ich hypothetische Fragen nicht zu beurteilen, und ich brauche auch nicht tätig zu werden. Im Gegenteil, es ist mir untersagt, mich von etwas anderem als Tatsachen leiten zu lassen. Und Tatsache ist, wie wir beide wissen, daß Sie nirgends gesucht werden. Ob Grund dafür bestünde, ist keine Sache der Polizei, sondern Ihres Gewissens.«

»Mein Gewissen ist völlig rein, Marshal«, sagte Critch lächelnd.

»Tatsächlich? Dann müssen Sie einzigartig sein in dieser bösen Welt. Aber egal. Ohne eigene Schuld hatten Sie einen sehr schweren Start im Leben. Sie scheinen es gut überlebt zu haben, und das Buch ist geschlossen in bezug auf die Mittel, wie Sie es geschafft haben. Sie sind in einem neuen

Land. Sie beginnen ein neues Leben. Machen Sie etwas Gutes daraus, Mr. King. Machen Sie etwas Gutes daraus. Okay, da Sie mir anscheinend nichts Nützliches über die Anderson-Frauen berichten können...«

Er stand auf und streckte die Hand aus.

Die King-Brüder ergriffen sie, wobei Arlie sich dabei schon Richtung Tür bewegte. Und kaum aus dem Büro, zerrte er Critch zum nächsten Saloon und erklärte, daß er jetzt ganz dringend drei Finger hoch Whiskey brauche.

»Gottverdammich!« fluchte er, während er einen Blechbecher mit gräßlichem Fusel hinunterstürzte. »Ich weiß nicht, was dieser Typ an sich hat, daß er mich so verflucht nervös macht. Wenn er mich nur ansieht, könnte ich mir in die Hosen machen.«

Critch lachte. »Wieso, ich habe ihn ganz nett gefunden.«

»Ja, du hattest ihn gut im Griff«, sagte Arlie und nickte. »Mir war einen Moment ganz schön mulmig, so wie du ihn angeblafft hast, aber ich schätze, du hast gewußt, was du tust. Ich muß es dir lassen, Brüderchen«, fügte er bewundernd hinzu, »ich war wirklich froh, daß du dabei warst.«

»Ich auch. Es ist immer nützlich, einen Mann in seiner Position zu kennen«, erwiderte Critch. Und mit jedem Wort war es ihm ernst.

Sein Zusammentreffen mit dem Marshal hatte ihn in seinem Entschluß bestärkt, sich von King's Junction fernzuhalten. Und von jedem anderen Ort innerhalb Thompsons Zuständigkeitsbereich. Andernfalls würde er sich nur Ärger einhandeln. Bis jetzt hatte er außerordentliches Glück gehabt, daß er nie ins Gefängnis und nicht auf die Fahndungsliste gekommen war. Aber Glück war weitgehend das Abwägen verschiedener Möglichkeiten, und die Chancen standen denkbar schlecht für ihn in King's Junction. Dort konnte er leicht in Schwierigkeiten geraten, auch ohne etwas Ungesetzliches zu tun. Mit seiner zwielichtigen Vergangenheit, über die der Marshal offensichtlich eine Menge wußte, würde er sofort in Verdacht geraten, wenn irgendeine Unregelmäßigkeit vorkam, ganz egal, ob er dafür verantwortlich war oder nicht.

Sein nächster Schritt also? Jedenfalls nicht der, für den er sich entschieden hatte, bevor er mit dem Marshal zusammengetroffen war. Er hatte geplant, den Großteil seiner gestohlenen zweiundsiebzigtausend Dollar in Bankschecks einzutauschen, in verschiedenen Banken, um keine unnötige Aufmerksamkeit zu erregen. Jetzt erschien sogar das riskant – riskanter, als das Geld bei sich zu tragen, bis er nach Texas oder Kansas abhauen konnte, oder wohin auch immer, um Marshal Thompsons wachsamem Blick zu entgehen.

Niemand wußte, daß er solch eine riesige Summe bei sich trug. Arlie mochte etwas gemerkt haben bei seinen stürmischen Umarmungen, genug, um den Verdacht in ihm aufkommen zu lassen, daß Critch eine größere Summe Bargeld hatte. Und Arlie scheute sich nicht zu stehlen, wenn es ihm ungefährlich erschien. Aber da gab es eine sehr einfache Methode, sich gegen Arlie zu schützen.

Er bestellte noch eine Runde Drinks, zahlte aus einer Brieftasche, die noch wohlgefüllt war mit dem Inhalt von Anne Andersons Geldbörse. Sie tranken, und Critch rückte näher zu seinem Bruder.

»Was ich dir noch erzählen wollte, Arlie«, sagte er mit gedämpfter Stimme, »ich habe ziemlich viel Geld bei mir.«

»Konnte ich sehen«, erwiderte Arlie grinsend. »Deine Brieftasche…«

»Mehr als das. Einige tausend Dollar. Ich hatte mir überlegt, sie in Bankschecks einzutauschen. Aber warum eigentlich? Ich kann sie genausogut in Pas Tresor legen, sobald wir in der Junction sind. In der Zwischenzeit, nachdem du weißt, daß ich soviel Geld bei mir trage, können wir beide aufpassen, daß mir kein Taschendieb an die Wäsche geht…«

Arlie blickte so verdutzt, daß Critch beinahe laut aufgelacht hätte. Also hatte dieser hinterhältige Hurensohn geplant, ihn zu beklauen! Und nun war ihm plötzlich eine andere Rolle zugewiesen worden, vom Dieb zum Aufpasser.

Aber nicht für lange, Bruder Arlie. Nur bis ich dich heute abend ohne Abschied verlasse und aus der Stadt verschwinde.

»Also, jetzt hör mal, Bruderherz«, begann Arlie verlegen. »Ich, äh, weiß nicht recht, äh…«

»Du hältst das nicht für eine gute Idee? Na ja, vielleicht hast du recht. Ich geh nur rasch zur Bank rüber und kaufe mir Bankschecks mit dem Geld.«

»Also, äh…«

Arlie hielt das auch nicht unbedingt für eine gute Idee. Wenn er ihm die Schecks stahl, konnte er damit herzlich wenig anfangen. Andererseits hatte er offenkundig keine eigene »gute Idee«, das heißt irgendeinen Trick, wie er an das Geld herankommen konnte, das nun gewissermaßen seiner Obhut anvertraut war.

»Also gut«, sagte er schließlich verdrossen. »Aber, verdammt noch mal, Critch, paß selber auf! Wenn dir dieses Geld geklaut wird, nagelt mich Pa bei lebendigem Leib ans Scheunentor!«

»Oh, ich werde vorsichtig sein«, versprach Critch. »Ich war schon immer der Überzeugung, daß eine Unze Vorsorge besser ist als ein Pfund Arznei.«

»Ach, tatsächlich? Ich für mein Teil war schon immer der Überzeugung, daß Scheiße stinkt.«

»Stimmt was nicht?« fragte Critch unschuldig. »Bin ich dir irgendwie zu nahe getreten?«

Wenn er sich später an diesen Moment zurückerinnerte, verfluchte er sich für seine Selbstgefälligkeit und zerbrach sich den Kopf, wie er auch nur eine Minute vergessen konnte, daß Arlie ein Experte im Vortäuschen war, daß sein äußerliches Verhalten nicht unbedingt sein Denken und Fühlen widerspiegelte. Zu dem Zeitpunkt allerdings...

»Sollten wir nicht langsam ins Hotel gehen?« schlug er vor. »Ich möchte mich frischmachen und einen Happen essen.«

Arlie nickte kurzangebunden und kippte den Rest seines Drinks hinunter. »Okay, gehen wir. Hat keinen Sinn, wenn wir...« Stirnrunzelnd unterbrach er sich und langte dann nach Critchs Jackett. »Du platzt ja aus allen Nähten, Junge.«

»Was?«

»Schau doch mal.« Arlie deutete mit dem Finger drauf.

»Man kann es nur sehen, wenn du die Schultern streckst, aber ... Ja, verdammt noch mal, da ist noch eine Stelle. Und noch eine, und ... So was hab ich noch nicht gesehen! Überall sind die Nähte aufgegangen, als wären die Fäden gerissen oder aufgeschnitten.«

Critch betrachtete sich im Spiegel der Bar. Er blickte Arlie an, der ihn jetzt stirnrunzelnd und mit unschuldiger Betroffenheit ansah.

»Dieser Anzug ist total am Arsch, Bruderherz. Vielleicht kannst du von deinem Schneider das Geld zurückverlangen?«

»Das glaube ich kaum«, sagte Critch.

»Na ja, egal, ich hoffe nur, daß du durch die vielen Löcher kein Geld verloren hast. Ich hoffe ehrlich, daß das nicht passiert ist.«

»Wie in aller Welt kommst du denn auf die Idee?« rief Critch. *»Du hinterfotziger Hurensohn!«*

Und dann schlug er unvermittelt auf seinen Bruder ein.

Das war natürlich ein Fehler. Er war einfach kein Gegner für den kräftigen, durch die Rancharbeit gestählten Arlie. Der gab dem Schlag geschmeidig nach und steckte ihn unbeschadet weg. Dann, nach ein paar Duck- und Ausweichmanövern und dem Versuch, Critch zu beruhigen, schlug er ihn mit einem einzigen Hieb k.o.

Arlie hob ihn vom Boden auf und legte ihn sich über die Schulter. Critchs Hut in der einen Hand, lief er zum Hotel und blieb unterwegs nur einmal stehen, als Deputy Marshal Chris Madsen ihn ansprach. Madsen zeigte amtliches Interesse an Critchs Zustand. Arlie sagte, er könne es selbst nicht verstehen.

»Stell dir vor, wir haben in aller Freundschaft getrunken und geredet, und auf einmal geht er auf mich los. Dazu hat er mich richtig schweinische Sachen geheißen. Kotzt mich ja selber an, daß ich einen Bruder habe, der anscheinend keinen Whiskey verträgt, aber es sieht ganz so aus, nicht?«

Madsen nickte und meinte trocken: »Blamiert die ganze King-Familie, nicht wahr? Aber ich schätze, du sorgst dafür, daß er sich bessert.«

»Oh, das werde ich, das werde ich«, versicherte Arlie. »Du erkennst ihn nicht wieder, wenn du ihn das nächste Mal siehst. Das kann ich dir versprechen, du erkennst ihn nicht wieder!«

Fünf

I

An der unkrautbewachsenen Bahntrasse fand Ethel (Big Sis) Anderson eine rostige Schaufel mit abgebrochenem Stiel, eine Hinterlassenschaft von Streckenarbeitern. Damit hob sie in dem Schotterbett eine Grube aus und legte Annes Leiche hinein.

Es war schon fast heller Tag, als sie endlich damit fertig war. Sie wischte sich die Hände ab und blickte sich um: Auf der einen Seite der Geleise verlief ein ausgefahrener Karrenweg, auf der anderen Seite erstreckte sich Präriefarmland. Sie entschied sich sofort gegen den Karrenweg – zuerst mußte sie wissen, *wohin* sie gehen wollte, bevor sie sich überhaupt auf den Weg machte. Das Wichtigste war jetzt, die Gegend zu erkunden und in Ruhe nachzudenken, und das bedeutete, erst mal ein sicheres Versteck zu finden.

Sie sprang über den Graben, der entlang der Trasse verlief, und kletterte über den Stacheldrahtzaun. In dem fast ganz flachen Terrain konnte sie mehrere Meilen weit sehen, und ihre scharfen Augen deuteten das, was sie sahen, richtig. Kein Rauch drang aus den Schornsteinen des Hauses, das direkt hinter dem Feld aufragte, in dem sie jetzt stand, noch bewegte sich irgend etwas um die zahlreichen Nebengebäude. Aber das hätte sie auch so gewußt. Das

Feld, mit drei Jahre alten Weizenstoppeln, sagte ihr unmißverständlich, daß die Farm verlassen war.

Ein sandiger Lehmboden, der wiederholt mit der gleichen Feldfrucht bepflanzt worden war. Versuchen Sie das ein paar Jahre lang und sehen Sie sich dann an, was mit Ihrer Farm passiert!

Ethel und Anne Anderson waren Farmerstöchter. Ihre sexuelle Erziehung hatte der Vater persönlich in die Hand genommen, und diese Inzesterfahrungen trugen nicht unwesentlich zu der erbarmungslosen Art bei, mit der sie in späteren Jahren die Männer behandelten. Außer Sex hatte er ihnen nichts beigebracht – höchstens daß Gier und Unwissenheit bei einem Farmer eine schlechte Allianz eingehen.

Jahr für Jahr bestellte er seine Felder mit der gleichen bodenauslaugenden Frucht. Ignorierte die Warnung allmählich geringer werdender Erträge. Düngte nur spärlich, wenn überhaupt, und ließ dem erschöpften Boden keine Möglichkeit, sich durch Brachliegen zu erholen. Und dann, als die einst fruchtbare Erde nicht länger Früchte trug, verfluchte er sie wegen ihrer Unfruchtbarkeit, die er selbst verschuldet hatte – und suchte nach weiterem Land, das er zugrunde richten konnte.

Na ja, dachte Ethel grimmig, er war glücklich gestorben. Kriegte das Beil auf den Kopf, während er es Little Sis besorgte.

Ethel hatte vorgehabt, irgendwann in ferner Zukunft wieder eine Farm zu bewirtschaften, und Anne schien damit einverstanden. Ethel hatte sogar schon beschlossen, daß ihre Farm – groß, bestens ausgestattet und hochmodern – in Oklahoma liegen sollte. Das junge Land war ein guter Ort, um eine schlechte Vergangenheit abzustreifen. Außerdem würden viele Neuankömmlinge ihr ganzes Vermögen bei sich tragen. Und Banknoten mit hohem Nennwert – Scheine, die es ermöglichten, ein Vermögen problemlos und unauffällig bei sich zu tragen – würden im Territory längst nicht so auffallen wie möglicherweise anderswo. Mit diesem langfristigen Ziel im Auge hatte Ethel regelmäßig das Rasthaus verlassen und war in verschiedene Städte gefahren, wo sie die Beute, die sie und ihre Schwester durch Mord erworben hatten, in große Scheine umtauschte. Während solch einer Reise hatte sich Anne abgesetzt und die gemeinsame Beute mitgehen lassen.

Zu diesem Zeitpunkt war es Anne jedoch in Fleisch und Blut übergegangen, dem Diktat ihrer Schwester zu folgen. Sie tat es unbewußt, ohne es zu merken. Und so floh sie irgendwann unvermeidlich in Richtung Territory, wie Ethel es vorausgesehen hatte. Und Ethel entdeckte sie prompt, als sie in Tulsa ankam – wenn auch nicht prompt genug, wie sich herausstellte. Dieser Lackaffe mit den modischen Hosen hatte sich als erster an Little Sis herangemacht.

Als Ethel den Hof der verlassenen Farm erreichte, trank sie und wusch sich am Brunnen, dann inspizierte sie sich, so gut es ging, in ihrem kleinen Taschenspiegel.

Ihr Gesicht, ihre Hände und andere freiliegende Hautpartien hatte sie dunkel eingefärbt, so daß es nach starker Sonnenbräune aussah. Sie trug weite Männerkleidung – Latzhosen und Kittel, ein blaues Arbeitshemd und einen zerbeulten Filzhut. Auf den unbefangenen Beobachter wirkte sie wie ein Hilfsarbeiter oder ein Erntehelfer, eine Rolle, die sie seit Wochen erfolgreich gespielt hatte. Eine

Rolle, die sie auch weiterhin spielen würde, bis... Nun ja. Sie würde wissen, wann es Zeit war, sie aufzugeben.

Wenn sie sich als Frau zu erkennen gab, mußte sie zuerst einen zufriedenstellenden Unterschlupf gefunden haben. Einen Unterschlupf, von dem aus sie sich ohne Gefahr daran machen konnte, diese zweiundsiebzigtausend Dollar zurückzuerlangen. Denn auch nicht eine Sekunde hatte sie erwogen, ihren Anspruch aufzugeben. Die Beschaffung hatte dreißig Menschenleben gekostet, und sie war bereit, ihr eigenes Leben zu riskieren, um es sich wiederzuholen.

Sie verließ die brachliegende Farm und marschierte quer durch die Prärie, wobei sie einen weiten Bogen um alle belebten Gehöfte machte. Unterwegs dachte sie an den Lackaffen, der Little Sis um das Geld geprellt hatte und entwischt war.

Sie hatte den Burschen irgendwo schon einmal gesehen, da war sich Ethel sicher. Irgendwann waren sie zur gleichen Zeit in dem gleichen zwielichtigen Schuppen gewesen, und jemand hatte sie auf ihn aufmerksam gemacht. Nicht nur das, auch sein Name war genannt worden – der natürlich nicht Crittenden lautete, wie er Little Sis gesagt hatte. Aber es war ein ähnlich klingender Name. So wie Crissfield oder Crittenwell oder... auf jeden Fall ein ziemlich ungewöhnlicher Name. Ob es sein Vor- oder Nachname war, daran konnte sie sich nicht erinnern. Aber der andere Name (ob nun Vor- oder Zuname) war ziemlich verbreitet, zu gewöhnlich, um ihr im Gedächtnis haftenzubleiben. Aber wenn sie sich erinnern, den einen Namen mit dem anderen in Verbindung bringen könnte...

Und das werde ich, schwor sich Ethel. Der volle Name

dieses Schweinehundes wird mir wieder einfallen. Ich werde ihn aufstöbern, und wehe ihm, wenn er das Geld nicht hat!

Die Sonne stand fast im Zenit, als sie endlich den Ort fand, nach dem sie gesucht hatte. Ein Ort, der ihr anscheinend nicht nur Unterschlupf bot, sondern auch Unterstützung. Sie betrachtete das Gehöft aus der Ferne, eine Farm mit wohlbestellten Feldern und großen Hofgebäuden, aber mit einem Haus, das kaum mehr als einen Raum enthalten konnte. Sie war zu weit weg, um viel von dem Farmer erkennen zu können, außer daß er bärtig und etwas korpulent war. Anscheinend lebte er jedoch allein – was Voraussetzung war für ihren Plan. So entschied sie sich gegen Mittag, nach einigem Überlegen und nachdem er seine Pferde ausgespannt und in den Stall geführt hatte, es zu versuchen.

Er war im Haus und aß gerade, als sie in der Tür auftauchte, ein Mann Mitte Vierzig und mit einem breiten teutonischen Gesicht. Er stand auf, blinzelte dümmlich und wischte sich mit dem Ärmel den Mund ab.

»Yah?« sagte er mit starkem deutschen Akzent. »Was is, Mister?«

Ethel lachte und sprach mit normaler Stimme, nicht in dem rauhen Tonfall, der zu ihrer Maskerade gehört hatte. »Nix Mister, Darling. Hast du eine Frau oder Freundin?«

»Hab nix. Was geht es dich an?«

»Na, dann wirf mal einen Blick auf mich, dann wirst du schon sehen«, sagte Ethel.

Sie ging in die Ecke, wo ein Strohsack auf einem aus Holzbalken zusammengenagelten Rahmen als Bett diente. Lässig zog sie ihre Kleider aus und stand nackt vor ihm.

Seine Augen waren glasig geworden, und aus dem Mundwinkel rann ihm ein Speichelfaden. Doch er blieb mißtrauisch.

»Wieso?« fragte er. »Wieviel?«

»Kein Geld.« Ethel lächelte. »Nichts, was du dir nicht leisten könntest.«

»Yah?«

»Yah. Also, probier mich aus. Ich verschwinde anschließend wieder, wenn du mich nicht dabehalten willst.«

Sie streckte sich auf dem Bett aus und öffnete Arme und Beine für ihn. Der Farmer – sein Name war Gutzmann – erklärte nach einer Stunde Probierens mit großer Entschiedenheit, daß er sie dabehalten wolle. Für immer und ewig, und er würde auch niemandem etwas von ihrer Anwesenheit sagen (er bekam sowieso nie Besuch). Und wenn ihr brutaler Ehemann aus Nebraska nach ihr suchte, würde er, Gutzmann, ihn auf der Stelle umbringen.

»Gut werde ich sorgen für dich, kleine Greta«, versprach er und drückte sie an sich. »Was du willst, tue ich für dich.«

Er meinte es auch, obwohl sie im Augenblick wenig von ihm wollte. Seine Zuvorkommenheit, sein Bemühen, ihr gefällig zu sein, waren ihr so lästig, daß sie hätte schreien können. Aber sie schrie natürlich nicht, sondern tat klugerweise so, als erwiderte sie seine Gefühle. Und Gutzmann, der solch ein Wunder erlebte, wie er es nie für möglich gehalten hätte, schluchzte fast vor Dankbarkeit.

Er hatte nie Liebe erfahren, nicht einmal Zuneigung.

Obwohl er nach Gesprächen hungerte, waren sie ihm verschlossen durch seine Unfähigkeit, mit anderen Menschen umzugehen. So war er stets der stumme Fremde in jeder Gruppe, sog die verlockenden Worte anderer wie ein Verdurstender auf. Stets war er der Außenseiter, der Mann, der verurteilt war, getrennt zu sein von jenen, die lachten und sich unterhielten. Er hatte versucht, einer von ihnen zu werden, hatte gegrinst und hoffnungsvoll genickt, wenn sie ihm einen Blick zuwarfen. Hatte sich atemlos in ihre Unterhaltung gedrängt mit unüberlegten Bemerkungen. Aber sein übertriebener Eifer schien die Mauer, die das Leben um ihn errichtet hatte, nur noch zu erhöhen. Die Leute rückten von ihm ab und ließen seine Bemerkungen unbeantwortet. Nahmen kaum Notiz von ihm, abgesehen von verstohlenen Blicken und heimlichem Flüstern.

Jetzt jedoch war alles anders. Seine kleine Greta (Ethel) hatte dafür gesorgt. In ihrem Schoß hatte er weit mehr gefunden als nur Erlösung von seinem aufgestauten Trieb. In dem Geschenk ihres Körpers fand er Selbstsicherheit, Balsam für seine Seele, uneingeschränkte Bestätigung, daß er liebenswert war. Und so brach Hans Gutzmann aus seinem Panzer aus und nahm endlich am Leben teil.

Nach ein paar Tagen konnte er sogar Ethels bissige Neckereien ertragen, ohne sich beleidigt zu fühlen. Manchmal schockierte ihn ihre Sprache, aber gleichzeitig war er entzückt; er sah es als ein weiteres herrlich unanständiges Geschenk dieser Frau aller Frauen an.

»Ein bißchen sanfter, Gutzy«, sagte sie, »du geiler Hurenbock. Das sind meine Titten, die du zerquetschst, nicht zwei Kuhfladen.«

»Hi-hi!« – ein schockiertes Kichern von Gutzmann. »Du böses Mädchen, Greta. Vielleicht soll ich dir Popo versohlen, yah?«

»Warum nicht? Du hast ja schon alles mögliche damit angestellt.«

»*Gutes* böses Mädchen, meine Greta. Vielleicht sattle ich heute abend Pferde. Wir machen einen schönen Ritt, yah?«

»Yah. So gefällst du mir, Gutzy.«

Die Ausritte wurden zu einer nächtlichen Gepflogenheit. Manchmal dauerten sie Stunden, wobei Gutzmann endlos über die Gehöfte und Siedlungen plapperte, an denen sie vorbeikamen, wer hier oder da oder dort drüben wohnte. Er erzählte ihr alles, was er wußte – da sie außerordentlich interessiert schien –, über die zahlreichen Städte und Dörfer.

Und so fand Ethel unter dem Müll seines Geplappers schließlich Gold. Sie waren in dieser Nacht, dem Ende ihrer ersten Woche bei ihm, unendlich weit geritten. Ethel war ziemlich müde, und Gutzmann hielt ihre Schläfrigkeit für Langeweile. Vor lauter Angst, sie zu verlieren, entschuldigte er sich unterwürfig, daß er eine so schlechte Gesellschaft sei, daß er so wenig zu bieten habe, und versprach, sie auf eine interessante Besichtigungstour mitzunehmen.

»Nich länger als ein Tag, wegen die Tiere. Aber wir könnten...«

»Ach, zum Teufel, Gutzy«, sagte sie gähnend. »Was gibt's denn hier schon zu sehen?«

»Also... da gibt's, äh...«

»Ja?«

»Also, äh...« Gutzmann strahlte plötzlich, als er sich erinnerte. »Nich weit im Westen da ist dieser komische Ort. Gehört altem Mann, weißem Mann – eine groooße Ranch, wie County so groß, mit einem kleinen Dorf. Aber dieser weiße Mann, er hat nur Indianer, die für ihn arbeiten. Hunderte von wilden Indianern.«

»Schatz«, sagte Ethel, »ich würde nicht mal über die Straße laufen, um einem Indianer zuzuschauen, wie er sich ins Ohr fickt.«

»Is 'n komischer Ort«, beharrte Gutzmann. »Dieser alte weiße Mann, er hat böse Jungs. Oh, die sind wirklich gemein, die Söhne von diesem alten Mann. Einer von denen hat bereits einen Bruder umgebracht. Und jetzt ist noch einer gekommen, und... äh...«

»Sehr lustig«, sagte Ethel. »Ich habe schon Bauchweh vor Lachen.«

»Nennt sich Junction«, murmelte Gutzmann. »King's Junction. Die Söhne sind...«

»King!« rief Ethel wie elektrisiert. »Critchfield King!«

Gutzmann starrte sie im Mondlicht an. Schließlich nickte er und runzelte mißtrauisch die Stirn. »Yah, einer heißt Critchfield. Woher weißt du?«

»Ich hab's erraten, du spitzbäuchiger Pferdearsch.« Ethel lachte fröhlich. »Ich bin der beste gottverdammte Rater im ganzen Land.«

»Aber... du kannst es nicht erraten!«

»Hab ich doch gerade. Is nich so, Gutzy?«

»Nein! Du lügst mich an!«

Ethel bedachte ihn mit einem kalten Blick. Okay, wenn

er es so haben wolle, meinte sie. »Aber *wenn* du es so haben willst, Gutzy, dann hast du gerade deine Bettgenossin verloren. Ich ziehe aus!«

»Aber… aber… *Liebchen!* Ich will doch nur…«

»Du willst nur jemand«, sagte Ethel, »den du die ganze Nacht bumsen kannst und der dir den ganzen Tag zuhört, yah? Und das ist genau das, was du von mir bekommst, yah? Also, wenn du es weiterhin bekommen willst, dann reiß dich gefälligst zusammen. Wenn ich dir etwas sage, dann glaubst du mir das, verstanden? Entweder du tust es, oder du kannst in Zukunft mit dir selber reden und deine Gurke in ein Astloch stecken.«

»Aber… aber…«

»Kein Aber. Siehst du das Ding da oben am Himmel? Du glaubst, es ist der Mond? Ist es nicht, Gutzy. Es ist ein Pißpott aus purem Gold. Die Engel benutzen ihn, wenn sie mal müssen. Is richtig, yah?«

Gutzmann schluckte mühsam. Er fuhr sich mit der Zunge über die Lippen, betrachtete ihre vollen Brüste, wie sie sich beim Atmen bewegten, betrachtete ihre Schenkel, die so einladend im Sattel lagen.

»Nun?« fragte Ethel. »Glaubst du mir oder nicht? Was ist? Willst du mich haben oder ein Astloch?«

Gutzmann nickte schwach, und seine Stimme war nur noch ein Flüstern. »Yah. Ich glaube.«

»Was glaubst du?«

»Is… is nicht der Mond. Is 'n Pißpott aus purem Gold.«

»Guter Junge.« Ethel lächelte anerkennend. »Jetzt verstehen wir uns.«

»Und nun gehörst du mir, Greta? Gehörst für immer mir, yah?«

»Für immer«, versprach Ethel. »Solange du lebst…«

2

Den Kopf in den Händen vergraben, saß Critch auf dem Bettrand in seinem Hotelzimmer und wünschte sich ingrimmig, daß er Arlies Kopf vergraben könnte (vorzugsweise in Zement, nachdem er ihn vom Körper abgetrennt hatte), und sei's nur, um dessen endlosen Strom von Mitgefühl zum Schweigen zu bringen. Es war schlimm genug, die zweiundsiebzigtausend Dollar verloren zu haben. Aber dem Gejammere des Mannes zuhören zu müssen, der ihm das Geld gestohlen hatte, das war einfach unerträglich.

Arlie überschüttete ihn schon seit Stunden mit seinem Mitgefühl. Seit er Critch ins Zimmer getragen und ihn wieder zu Bewußtsein gebracht hatte. Und wie verständnisvoll, wie versöhnlich er sich über Critchs Versuch, ihn zu verprügeln, geäußert hatte!

Jetzt mach dir mal nichts draus, Brüderchen. Dasselbe wäre mir vielleicht auch passiert. Wenn ein Mann so viel Geld verliert, geht er natürlich auf alles los, was in seiner Nähe ist.

Critch langte nach der Whiskeyflasche und übertönte für einen Moment Arlies Stimme mit einem tiefen, gurgelnden Schluck. Der Schluck leerte die Flasche, und er schleuderte sie in den Papierkorb, wo auch sein ruinierter Anzug lag.

»... verdammt viel Whiskey heute nachmittag.« *Schon wieder Arlie, zur Hölle mit ihm!* »Soll ich dir nicht was zu essen holen, Critch?«

»Nein«, erwiderte Critch kurzangebunden. »Ich esse, wenn ich Appetit dazu habe.«

»Aber ... okay, okay. An deiner Stelle würde ich wahrscheinlich genauso fühlen.« Traurig schüttelte Arlie den Kopf. »Du tust mir echt leid, Critch. Ich wünschte ehrlich, ich könnte etwas für dich tun.«

»Ich wünschte, ich könnte etwas für *dich* tun«, knurrte Critch.

»Weißt du«, fuhr Arlie nachdenklich fort, »weißt du, was ich denke, Critch? Ich denke, das Geld ist dir gestohlen worden, nachdem wir das Büro des Marshal verlassen haben. Andernfalls hätte Marshal Harry die Risse in deinem Jackett gesehen und wissen wollen, was das ist.«

»Ja? Und weiter?«

»Na ja, wir sind natürlich einer Menge Leute begegnet auf dem Weg zu diesem Saloon. Aber es grenzt die Sache ein bißchen ein, nicht wahr? Ich meine, was den Zeitpunkt betrifft, zu dem du beraubt worden bist. Wenn du also zu Marshal Harry gehst und ihm den Diebstahl meldest ...«

Seine Stimme verebbte, er konnte Critch nicht in die wuterfüllten Augen sehen. »Na ja«, meinte er dann, »vielleicht ist das doch keine so gute Idee. Möglicherweise bekommst du so viele Fragen an den Kopf geworfen, daß du in drei Jahren noch nach Antworten suchst. Old Harry, der will wahrscheinlich wissen, wie du zu dem Geld gekommen bist und warum ein gebildeter Mann wie du es bar mit sich rumgeschleppt hat und wieviel du genau hattest, auf den Cent genau. Und, äh… wieviel war's denn, Bruderherz?«

Critch warf ihm einen mörderischen Blick zu, er hätte am liebsten noch einmal zugeschlagen. Dann, nachdem er sich wieder in der Gewalt hatte, sagte er sich, daß Arlie mit hoher Wahrscheinlichkeit *nicht* wußte, wieviel es gewesen war. Aus rein praktischen Erwägungen hatte er den Diebstahl wohl kaum selbst ausgeführt, statt dessen den jungen Indianer beauftragt – I.K., oder wie immer er wirklich hieß. Später würde er sich mit ihm treffen, um die Beute zu teilen. (Eine Aufteilung, die dem Indianer verdammt wenig übriglassen würde!)

»Ja, Bruderherz? Was hast du gesagt, wieviel es war?«

Critch zögerte, denn ihm kam eine rachsüchtige Idee. Wenn er nun Arlie eine viel größere Summe nannte? Arlie würde natürlich diesen Betrag von dem Indianer haben wollen, und wenn der es ihm nicht geben konnte – dann würde wahrscheinlich die Hölle los sein, was? Dieser Apache-Jüngling war offenbar zu einigen Gemeinheiten fähig – Arlie natürlich auch, das verstand sich von selbst. Und wenn die beiden aufeinander losgingen…

Nein; Critch schüttelte innerlich den Kopf. Rache half ihm jetzt nichts, jedenfalls im Moment nicht. Sein vorrangiges Ziel war das Geld, und am besten kam er da wieder ran, wenn Arlie es in die Finger bekam. Ein freundlicher Arlie – ein Arlie, der glaubte, daß sein kleiner Bruder Critch ihm ebenfalls freundlich gesonnen war und nicht den geringsten Verdacht ihm gegenüber hegte.

Daher hob Critch jetzt den Kopf und blickte seinen

Bruder düster an, stieß einen tiefen Seufzer aus, als Arlie ihn ein drittes Mal drängte.

»Arlie«, sprach er, »ich werd's dir sagen, aber ich möchte, daß du es absolut für dich behältst. Ich kann mich doch darauf verlassen, oder?«

»Du weißt, daß du dich darauf verlassen kannst, Junge«, versicherte Arlie warm. »So wie du's willst, so wird es gemacht.«

»Ich möchte, daß du es nicht einmal Pa erzählst. Er regt sich wahrscheinlich nur unnötig auf, wie alte Leute nun mal sind, also warum ihn damit belasten?«

»Ja, klar. Du hast völlig recht. Also, wieviel ...?«

»Zweiundsiebzigtausend Dollar.«

»Zweiundsiebzigtausend Dollar.« Arlie nickte. »Okay, dann ...«

Mit einem erstickten Laut unterbrach er sich, sprang aus seinem zurückgekippten Stuhl auf. Er starrte Critch an, und seine Lippen bewegten sich tonlos. Mit zitterndem Finger deutete er auf Critch, während er verzweifelt versuchte, die Sprache wiederzufinden.

»D-du hast gesagt... du hast gesagt... *Nein!* Nein, bei Gott!«

»Ja, Arlie, ja.«

»Heilige Eulenscheiße! Woher hast du...« Erneut verstummte er und starrte Critch mit offener Bewunderung an. »Critch, Junge, ich muß es dir lassen! Volle zweiundsiebzigtausend Dollar, und ohne auf der Fahndungsliste zu stehen. Das stimmt doch, oder?« fügte er leicht beunruhigt hinzu. »Du wirst nirgends gesucht? Niemand ist hinter dir her wegen dem Geld?«

Critch schüttelte den Kopf. »Niemand«, sagte er. »Ich bin völlig sauber.«

»Wirklich niemand?« beharrte Arlie. »Da bist du ganz sicher?«

»Absolut sicher. Ich wünschte, ich wäre ein Zehntel so sicher, daß ich das Geld zurückbekomme.«

Arlie murmelte sein Bedauern. Er sagte, vielleicht sollte er sich mal nach diesem verfluchten Drecksdieb umschauen. Wer weiß, vielleicht hätte er Glück und der liefe ihm gerade über den Weg.

»Mach dir bis dahin mal keine Sorgen, daß du ohne Geld zu Hause auftauchen mußt«, sagte er und setzte seinen Hut auf. »Ich kümmere mich darum, darauf kannst du dich verlassen!«

»Ja?«

»Du weißt doch. Du kennst Pa und weißt, wie komisch er ist. Wenn du dort ohne ein kleines Bündel auftauchst, sagen wir zwei-, dreitausend Dollar, meint er, du wärst ein Penner. Also, bei Gott, ich werde dir das Geld besorgen! Ich kenne mich hier in der Stadt aus, und ich habe eine Menge Freunde. Also, irgendwie beschaffe ich es.«

Critch murmelte seinen Dank; sagte, er würde es ihm nie vergessen. Seine Situation sah mit einem Mal rosiger aus. Wenn er an den richtigen Stellen ein paar tausend Dollar spendierte, würde er mit ziemlicher Garantie sein Geld wieder kriegen. Es würde natürlich Zeit kosten. Er würde herumreisen, gewisse Abmachungen mit gewissen Leuten treffen müssen; daher konnte er logischerweise nicht mit Arlie zur Junction zurückkehren. Aber das war okay. Er würde Arlie eine Notiz hinterlassen, daß er nach so einer langen Abwesenheit seine Zweifel hatte, ob er sich wieder an das Leben auf einer Ranch gewöhnen könnte, und deshalb seiner eigenen Wege ginge. Irgendwelche Ansprüche auf sein Erbteil gäbe er gerne auf zugunsten seines geliebten Bruders. Old Ike wäre enttäuscht, und Arlie würde vielleicht eine Zeitlang mißtrauisch sein. Aber...

»... also, ich mach mich auf den Weg, Critch«, sagte Arlie und ging Richtung Tür. »Wie wär's jetzt mit einem Happen zu essen? Soll ich dir aus dem Speisesaal was raufbringen lassen?«

»Wunderbar«, erwiderte Critch lächelnd. »Muß mich in Form bringen, falls ich Pa morgen unter die Augen trete.«

»Kein Wenn und Aber«, erklärte Arlie. »Ich habe versprochen, dir ein hübsches Sümmchen zu besorgen, das du Pa zeigen kannst, und das werde ich tun. Also iß und schlaf dich aus, und wir sehen uns dann morgen früh.«

»Morgen früh?« sagte Critch. »Aber... aber...«

»Ja?« Arlie blickte ihn forschend an. »Was ist los, Bruderherz? Es besteht doch keine Notwendigkeit, dich vor morgen früh zu stören, oder?«

»Notwendigkeit nicht, nein. Aber... aber was ist mit dem Geld, das du mir besorgen willst?«

»Was soll damit sein? Du hast doch mehr als genug bei dir für heute abend. Sobald wir morgen früh im Zug sitzen, gebe ich dir das andere; genug, damit du gute Karten hast bei Pa.«

»Aber... aber...«

»Aber was? Du willst doch sicher nicht soviel Geld über Nacht bei dir haben, oder?« Arlie runzelte die Stirn. »Für mich macht das keinen Sinn. Stell dir vor, du läßt dich noch einmal beklauen, nachdem ich dir ein neues Bündel besorgt habe, dann wärst du wirklich am Arsch!«

Critch starrte ihn hilflos an, suchte nach einem plausiblen Argument, nach einem vernünftigen Einwand. Aber natürlich fand er keinen. Arlie hatte cleverer gedacht, so wie er cleverer gekämpft hatte. Und nachdem alle Tricks versagt hatten, blieb ihm nur der Versuch, offen zu sein.

»Arlie«, sagte er gelassen, »warum willst du, daß ich mit zur Junction komme?«

»Warum? Aber warum denn nicht? Schließlich sind wir Brüder...«

»Wir sind auch Kings. *King*-Brüder, Arlie.«

»Nun...« Arlie zögerte. »Ich schätze, wir sind ein bißchen anders als andere Menschen. Aber...«

»Wir sind in der Tat anders. Das ist uns eingetrichtert worden. Pa war eher ein Wilder als ein zivilisierter Mensch. Von ihm und Tepaha wurden wir aufgezogen in dem Glauben, daß wir praktisch alles tun durften, solange wir uns nicht erwischen ließen. Was unsere Mutter betrifft... nun, am Ende hat sie ihren Arsch an jeden verkauft oder verschenkt, der ihn haben wollte; ihr war das ziemlich egal.«

Arlie brach in schallendes Gelächter aus. »Ehrlich? Na ja, sie hatte die Figur dafür, wenn ich mich recht erinnere. Viel Arsch und kein Hirn? Also, ich erinnere mich an einen Vorfall, als sie... äh... Ach, unwichtig«, schloß er verlegen. »Ich schätze, es ist nicht richtig, über unsere eigene Ma zu lästern.«

»Aber einem King steht das zu. Richtig oder falsch ist für uns kein Thema. Also frage ich dich noch einmal, Arlie. Warum soll ich mit auf die Junction?«

Arlie sagte, er wolle es eben. Was war denn so gottverdammt ungewöhnlich daran, wenn man seinen eigenen Bruder bei sich haben wollte?

»Vielleicht wurden wir als Kinder ein bißchen verbogen. Vielleicht haben wir eine Menge dumme uns falsche Dinge in unserem Leben getan. Aber wir können uns ändern, nicht wahr? Wer sagt denn, daß wir immer auf dem Weg bleiben müssen, den wir einmal eingeschlagen haben?«

»Vergiß es«, knurrte Critch. »Vergiß, daß ich gefragt habe.«

»Aber... verdammt noch mal, ich brauche dich, Junge! Die Ranch ist einfach zu groß, um sie alleine zu bewältigen.«

»Und ich wäre dir eine große Hilfe, was?« Critch schüttelte sarkastisch den Kopf. »Ein Stutzer, ein Stadtmensch – ein Mann, der seit Jahren nicht mal auf einem Pferd gesessen hat. Jeder Zwanzig-Dollar-Cowboy wäre dir eine zehnmal größere Hilfe.«

»Aber er wäre kein King! Es wäre einfach nicht passend, wenn jemand anders als ein King auf der Ranch das Sagen hätte.«

»Wie du meinst, Arlie.« Critch zuckte die Achseln. »Wie du meinst.«

Er gähnte ausgiebig, streckte sich auf dem Bett aus, die Hände hinter dem Kopf verschränkt. Mit einer gemurmelten Entschuldigung schloß er die Augen; öffnete sie dann für einen Moment und zeigte sich überrascht, daß Arlie noch da war.

»Gibt's noch was?« fragte er.

»Allerdings gibt's noch was, du Arsch! Ich kann es nicht ausstehen, wenn man mich einen Lügner heißt!«

»Oh, da kann ich dir keinen Vorwurf machen«, erwiderte Critch mit todernster Miene. »Mir geht's genauso. Natürlich gibt es eine einfache Möglichkeit, wie man so etwas vermeiden kann...«

Er ließ seine Stimme verklingen und bedachte seinen Bruder mit einem außergewöhnlich ernsten Blick. Arlie starrte finster und wütend zurück, machte Anstalten, etwas zu sagen, drehte sich dann um und riß die Tür auf. Kurz bevor er sie zuschlagen konnte, drehte er sich erneut um und sah seinen Bruder an. Mit einem gutmütigen Grinsen und einem mehr oder weniger normalen Gesichtsausdruck.

»Okay, Bruderherz. Okay. Möglicherweise habe ich noch einen Grund, warum ich dich bei mir auf der Junction haben will.«

»Möglicherweise«, bekräftigte Critch.

»Natürlich, ich sage nicht, daß es *der* Grund ist. Aber es könnte sein, daß ich mich auf diese Art wesentlich sicherer fühle. Könnte sein, daß es viel einfacher ist, dich im Auge zu behalten, wenn ich genau weiß, wo du bist.«

»Diese Medaille hat natürlich auch eine Kehrseite.«

»Du meinst, je größer die Entfernung zwischen uns ist, um so sicherer wäre ich?« Arlie schüttelte den Kopf und grinste. »O nein, Bruderherz. O nein. Weil ich etwas über dich weiß, was nicht einmal du weißt.«

»Und das wäre?«

»Etwas, was du nicht kannst. Oh, du glaubst, du könntest es. Hast wahrscheinlich oft daran gedacht, es zu tun.

Hast wahrscheinlich sogar *vorgehabt,* es zu tun. Aber zu deinem Glück hast du es nie versucht, weil du es genauso wenig fertigbringen würdest, wie dich gleichzeitig am Arsch und am Ellbogen zu kratzen. Und der Grund, warum ich weiß, daß du es nicht kannst, ist, daß ich es *kann,* und ich weiß, was es erfordert. Und du hast es nicht in dir, Brüderchen. Du hast es einfach nicht in dir.«

»Was habe ich nicht in mir?« fragte Critch.

»Zu töten. Du kannst vielleicht jemanden engagieren. Ich schätze, du *würdest* dir sogar einen Killer engagieren, wenn du in der entsprechenden Zwangslage bist. Und deswegen...« Arlies Stimme verklang, und sein Grinsen verschwand. Und erneut wurde er zu dem besorgten großen Bruder, dem Mann, der anderen nur Gutes tat. »Deswegen«, fuhr er bedächtig fort, »deswegen halte ich es für eine erstklassige Idee, daß du mit mir zur Junction kommst, Critch. Du nicht? Meinst du nicht, daß es so ziemlich die beste Idee ist, die ein Mensch je hatte?«

Critch nickte müde. »Eine erstklassige Idee«, murmelte er.

Intermezzo

Gegen Mitternacht ging Arlie in I. K.s billige Absteige. Der junge Indianer hatte eine Halbblut-Hure bei sich, war aber noch angezogen, weil er Arlies Besuch erwartete; und er übergab prompt ein Bündel Tausend-Dollar-Noten, sobald er das nackte Mädchen verabschiedet hatte. Arlie zählte das Geld und pfiff beeindruckt durch die Zähne. »Gottverdammich! Ganze zehntausend Dollar, was?«

»Ich stehlen gut, ja?« sagte I. K. bescheiden und strahlte. »Viel gut arbeiten für alten Freund Arlie?«

»Hm, viel gut«, brummte Arlie. »Ich hätte allerdings schwören können, daß Critch ungefähr ein Dutzend Bündel Geldscheine in seiner Jacke stecken hatte, nicht nur dieses eine.«

»Hatte er«, gab I. K. prompt zu. »Ich gehen Bank und tauschen in Tausend-Dollar-Scheine. Leichter zu tragen, weißt du.«

Arlie sagte, das sei richtig clever von ihm gewesen. Und ein bißchen dumm von der Bank, wenn man's recht bedenke. »Die haben dir keine Fragen gestellt, was? Wollten nicht wissen, wie es kommt, daß ein gottverdammter schmuddeliger Indianerjunge wie du soviel Geld hat?«

I. K. rannte plötzlich zur Tür. Arlie erwischte ihn und drehte ihm den Arm auf den Rücken. Erst als Arlie ihm fast die Schulter ausrenkte, bequemte sich der junge Apache zu einem Geständnis. »Da oben! Hinter Schornsteinloch!« keuchte er.

Arlie klaubte die mit Blümchen verzierte Blechabdeckung der Kaminöffnung von der Wand, holte das Geld heraus und warf es aufs Bett. Nachdem er es gezählt hatte, stellte er fest, daß genau hundert Dollar von den zweiundsiebzigtausend fehlten. »Hab Schein bei Dreckschwein von Barkeeper gewechselt. Geben mir dreißig Dollar für hundert.«

»Dreißig Dollar, ja?« sagte Arlie und zückte seine Brieftasche. »Okay, hier sind noch dreißig für dich. Wenn du langsam machst mit dem Ausgeben, kannst du eine ganze Weile davon leben.«

I.K. beschimpfte ihn unflätig. »Gottverdammich, Old Arlie! Halbe-halbe du mir versprochen!«

Arlie sagte, er sei eben genauso hinterlistig wie I.K., nicht wahr? Und im übrigen, fuhr er fort, würde es dem Jungen nicht guttun, wenn er das ganze Geld bekäme. Es würde nur in die Taschen von anderen, schlaueren Dieben wandern, und er würde in weniger als einer Woche im Knast landen.

I.K. verfluchte ihn ausgiebig. Er flehte und bettelte. Unvermittelt stürzte er sich auf Arlie. Das Fluchen und Betteln bewirkte natürlich nichts. Arlie rechnete mit dem Angriff und wehrte ihn mit einem wohlgezielten Fußtritt ab, wobei die Stiefelsporen das Hosenbein des Apachen von oben bis unten aufschlitzten.

Arlie lachte schallend über den Anblick. I.K. schimpfte und fluchte noch eine Weile, dann stimmte er in das Gelächter ein. Arlie zog eine Whiskeyflasche aus der Ge-

säßtasche, und sie tranken zusammen. Sie waren wieder Freunde, allem Anschein nach.

Allem Anschein nach...

Denn es war nicht die Art der Apachen – nicht I.K.s Art –, seine Absichten durch offen gezeigte Feindseligkeit zu verraten.

Eins

1

In ihrem Zimmer im King-Junction-Ranchhaus-Hotel – dem Zimmer, das sie mit ihrem verblichenen Ehegatten Boz geteilt hatte – zog Joshie King den Rouleau herunter, zündete verstohlen die Petroleumlampe an und stellte sich vor den Spiegel. Nackt, wie sie war, zitterte sie ein wenig in der Morgenkühle, zitterte auch vor quälendem, forderndem Verlangen; das nämlich brodelte in ihrem kleinen, wohlgerundeten Körper seit dem Tag vor drei Wochen – als sie Critch zum erstenmal gesehen hatte. *Gottverdammich, dachte sie,* und sie dachte die Worte mit der gleichen Unschuld, mit der sie sie ausgesprochen hätte, ohne sich der eigentlichen Bedeutung bewußt zu sein. *Gottverdammich, ich wette, der besorgt's mir, sehr bald! Dieser Critch, der wird mich gut hernehmen!*

Die Hände hinter dem Kopf verschränkt, betrachtete sie ihre Achselhöhlen – völlig unbehaart, nachdem sie sich unter Schmerzen ein Haar nach dem anderen ausgezupft hatte. Sie hatte Bilder von Frauen mit nackten Schultern gesehen, Frauen in Abendkleidern; und nach genauester Betrachtung war sie zu der Überzeugung gelangt, daß sie keine Haare unter den Armen hatten. Sie war sich nicht sicher, ob das bei ihnen angeboren war oder ob sie diesen

Zustand selbst herbeigeführt hatten. Aber sie war sich sicher, daß so todschicke Frauen mit all ihren kleinen Raffinessen einem so todschicken Kerl wie Critch gefallen würden. Und sie war bereit, alles zu tun, damit sie auch so aussah.

Sie setzte sich auf die Bettkante und blickte nachdenklich an ihrem Körper herab. Trotz der straff geflochtenen Haare, die ihre Gesichtshaut spannten, bildete sich eine Falte der Ratlosigkeit über der Nase.

Tja, dachte sie, waren sie oder waren sie nicht? Waren diese todschicken Frauen nur unter den Achseln unbehaart, oder hatten sie auch um ihr Ding herum keine Haare?

Es ließ sich nicht feststellen, befürchtete sie. Trotz eingehender Suche hatte sie kein Bild von einer nackten Frau finden können – egal, ob todschick oder nicht.

Mit finsterer Miene grübelte Joshie über dieses Rätsel nach. Dann wanderte ihre Hand zögernd zum Schoß, und sie begann halbherzig an den dichten lockigen Haaren zu zupfen. Doch sie hörte sofort wieder damit auf. Zum einen tat es so verdammt weh, zum anderen verstieß es gegen ein Tabu.

Außerdem, was spielte es denn für eine Rolle, ob sie dort unten behaart oder unbehaart war? Critch war seit seiner Rückkehr zur Junction vor drei Wochen freundlich und liebenswürdig zu ihr gewesen, aber er hatte sorgfältig alles vermieden, was nach einem Annäherungsversuch hätte aussehen können, sei es von seiner Seite oder von ihrer.

Daß er sie wollte, davon war sie überzeugt. Er war genauso scharf auf sie wie sie auf ihn. Auf keinen Fall aber und mit aller Entschiedenheit wollte er, was unweigerlich daraus entstehen würde: eine intime Beziehung.

Critch hätte bestimmt große Pläne für die Zukunft. Ein todschicker Kerl wie Critch *mußte* einfach große Pläne haben. Und da gäbe es keinen Platz für eine Apachenbraut.

Er würde sich keine Squaw zur Frau nehmen, nicht Critch King. Das würde er nicht, weil er nicht die Absicht hatte, auch nur einen Tag länger auf der Ranch zu bleiben, als es unbedingt sein mußte. Dessen war sich Joshie sicher. Alle anderen dachten anscheinend anders darüber, einschließlich Old Onkel Ike und Old Großvater Tepaha. Doch Joshie wußte es besser. Sie hatte mehr Gelegenheit gehabt als jeder andere, Critch zu beobachten, seine Haltung zu studieren und zwischen den Zeilen zu lesen. Und sie *wußte* es.

Trostlos und verzweifelt blickte sie in den Spiegel und sah darin eine Zukunft voll Leere und ohne Liebe.

Für sie konnte es keinen anderen Mann geben als einen King. Das war so, eine Tatsache, die von allen akzeptiert wurde. Etwas, das sich nicht ändern ließ. Sie brauchte gar keinen Gedanken daran zu verschwenden, es ändern zu wollen.

Sie würde entweder Critch bekommen oder keinen. Und Critch konnte sie nicht haben. Es sei denn…

Was wäre, wenn sein Leben von ihr abhinge?

Was, wenn sie gewisse Informationen besäße, die ihn bewegen würden, sie zu heiraten?

Sie blickte zum Fenster und sah in dem schmalen Spalt zwischen Rouleau und Fensterrahmen, daß die Dunkelheit einen schwachgrauen Schimmer angenommen hatte, Vorbote der Morgendämmerung. Arlie und ihre Schwester Kay, Arlies Frau, müßten jetzt wach sein. Wach und am Reden. Soviel wußte Joshie, nachdem sie mehrmals an ihrer Tür gelauscht hatte. Und obwohl sie nichts erfahren hatte, was ihr irgendwie von Nutzen gewesen wäre, was sie zu einem Gesamtbild und zu konkreten Fakten hätte zusammensetzen können, hatte sie doch soviel gehört, daß es ihr keine Ruhe ließ. Zum einen – ein ganz wichtiger Punkt – war sie ziemlich sicher, daß Kay Zweifel an Critchs freundlichen Absichten gegenüber Arlie hatte. Und bei den Zweifeln, das wußte Joshie, würde es nicht bleiben. Früher oder später – sehr bald wahrscheinlich – würde Kay dafür sorgen, daß diesen Zweifeln abgeholfen wurde.

So war es mit Boz gewesen.

Und mit Critch würde es genauso sein.

Das soll sie besser bleibenlassen! dachte Joshie aufgebracht. Critch ist mein zukünftiger Ol' Ehegatte!

Dennoch hatte Joshie keine konkreten Beweise, auch wenn es für sie persönlich keinen Zweifel gab. Sie hatte ein eher intuitives Wissen, das darauf beruhte, daß sie ihre Schwester so gut kannte, und weniger auf dem, was ihre Schwester tatsächlich gesagt hatte. Kay hatte nichts gesagt, was als konkreter Beweis hätte dienen können, und Arlie noch viel weniger. Und solange sie nichts sagten, was so erdrückend und belastend war, daß es sich nicht länger leugnen ließ…

Joshie stand auf. Sie streifte ein kurzes, aus Mehlsäcken genähtes Hemd über den Kopf. Leise verließ sie das Zimmer und schlich über den Korridor zum Zimmer ihrer Schwester und ihres Schwagers. Sie sank auf die Knie und legte sich dann bäuchlings auf den Teppichläufer, das Ohr an den Spalt unter der Tür gedrückt.

Es zog kräftig durch den Spalt: Die beiden hatten das Fenster offen, und eine Morgenbrise wehte durch das Schlafzimmer und trug jeden Laut zu Joshie.

Sie konnte alles so gut hören, als stünde sie im Zimmer neben Arlie und Kay. Eine Zeitlang war allerdings nur das rhythmische Knarren des Bettes zu vernehmen und dann der wachsende Tumult bis hin zum Höhepunkt.

Dann, nach einer Zeitspanne zufriedener Stille…

2

Arlie löste sich von dem wohlgerundeten Körper seiner Frau und wälzte sich auf die Seite. »Weiß Gott«, erklärte er, »das ist wirklich ein erstklassiges Filetstück! Je mehr ich davon koste, um so besser schmeckt es.«

Kay kicherte vergnügt, dann wurde sie plötzlich still und rückte ein Stück von ihm weg. Arlie erkundigte sich, was denn nun in sie gefahren sei. Kay erwiderte, es hätte ja doch keinen Sinn, es ihm zu erzählen. Schließlich sei sie nur seine Frau und damit eine völlig unbedeutende Person. Arlie stöhnte auf.

»Jetzt hör mal, verdammte Squaw…«

»Siehst du? Was haben ich gesagt?« maulte Kay. »Ich erzählen dir was, zu deinem eigenen Besten, und…«

»Okay, ich erzähl dir nichts, aber ich *tue* gleich was zu deinem eigenen Besten«, drohte Arlie. »Noch ein Wort über Critch, und ich werde dir…«

»Okay, okay«, meinte Kay achselzuckend. »Ich sagen kein Wort mehr. Aber bei Gott, eines Tages du vielleicht wünschen, daß ich sagen ein Wort, ich dir garantieren!«

»Ach, Scheiße!« rief Arlie ziemlich laut. Danach herrschte eine ganze Weile Stille, ein beleidigtes Schweigen, vermutete Joshie. Schließlich kniff Arlie ihr liebevoll in die Brust und fragte sie, warum eine so hübsche kleine Squaw manchmal ein so großes Arschloch sei.

»Hör zu, Schatz. Ich hab's dir schon einmal gesagt, und ich sag's noch einmal. Old Critch könnte keine Fliege umbringen, und wenn sie ihn in den Schwanz beißen würde.«

»Ho!« schnüffelte Kay. »Das sagen du, und ich sagen, wie kommt's? Er ein King, nicht wahr? Du töten, Old Boz töten, Old Onkel Ike töten. Alle Kings ganz schön gemeine Hurensöhne. Alle Killer. Also, wie kommt's, nicht Critch?«

Arlie zögerte. »Ich weiß nicht, warum«, gab er zu. »Aber ich weiß trotzdem, daß es so ist. Vielleicht, weil er so früh von hier weggekommen ist. Vielleicht ist er anders erzogen worden. Auf jeden Fall hat er nicht das Zeug dazu, jemanden zu töten.«

»Wie kommen er dann an dieses viele Geld? Du glaubst, jemand ihm schenken?«

»Verdammt noch mal, hörst du mir denn nie zu? Ich hab dir gesagt, Critch ist kein Killer. Was nicht heißt, daß er nicht der hinterlistigste, cleverste, betrügerischste, krummste Hund ist, der mir je begegnet ist.«

»Also er jemand um Geld betrügen. Viel, viel Geld, wie U.S.-Schatzamt, und Ol' Critch, er sich holen. Er viele Leute reinlegen.«

»Darauf kannst du dich verlassen, Old Squaw.«

»Critch verdammt gut mit Leute reinlegen. Also vielleicht auch dich reinlegen.«

»Ach, hör doch auf...!« Arlie schlug sich an die Stirn. »Ich sag dir, wen er reingelegt hat. Irgendeine dumme Pute wie dich!«

Der Zornausbruch war rein rhetorisch, der Inhalt nur von seinem Ärger diktiert. Erst als er die Worte ausgesprochen hatte, dachte er über ihre Bedeutung nach; daß das, was er in gedankenlosem Ärger gesagt hatte, der Wahrheit wahrscheinlich ziemlich nahekam.

Bei Gott, es paßte zu ihm, nicht wahr? Da Critch die Courage zum Töten fehlte, würde er sich logischerweise Frauen als Opfer aussuchen. Er hatte eine Frau aufs Kreuz gelegt, zweifellos in der fleischlichen wie in der betrügerischen Bedeutung des Wortes, und sie um zweiundsiebzigtausend Dollar erleichtert.

Welche Frau hätte soviel Geld bei sich? Warum hatte sie sich nicht an die Polizei gewandt und dafür gesorgt, daß Critch steckbrieflich gesucht wurde – was eindeutig nicht der Fall war?

Die Antwort fiel Arlie ein, kaum hatte er die Frage formuliert. Die Frau hatte den Mund gehalten, weil sie mußte. Sie wurde selbst gesucht. Und...

Diese Anderson-Schwestern! Critch hatte fast ein Loch in das Fahndungsplakat gestarrt. Hatte so lange geglotzt, daß Marshal Harry schon fast mißtrauisch wurde. Und Old Critch hatte sich wunderbar herausgeredet, dieser glattzüngige, verschlagene Bastard. Aber trotzdem...

Hatte Critch beide Schwestern betrogen oder nur eine?

Wie war es ihm, der kein Killer war, gelungen, eine Frau (oder gar beide) auszurauben, die professionell Männer umbrachte?

»... also. *Also?*« Kays Stimme unterbrach seine Gedankengänge. »Antworte mir, Ol' Arlie!«

Arlie gähnte ausgiebig und murmelte, er müsse wohl kurz eingedöst sein. »Was plapperst du denn jetzt schon wieder?«

»Ich sagen«, wiederholte Kay nachdrücklich, »daß jeder irgendwann töten, wegen irgendwas, sogar Old Critch. Jetzt im Moment er denken, er vielleicht kriegen Geld zurück, also er nichts unternehmen. Aber wenn er herausfinden, daß Geld weg, dann, *paff*, du tot, Ol' Ehegatte!«

Arlie stöhnte auf. Verfluchte sich heimlich, daß er ihr von dem Geld erzählt hatte, und beschloß, in Zukunft wesentlich vorsichtiger zu sein in dem, was er ihr anvertraute.

»Old Onkel Ike, er mögen Critch mehr als dich. Vielleicht eines Tages gehören Critch die Ranch, und du sitzen in Scheiße.«

Arlie knurrte, daß sie wahrscheinlich drin gesessen und zuviel davon geschluckt hätte. »Critch ist einfach ein neues Opfer, mit dem Pa sich unterhalten kann; außerdem hat er Critch seit seiner Kindheit nicht mehr gesehen. Sobald sich der Reiz des Neuen gelegt hat, wird er Critch genauso grob behandeln wie jeden andern.«

»Ho!« sagte Kay.

»Ho, ho!« sagte Arlie.

»Ol' Onkel Ike, er kaufen dünne Zigarren, wie Critch sie mögen. Er kaufen extra feinen Whiskey, den Critch mögen. Und die ganze Zeit er sich unterhalten mit Critch.

Ol' Onkel Ike, er sagt, Arlie, du dies machen, du jenes machen; ich werde mich unterhalten mit Critch.«

»Aber, Gottverdammich, ich hab dir doch gerade erzählt...! Ich meine, äh, wenn dein Plappermaul nicht dauernd klapp-klapp ginge wie ein Entenschnabel, dann könnte ich wenigstens in Ruhe nachdenken...«

Kay drehte sich auf die Seite, zog seinen Kopf an ihre Brust und liebkoste ihn mütterlich. Sie küßte ihn, fuhr ihm sanft über das Haar, hielt ihn beschützend an sich gedrückt. Natürlich solle er nachdenken, sagte sie; und was immer er denken würde, wäre richtig, weil er ihr alter Arlie sei und immer wüßte, was am besten sei.

Arlie seufzte; es war eine Mischung aus Zufriedenheit und Protest. »Ich dachte, du hättest deine Meinung über Critch geändert? Hattest du ihn nicht als zukünftigen Mann für Joshie vorgesehen?«

»Hab ich«, gab Kay zu. »Aber das war, bevor ich Gefahr sehen. Muß zuerst für Ehemann sorgen. Ol' Joshie, sie tun das gleiche für Critch. Ol' Boz verdammt nichts taugen, sonst sie auch für ihn gesorgt.«

Arlie zögerte.

»Ich schätze, das eilt nicht mit Critch«, meinte er dann. »Da brauche ich nichts zu überstürzen.«

»Du so denken, Arlie? Mein sehr, sehr schlauer Ol' Ehemann, er wirklich denken, keine Eile?«

Sie sagte es in einem Ton hinterhältiger Fassungslosigkeit, ungläubigen Staunens. So mochte eine Mutter mit ihrem erwachsenen Sohn sprechen, der gerade seine Sonntagshose naß gemacht hatte.

»Na ja«, meinte Arlie verlegen. »Aber jetzt denk doch

mal nach. Marshal Thompson hat mich bereits gewarnt, und er meint, was er sagt. Wenn ich auf Critch losgehe, läßt mich Marshal Thompson verhaften!«

»Dann haben Critch vielleicht Unfall?« schlug Kay vor. »Critch haben Unfall, nicht deine Schuld.«

»Also«, meinte Arlie, »ich weiß nicht recht...«

»Mein alter Arlie, er ganz raffinierter Teufel«, sagte Kay schmeichelnd. »Er sorgen für schönen schweren Unfall von Critch, und niemand können beweisen, daß kein Unfall. Ich das wissen, bei Gott!«

Sie küßte ihn erneut. Streichelte wieder hypnotisierend seinen Kopf. Doch Arlie war noch nicht überzeugt. Oder wenn er es war, sagte er es nicht.

Er schleuderte unvermittelt die Bettdecke zurück und schwang die Beine aus dem Bett.

»Zeit zum Aufstehen«, verkündete er. »Aus den Federn, Old Squaw.«

Er stand auf und begann sich anzuziehen.

Draußen vor der Tür stand Joshie ebenfalls auf und kehrte lautlos in ihr Zimmer zurück.

3

In seinem Zimmer war auch Critch dabei, sich anzuziehen; ab und zu verzog er das Gesicht oder unterdrückte ein Stöhnen, wenn ein vom Sattel überbeanspruchter Muskel oder ein Gelenk sich schmerzhaft meldete. Die erste Woche war der reine Mord für ihn gewesen. Jeden Tag hatte er sich heimlich geschworen, einen weiteren ertrage er nicht mehr. Jeden Morgen kostete es ihn fast übermenschliche Kraft, aus dem Bett zu kommen, und er mußte sich sehr überwinden, um nicht um einen freien Tag zu bitten. Die Kraft und den Mut, solch einem Eingeständnis von Schwäche zu widerstehen, fand er nur deswegen, weil ihm nichts anderes übrigblieb. Denn trotz der überraschenden Freundlichkeit – sogar Bevorzugung –, die sein Vater ihm gegenüber an den Tag gelegt hatte, wußte er zu gut, wie sehr Old Ike Schwäche verabscheute. Ike würde es bei einem Sohn einfach nicht dulden, sowenig wie er Leichtsinn geduldet hätte. Und da Critch auf der Junction bleiben mußte, zumindest bis er das gestohlene Geld wieder hatte, und da er nur bleiben konnte, wenn er den Ansprüchen des Alten genügte – nun, da hatte er es eben irgendwie geschafft. Er hätte es nie für möglich gehalten, aber er hatte es geschafft. Und jetzt, nach drei Wochen, fiel ihm das, was ihm anfangs unerträglich erschienen war, nur noch schwer, und es wurde mit jedem Tag leichter.

Beim flackernden Licht der Petroleumlampe betrachtete er sich im Spiegel der Frisierkommode; verspürte eine Art verlegenen Stolzes über die Veränderung in seinem Aussehen. Die normale olivfarbene Blässe seines Gesichts war einer dunklen Bräune gewichen. Er hatte zugenommen, sogar seine Schultern schienen breiter geworden zu sein. Seine Kleider – genau die gleichen, die auch Tepaha, Arlie und Ike trugen – paßten ihm jetzt wie angegossen, während sie anfänglich mehr an ihm zu schlottern schienen.

Er betrachtete seine Hände und grinste säuerlich über ihr Aussehen. Sie waren schwielig und steif, die Nägel kurz und abgebrochen. Aber das war egal. Zeit und Geld würden solchen Bagatellen abhelfen. Geld hätte er, und damit auch Zeit, sobald die Rechnung mit Arlie beglichen war. Vorläufig mußte er sich zurückhalten. Mußte Arlie Zeit lassen, damit dessen Wachsamkeit nachließ und er unvorsichtig wurde; mußte sich bei Old Ike noch mehr einschmeicheln; mußte sich jeden zum Freund machen, der ihm später vielleicht nützlich sein konnte.

Er brauchte nichts weiter zu tun als das, was er die ganze Zeit getan hatte. Arbeiten – und auf eine günstige Gelegenheit warten. Und für zweiundsiebzigtausend Dollar war er bereit, unbegrenzt zu warten.

Critch zog sich fertig an und gab seinem Aufzug den letzten Schliff, indem er sich ein Messer in den Stiefelschaft steckte. Das Messer erwartete man von ihm, und er tat, was man von ihm erwartete. Außerdem hatte er nachts damit geübt, Schattenkampf vor dem Spiegel, bis er zu erschöpft war für weitere Finten und Paraden.

Eines Tages mochte es ihm sehr gelegen kommen. Vielleicht konnte er seinem Bruder Arlie die Überraschung seines Lebens bereiten.

Nach einem letzten prüfenden Blick stellte er sich an die Tür und wartete, daß die anderen aus ihren Zimmern kamen. Zwischenzeitlich machte er sich Gedanken, wo Arlie das Geld versteckt haben mochte.

Er war ziemlich sicher, daß Arlie es nicht in El Reno gelassen, sondern mit auf die Ranch gebracht hatte. Auf der Rückfahrt zur Junction hatte Arlie einmal kurz das Privatabteil verlassen, worauf Critch die Gelegenheit ergriff, die Reisetasche seines Bruders zu durchsuchen. Ganz unten, unter zahlreichen Kleidungsstücken, befand sich eine schwere Stahlkassette.

Sie war nagelneu, und das Preisschild eines Ladens in El Reno hing noch daran. Als Critch sie schüttelte, hörte er ein verräterisches Rascheln und eine Reihe gedämpfter Aufschläge. Er überlegte noch, was er tun sollte – die Kassette nehmen und den Sprung aus dem Fenster riskieren –, als er Arlie an der Tür hörte. Hastig verstaute er den Behälter wieder und schloß die Reisetasche. Und das war seine letzte Chance gewesen, sich das Geld wiederzuholen.

Den Rest der Fahrt hatte Arlie die Füße auf der Reisetasche, oder er nahm sie mit, wenn er das Privatabteil verließ.

Jetzt hörte Critch vertraute Geräusche auf dem Korridor, und er trat hinaus. Er begrüßte Arlie, nickte Kay zu und bedachte Joshie mit einem warmen Lächeln. Dann gingen die vier die Treppe hinunter, Arlie und Critch voraus, gefolgt von Kay hinter ihrem Mann und Joshie hinter Critch.

Sie näherten sich dem Treppenende, als hinter Arlie und Critch Geräusche wie von einem Handgemenge und ein wütendes Zischeln der beiden Mädchen zu hören war. Arlie wirbelte herum und warf beiden einen forschenden Blick zu. Doch ihre runden Puppengesichter mit den unnatürlich geweiteten Augen waren steife Masken der Unschuld. So stiegen die vier vollends die Treppe hinunter und begaben sich in die Bar, wo Tepaha und Ike auf sie warteten.

Für die Männer wurden Drinks eingeschenkt, für Critch aus einer besonderen Flasche, die Arlie bedeutungsvoll anstarrte. Sie prosteten sich schweigend zu, tranken die Gläser auf einen Zug aus und stellten sie wieder auf den Tisch. Old Ike wuchtete sich aus dem Sessel und ging voraus in den Speisesaal. Und Kay stieß plötzlich einen Schrei aus.

»*Autsch!* Gottverdammich, viel autsch, bei Gott!«

Gleichzeitig begann sie auf einem mokassinbeschuhten Fuß zu hüpfen und hielt sich den anderen mit beiden Händen.

Tepaha sprang auf sie zu. Er packte sie an den Schultern und schüttelte sie heftig, verlangte den Grund für diesen unerhörten Verstoß gegen die Etikette zu erfahren.

»Sprich, du einfältiges Mädchen! Hör auf, wie ein verrücktes Huhn herumzutanzen, und erkläre, sonst schlage ich dich aus deinen Hosen.«

Kay setzte vorsichtig den Fuß auf den Boden und warf ihrer Schwester einen mörderischen Blick zu.

»Ol' Joshie mir auf den Fuß trampeln, Großvater. Schmerzt wie Teufel.«

»So!« sagte Tepaha und wandte sich drohend Joshie zu. »Hast du deiner Schwester auf den Fuß getreten? *Hast du?*«

Joshie nickte nervös und fügte trotzig hinzu, daß Kay sie provoziert hätte.

»Ol' Kay sagen gemeine Dinge, Großvater Tepaha. Ich versuchen sie zu stoppen, aber sie nicht hören auf.«

»Das ist keine Entschuldigung«, erklärte Tepaha streng. »Ein Unrecht macht nicht ein anderes zu Recht.« Er zögerte, nachdem er mit einer Hand schon ausgeholt hatte. »Was waren das für gemeine Dinge?«

»Ja, also...« Joshie trat nervös von einem Fuß auf den

anderen, die Augen niedergeschlagen. »Sie sagen … sie sagen …«

»Sprich sofort, törichtes Kind!«

»S-sie sagen … sie …« Joshies Stimme wurde plötzlich lauter, und sie platzte heraus: »Sie sagen, ich wollen, daß Old Critch meine Pussie ficken! Sie sagen, meine Pussie nichts taugen, deshalb er mich nicht ficken!«

Tepaha blinzelte und ließ ein verstörtes Ächzen hören. Er sah Ike an, ein Blick, der flehentlich um Hilfe bat. Doch sein alter Freund hatte die Augen abgewandt und wurde von einem Hustenanfall geschüttelt.

Hilflos wanderte Tepahas Blick wieder zu Joshie. »Solche Worte werden nur zwischen Mann und Frau ausgesprochen«, sagte er. »Privat. Du mußt bestraft werden.«

Er holte zu einem Schlag aus. Hastig mischte sich Critch ein.

»Entschuldige, Großvater, aber Kay hat diese Worte als erste ausgesprochen. Joshie hat sie nur auf deine Aufforderung hin wiederholt.«

»Hm …« Tepaha zögerte, nickte dann. »Du sprichst wahr, Critch. Tritt vor, Kay.«

»Jetzt aber mal langsam!« begehrte Arlie auf. »Was ist mit Joshie, die Kay auf den Fuß getreten hat? Was ist damit, hä? Und …« Ein böser Blick zu Critch hinüber. »Wie kommst du überhaupt dazu, dich hier einzumischen? Kay geht dich nichts an, und Joshie auch nicht! Sie ist nicht deine Squaw.«

»Aber, Arlie«, sagte Critch sanft. »Es ist doch nur fair …«

»Fair ist Scheiße! Wenn Kay eine Ohrfeige bekommt, dann weiß Gott Joshie auch! Entweder beide oder keine!«

Tepahas Miene wurde hart. Arlie legte schützend seinen Arm um Kay, und Joshie rückte näher zu Critch. Schweigen senkte sich über den Raum, als sich ihre störrischen Blicke kreuzten. Dann fand Old Ike die Sprache wieder und gab Order, daß die Angelegenheit hiermit beigelegt sei.

»Kein Wort mehr darüber, von niemandem, oder es setzt weiß Gott mehr als nur Ohrfeigen! Jetzt gibt es Arbeit zu erledigen, und vorher müssen wir frühstücken, also machen wir uns dran.«

Er ging voraus in das Speisezimmer.

Tepaha schritt hinter ihm her, nach einem strengen Blick zu den vier jungen Leuten. Dann kam Arlie, gefolgt von seiner Frau. Critch, hinter ihm Joshie, trat als letzter ein. So wie es sich für den jüngsten Sohn geziemte.

Das Frühstück war mehr als umfangreich und bestand hauptsächlich aus Fleisch: Steaks, Schweinekoteletts und Rippenstücke, kleine Brötchen, Maisbrot und Buchweizenkuchen. Auch Milch stand auf dem Tisch – Büchsenmilch. Wie auf so vielen Ranches, sogar heute noch, war alles auf die Erzeugung von Fleisch ausgerichtet. Die Milch einer Kuh war für das Kälbchen bestimmt, für Menschen wurde kein Tropfen davon abgezweigt.

Das Mahl wurde von Squaws gekocht und aufgetragen – Blutsverwandte oder angeheiratete Verwandte der Arbeiter in den zahlreichen Gewerbebetrieben der Junction: der Schmiede, dem Futter- und Saatgutgeschäft und dem Gemischtwarenladen.

Bei Tisch wurde nicht gesprochen, jeder tat es Ike und Tepaha gleich, indem er soviel aß, wie es in der fürs Frühstück festgesetzten Zeit nur möglich war. Critch hatte sich anfänglich nicht daran gehalten, hatte nur wählerisch in seinem Essen gestochert und sich etwas übel gefühlt bei der Fresserei der anderen. Die Folge war, daß er am späten Vormittag vor Schwäche fast zusammengebrochen wäre. Und als die Sonne im Zenit stand, was Mittagspause bedeutete, war er mehr aus dem Sattel gefallen als abgestiegen.

Schließlich blickte Old Ike auf seine rübenförmige Taschenuhr, rülpste kräftig und schob seinen Teller beiseite. Tepaha rülpste ebenfalls und lehnte sich zurück. Mit einem Wort, das Frühstück war beendet.

Ike fing Arlies Blick auf und nickte ihm zu. »Du und Kay, ihr sattelt die Pferde. Ihr seid spät dran heute morgen.«

»Schon wieder ich und Kay?« maulte Arlie. »Wieso nie Critch und Joshie?«

Ike ignorierte ihn und wandte sich Joshie zu. »Bring uns Critchs Flasche und ein paar von seinen Zigarren. Wir müssen uns unterhalten.«

»Jawohl, Ol' Onkel«, sagte Joshie und eilte davon, nicht ohne ihrer Schwester eine triumphierende und höhnische Grimasse zu schneiden. Immer noch über Arlies Kopf hinweg sprach Ike zu Critch: Wie ihm inzwischen die Rancharbeit gefiele? Behandelten ihn alle, wie es sich gehörte? Gab es irgend etwas, was er brauchte? Unbehaglich murmelte Critch die entsprechenden Antworten, weil er sehr deutlich Arlies Mißmut spürte. Unvermittelt stieß Arlie seinen Stuhl zurück. Er stürmte aus dem Zimmer, so schnell, daß Kay rennen mußte, um hinter ihm zu bleiben.

»Es läuft also alles ordentlich?« fragte Ike, als Joshie die Drinks einschenkte, die das Frühstück beschlossen. »Hast du irgendwelche Fragen über die Arbeit oder über sonstwas?«

»Bis jetzt nicht«, erwiderte Critch lächelnd. »Das heißt keine, die Arlie nicht hätte beantworten können.«

»Da gibt's wahrscheinlich eine ganze Menge, was Arlie von dir lernen kann. Wenn du meinst, daß er etwas wissen sollte, sag es ihm ruhig.«

Critch nickte, ohne die leiseste Absicht, der Anweisung seines Vaters Folge zu leisten. Arlies verletzter Stolz und seine Verstimmung durften nicht zu echter Wut werden. Darüber hinaus konnte er schwerlich Verbesserungen anregen bei einem Ablauf, der zwar anstrengend, aber so unkompliziert war, wie es einfacher nicht ging.

Die Tagesarbeit bestand darin, nacheinander alle Parzellen der Apache-Pächter aufzusuchen. In jedem Gehöft besprachen sich Arlie und Critch mit dem Familienoberhaupt, erkundigten sich nach seinen Fortschritten, notierten seine Klagen und Bedürfnisse und boten ihren Rat an, wenn es angebracht schien. In der Zwischenzeit absolvierten Joshie und Kay so ziemlich das gleiche Programm bei den Frauen des Haushalts.

»Also weiter«, polterte Old Ike. »Ihr vier reitet immer noch gemeinsam, richtig? Vielleicht solltet ihr Zweiergruppen bilden, dann könnt ihr mehr an einem Tag erledigen.«

»Tja...« Critch zögerte. »Wenn du meinst, daß ich schon soweit bin...«

Ike sagte, nicht was *er* meine, sei wichtig, sondern was Critch meine. »Entscheide selbst«, fügte er hinzu und wuchtete seinen schweren Körper aus dem Stuhl hoch. »Und jetzt machst du dich besser auf den Weg.«

4

Old Ike und Old Tepaha zogen sich für eine Weile in die Bar zurück, wo sie beide ein Nickerchen hielten, den Kopf auf die Brust gelegt, obwohl beide es abgestritten hätten. Sie wachten zur gleichen Zeit wieder auf und begaben sich auf eine höchst kritische Inspektionstour der verschiedenen Gewerbebetriebe der Junction. Es war inzwischen fast Zeit für den Zug, und so gingen sie zuerst zum Bahnhof. Der Bahnhofsvorsteher und gleichzeitig Telegraphist, ein Halbblut, das primitiv in seinen Diensträumen wohnte, bewirtete sie mit Kaffee und freundlichen Beleidigungen. In der Ferne gellte das Pfeifen des sich nähernden Zuges, und sie gingen nach draußen, um ihn zu empfangen.

Er hielt und fuhr wieder weiter, ohne irgendwelche Post dazulassen. Keine einzige Mahnung, kein Zahlungsbefehl. Das ging jetzt schon seit Tagen so, länger, als Old Ike sich erinnern konnte – sein Gedächtnis erinnerte sich zwar an lang zurückliegende, aber nicht mehr so gut an kürzlich passierte Ereignisse.

Erleichtert und gleichzeitig verwirrt, grübelte er laut über dieses Rätsel nach.

Tepaha erklärte, die Antwort sei doch ganz einfach. »Alles schlechte Menschen. Schlechte Menschen machen sich böse Feinde. Vielleicht alle umgebracht worden, ich wette mit dir.«

»Alle auf einmal? Das leuchtet mir nicht ein.«

»Ha! Was leuchtet dir dann ein, wenn du so gottverdammt schlau bist?«

»Nun... Ich schätze, sie haben endlich begriffen, daß ich ein wirklich ehrlicher Mann bin, der niemanden um sein Geld prellen will – was sie eigentlich von Anfang an gewußt haben müßten, wenn sie auch nur ein bißchen Hirn hätten –, also beschließen sie, mich nicht weiter zu belästigen.«

»Ho! Du redest verrückte Scheiße, Old Ike.«

»Was ist daran verrückt, du vertrockneter Hundesohn?«

»Ha! Ich sage, sie möglicherweise alle umgebracht, du sagst, leuchtet dir nicht ein. Du sagst, alle sind plötzlich nette Menschen geworden. Ich sage, leuchtet mir nicht ein. Ist genau das gleiche, nur ich schlauer als du. Feinde sind wie Flöhe auf totem Hund. Niemals nicht nett. Beißen ihn, bis er tot ist.«

Sie stritten mürrisch weiter und gingen dabei zum Hotel zurück. Schließlich gähnte Ike und verlor das Interesse an der Diskussion. Er beendete sie mit der Feststellung, es genüge ihm völlig, daß seine Gläubiger ihn in Ruhe ließen, und es sei ihm so egal wie Kuhscheiße, warum sie es täten.

»Okay...« Er unterdrückte ein weiteres Gähnen und begab sich in die Hotelbar. »Jetzt genehmigen wir uns noch einen kleinen Drink, und dann gehe ich auf mein Zimmer. Muß Pläne machen.«

»Auch ich muß Pläne machen«, erklärte Tepaha würdevoll, »und das werde ich in meinem Zimmer tun.«

Sie tranken.

Sie gingen zusammen die Treppe hinauf. Jeder lehnte sich ein wenig an den anderen, jeder stützte den anderen mit seinem Körper.

Am Treppenende blieben beide stehen und verschnauften. Dann, als sie mühsam den Korridor hinunter zu ihren Zimmern und Betten stapften, sprach Tepaha seinen Freund an. Er redete Spanisch, wie es alle weisen Männer tun, wenn sie Angelegenheiten heikler und schmerzlicher Natur behandeln.

»Großes Übel kann von jemandem ausgehen, der reinen Herzens ist. Er ist blind für die gefleckte Schlange zwischen den Maisstauden.«

»Und Freundlichkeit kann ein Dolch sein«, nickte Ike. »Sprich also, mein Freund, was hast du auf dem Herzen?«

»Wohlan. Dann sage ich dir, daß du böses Blut zwischen deinen Söhnen schaffst. Indem du Critch so eng an deinen Busen drückst, stößt du Arlie beiseite.«

»Dies... dies weiß ich.« Old Ike beugte den Kopf. »Es ist etwas, das ich nicht ändern kann.«

»Nicht kannst? Nicht können ist ein Wort, das auf den Lippen von Old Ike keinen Platz hat.« Tepaha zögerte. »Ist es wegen ihr? Siehst du ihr Abbild in Critch?«

»Vielleicht. Aber ich sehe viel mehr als das. Ich sehe einen kleinen Jungen, der von mir gestoßen wurde, als ich ihn eng an mein Herz hätte drücken sollen. Die Zeit, die ich jetzt mit ihm verbringe, wiegt die Jahre nicht auf, die ich ohne ihn verbrachte.«

»Aber, Ike, mein lieber Freund...«

»Nein. Ich kann nicht ändern, was ich war, Freund Tepaha, und ich kann nicht ändern, was ich bin. Noch was ich tue. Das Herz ist sein eigener Gebieter, Tepaha, und du hast einen Raum betreten, in dem nur ich wohnen kann. Verlaß ihn jetzt und kehre nicht zurück.«

»Es soll so sein, wie du sagst«, sprach Tepaha.

Das Spanisch hatte seinen Zweck erfüllt, und sie verfielen wieder in ihren Alltagsdialekt. Old Ike knurrte, daß er Tepaha in einer Stunde oder so wiedersehen würde, sobald er seine Planungen beendet hatte, die umfangreich und mühselig waren, weil er für alle denken mußte.

»Diese verdammten Kinder heutzutage, sie sind nicht so, wie wir es waren, Tepaha. Du mußt ihnen sagen, wann sie pissen sollen, sonst läuft es ihnen zu den Ohren raus.«

»Arlie sehr cleverer Junge«, sagte Tepaha. »Und arbeitet verdammt hart.«

»Klar«, brummte Old Ike. »Ich denke schon. Wer zum Teufel sagt denn, daß er nicht clever ist?«

»Natürlich, Critch auch verdammt clever...«

»Verflucht recht hast du damit! Bringt mehr als dreitausend Dollar nach Hause, ist todschick angezogen und redet so fein wie der Präsident der Vereinigten Staaten. Und...«

»Außerdem entwickelt er sich zu einem guten Arbeiter, so nach und nach. Vielleicht so gut wie Arlie.«

»Wie meinst du das, ›vielleicht‹ und ›so nach und nach‹?« brüllte Ike. »Er ist jetzt schon so gut wie Arlie, du dummer alter Scheißer!«

Er riß die Tür zu seinem Zimmer auf, trat hinein und schlug sie hinter sich zu. Schweratmend setzte er sich aufs Bett, zog die Stiefel aus und ließ sich mit einem erleichterten Seufzen aufs Kissen zurücksinken.

Er hatte das alles nicht gewollt...

Eigensinnig hatte er Barrieren zwischen sich und seinem verlorenen Sohn errichtet und es grimmig Critch überlassen, diese Barrieren zu überwinden oder für immer zu bleiben, wo er war.

Und Critch hatte sie überwunden. Hatte sie unversehrt überklettert und war in aller Pracht nach Hause zurückgekehrt. Ein junger Mann, anmutig wie die Sünde und schlau wie eine Schlange. Und...

Ach, zum Teufel! Hatte er's nicht verdient, ein wenig bevorzugt zu werden? Ein wenig Extrabehandlung? Schließlich war er so etwas wie ein Besucher, ein Gast; und ein Mann, der seinen Gast nicht bevorzugt behandelt, ist ein wirklich armseliger Kerl. Und wenn jemand mehr als nur ein Gast war, wenn er der jüngste Sohn war, den man seit vielen Jahren nicht gesehen hat, was zum Teufel war denn falsch daran, wenn man ihm zeigte, daß er willkommen war?

...Das Herz ist sein eigener Gebieter, und Ike wohnte in einer Kammer, wo es keinen Raum für andere gab.

Und dann schlief er ein.

Zwei

1

Jetzt, in dieser ersten Stunde nach Tagesanbruch, war das Städtchen King's Junction hellwach und bei der Arbeit. Ein Hammer schlug auf den Amboß in der Schmiede. Vor dem Futter- und Saatgutgeschäft wurde ein Wagen beladen. Apachen-Angestellte, mit Schürzen über ihrem Wildlederdreß und den Levi's, putzten Fenster und kehrten den Plankensteig vor dem Gemischtwarenladen.

Als die beiden King-Brüder aus dem Dorf hinausritten, gefolgt von Tepahas Enkelinnen, wurde Arlie von den zahlreichen Arbeitern der Junction gegrüßt, und er grüßte freundlich zurück. Aber für Critch hatte er kein Wort und keinen Blick übrig. Auch Joshie und Kay ritten in hochmütigem Schweigen nebeneinander her, und keine würdigte die andere eines Blickes.

Critch zündete sich einen Zigarillo an und hielt auch Arlie einen hin. Doch der blickte nur steinern geradeaus, und so steckte Critch den Zigarillo wieder ein.

Er kannte den Grund für Arlies Verhalten, oder glaubte ihn zu kennen: Old Ikes Annäherungsversuche ihm, seinem jüngsten Sohn, gegenüber. Allerdings war das nichts Neues: Seit Critchs Rückkehr hatte sich Ike so benommen. Warum also war er heute morgen so aufgebracht?

Hatte Arlie jetzt einfach genug? Oder war etwas geschehen, wovon er, Critch, nichts wußte?

Er wußte nur eines, nämlich daß er Arlie nicht in dieser Stimmung lassen durfte. Bis er das Geld zurückbekommen hatte, mußte er sich um ein gutes Verhältnis zu seinem Bruder bemühen.

Sie überquerten die Eisenbahnschienen und schlugen einen Weg mit tiefen Radfurchen in dem rötlichen Lehmboden ein, der auf die eigentliche Ranch führte. Wortlos ritten sie durch den herrlichen Frühlingsmorgen. Die Sonne, die den nächtlichen Tau aufsog, sorgte für feine Dunstschwaden. Ganze Reihen junger Maispflanzen, noch ohne Kolben, wogten im Wind wie ein grünes Flammenmeer. Der süße, schwere Duft knospender Luzernen wehte von einem fernen Feld heran.

Critch schnüffelte mit übertriebenem Interesse, hoffte so, die Aufmerksamkeit seines Bruders zu erwecken. Nachdem das keine Wirkung zeigte, räusperte er sich ausgiebig.

»Ach, äh, diese Luzernen, dieses Alfalfa«, sagte er, »was hältst du davon als Nutzpflanze, Arlie?«

Arlie gab keine Antwort, schien sich weiter in Schweigen hüllen zu wollen. Doch dann fragte er Critch, wovon er zum Teufel eigentlich rede. »Was meinst du damit, was ich von Alfalfa halte?«

»Ich meine, belastet es nicht ziemlich den Boden, wie wir ihn hier haben? Ich habe gehört, es laugt den Boden aus und braucht außerdem mehrere hundert Tonnen Wasser pro Hektar.«

»Ha. Und wo willst du das gehört haben?«

»Weiß ich nicht mehr genau«, erwiderte Critch. »Hab ich irgendwo gehört oder gelesen. Ich kenne mich ja nicht aus, und vermutlich ist es Quatsch, aber ich dachte, du als Fachmann könntest mir etwas dazu sagen.«

Diesem Kompliment konnte Arlie nicht widerstehen. Er sagte, scheinbar mißmutig, woher solle er denn das, zum Teufel, wissen? Er sei nirgendwo gewesen und hätte nichts gelesen.

»Aber ich schätze, es ist keine besonders gute Nutzpflanze für hier draußen«, fuhr er fort, und seine Stimme wurde etwas freundlicher. »Paßt nicht recht zu dem Boden und dem Klima, und für die Rinder ist es auch nicht gut. Bläht ihnen die Bäuche auf, wenn sie zuviel davon fressen.«

»Ach ja?« Critch runzelte die Stirn. »Warum wird es dann angepflanzt?«

»Weil die Indianer, die es pflanzen, es so wollen.« Arlie zuckte die Achseln. »Es ist ihr Land; ich meine, solange sie es bewirtschaften. Sie haben das Sagen, was darauf gepflanzt wird.«

»Das scheint mir aber keine besonders sinnvolle Art, eine Ranch zu führen«, meinte Critch.

»Es ist *ihr* Land«, wiederholte Arlie. »Wenn ein Mann nicht mit seinem Eigentum machen kann, was er will, ist er kein Mann mehr. So sehen es die Indianer. Und so sieht es auch Pa.«

Critch nickte und ließ das Thema fallen. Er hatte das Eis bei seinem Bruder gebrochen, mehr wollte er nicht. Was ihn betraf, konnten sich die Indianer ihr Land in den kupferfarbenen Arsch schieben.

»Hör mal, Critch...«, sagte Arlie nach mehreren Minuten Schweigen, »äh, also, ich glaube, ich hätte doch gern eine von deinen dünnen Zigarren.«

Critch gab ihm eine und lächelte verstohlen. Mit ausgesuchter Höflichkeit hielt er ihm sogar ein Streichholz hin. Das Tauwetter in ihrer Beziehung wirkte sich scheinbar auch auf Joshie und Kay aus. *Scheinbar.* Denn als die vier weiterritten, drangen hie und da Gesprächsfetzen der beiden Mädchen zu den Männern.

»Äh, wegen heute morgen«, begann Critch mit gedämpfter Stimme eine Entschuldigung, entschlossen, die derzeitige Schönwetterlage auszunutzen. »Ich kann dir's nicht verdenken, daß du sauer warst...«

»Ach, zum Teufel«, lachte Arlie. »Ich kann dich doch nicht für Pas Verhalten verantwortlich machen. Außerdem war ich eigentlich nicht deswegen so sauer. Mir ist, na ja, einiges andere ziemlich gegen den Strich gegangen. War ein bißchen genervt, verstehst du.«

»Ich wollte nicht hierher zurückkommen, Arlie. Es war deine Idee.«

»Und ist es immer noch«, sagte sein Bruder mit Entschiedenheit. »Ich will es einfach so.«

»Na schön«, meinte Critch, »solange es dir recht ist...«

»Autsch! Verdammtes Luder!« kreischte Kay.

»Ich zeig's dir, du gemeines Luder!« schrie Joshie.

Fluchend fuhr Arlie herum. »Verdammt noch mal, was ist denn...« Critch drehte sich ebenfalls im Sattel um, dann folgte er seinem Bruder, der abgesprungen war und zu den beiden Mädchen rannte.

Beide hatten sich gegenseitig an den Zöpfen gepackt.

Beide zerrten mit aller Kraft und warfen sich die übelsten Schimpfworte an den Kopf. Beide ließen gleichzeitig eine Hand los und begannen zu kratzen und schlagen. Bei dem Tumult scheuten ihre Pferde, und die beiden Mädchen wurden abgeworfen. Doch der Kampf ging mit unverminderter Heftigkeit weiter. Sie wälzten sich im Staub, prügelten, kratzten und kniffen sich.

Arlie brüllte sie an, sie sollten sofort damit aufhören, drohte ihnen mit furchtbaren Strafen. Nachdem das keine Wirkung zeigte, versuchte er sie zu trennen und bekam als Dank einen Mokassinfuß ins Gesicht.

»Ja, leck mich doch...!« Er wich zurück und rieb sich die Nase, die zusehends anschwoll. »Bei Gott, jetzt reicht's mir aber!«

Er zog das Messer aus dem Stiefelschaft. Mit zwei raschen, genau bemessenen Handbewegungen stieß er die scharfe Spitze ein paar Millimeter in die prallen, birnenförmigen Hinterbacken der Mädchen.

Das beendete die Keilerei. Beide jaulten im Chor und sprangen auf. Faßten sich an den Hintern und tanzten einen kleinen Schmerzenstanz. Arlie nutzte die Ablenkung, packte seine Frau und hielt sie fest, und Critch tat das gleiche mit Joshie.

»Ihr gottverdammten dummen Squaws!« fluchte Arlie. »Was in Dreiteufelsnamen war denn das schon wieder?« Und als Kay zu einer trotzigen Antwort ansetzte, brachte er sie mit einem kräftigen Schütteln zum Schweigen. »Egal! Ich kann's mir schon denken. Jetzt sieh mal, was du angerichtet hast.«

Er deutete zum Nachbarfeld. Alle vier Pferde waren

durchgegangen und grasten jetzt friedlich, ein gutes Stück entfernt.

»Also beweg dich!« befahl Arlie. »Mach dich auf die Socken und fang die Ponys wieder ein. Und keine Zicken mehr, sonst versohl ich dir den Arsch, daß er raucht wie eine gebackene Kartoffel!«

Kay wich ein, zwei Schritte zurück, blieb dann störrisch stehen. »Ol' Joshie auch schuld. Ich gehen, sie auch gehen müssen.«

»Der Teufel soll dich holen, du dumme Squaw...« Arlie machte einen drohenden Schritt auf sie zu. »Gehst du jetzt, oder soll ich dir Beine machen?«

Kay ging... ein paar Schritte. Dickköpfig blieb sie wieder stehen. »Ist nur fair«, sagte sie. »Joshie und ich, wir beide machen Kampf. Also müssen wir auch beide Ponys einfangen.«

»Ha-ha! Damit ihr euch weiterprügeln könnt, was?«

»Nein, nix mehr kämpfen«, versprach Kay. »Aber Joshie muß kommen mit mir. Ist nur recht so.«

»Na ja, aber...« Arlie zögerte und warf seinem Bruder einen etwas verlegenen und zugleich bittenden Blick zu. »Critch, ich will mich ja nicht einmischen, was deine Squaw betrifft – ich meine, so was Ähnliches wie deine Squaw, auch wenn ihr nicht verheiratet seid –, aber...«

»Kay hat recht«, bekräftigte Critch. »Joshie, du gehst und hilfst deiner Schwester.«

Joshie warf den Kopf zurück. »Ho, ho!« höhnte sie. »Wer bist du denn? Was du sagen, wenn ich dir sagen, geh zum Teufel?«

»Er sagt überhaupt nichts!« fuhr Arlie sie an. »Er legt

dich nur übers Knie und versohlt dir den dicken Arsch! Ich meine«, fügte er hastig mit einem respektvollen Seitenblick auf seinen Bruder hinzu, »ich meine, das stimmt doch, nicht wahr, Critch? Pa und Großvater Tepaha mögen es nicht, wenn man eine Frau schlägt, aber daß man ihr bei Bedarf den Arsch verhaut, dagegen haben sie nichts.«

»Genauso denke ich auch«, erklärte Critch mit Nachdruck. »Joshie, du hilfst Kay, die Pferde einzufangen.«

»Ha! Und du schlagen mich auf den Hintern, wenn ich nicht mache?«

»Da hast du verdammt recht, Joshie«, sagte Arlie. »Richtig, Critch?«

»Äh, richtig«, murmelte Critch. »Ich meine, das werde ich ganz gewiß tun.«

Joshie senkte unterwürfig den Kopf... mit gespielter Unterwürfigkeit. Innerlich aufs angenehmste erregt, zog sie mit ihrer Schwester los. Sie gingen über das Feld, die eine geradeaus, die andere mehr seitwärts – wobei sie ganz instinktiv ihre Rolle als Jägerinnen akzeptierten –, um sich den Pferden von entgegengesetzten Seiten zu nähern. Die Männer sahen ihnen einen Moment nach, und Arlie gab seiner Überzeugung Ausdruck, Bewegung sei das beste, um einer Squaw die Flausen auszutreiben; dann, zufrieden, daß die Mädchen keinen weiteren Unfug anstellten, setzten sie sich auf die Böschung des Grabens, der neben dem Weg verlief, und zündeten sich Zigarillos an.

Einige Minuten lang herrschte freundschaftliches Schweigen. Ein Schweigen, das schließlich durch Arlies gutmütige Bemerkung beendet wurde, der Zank zwischen den beiden Mädchen sei im Grunde Critchs Schuld.

»Ich meine das im Ernst, Brüderchen. Du mußt einfach mit dieser Joshie ins Bett hüpfen, wie du es schon längst hättest tun sollen, dann hätten sie und Kay nichts mehr, worüber sie sich streiten können.«

»Du meinst, ich soll sie heiraten?« Critch lachte gereizt. »Hör mal, ich kenne das Mädchen kaum.«

»Du kennst sie gut genug. Und wie zum Teufel willst du sie denn kennenlernen, wenn du sie nicht heiratest?«

»Vergiß es«, erklärte Critch. »Kommt nicht in Frage.«

»Wieso? Bist du dir vielleicht zu gut, um eine Indianerin zu heiraten? Schließlich bist du selbst ein halber Indianer.«

»Mütterlicherseits.« Critch nickte. »Von Pas Seite auch, soweit ich weiß – oder soweit er weiß. Es ist also keine Frage, daß ich mir zu gut wäre für Joshie. Ich bin einfach noch nicht bereit, überhaupt zu heiraten.«

»Na ja«, brummte Arlie, »es würde uns eine Menge Ärger ersparen, wenn du dazu bereit wärst. Außerdem ist dieser Zustand einfach nicht normal. Du brauchst eine Frau, und Joshie braucht einen Mann.«

Critch betrachtete angelegentlich die Spitze seines Zigarillos, sagte dann vorsichtig, er könne seinem Bruder nur zustimmen, was das Bedürfnis eines Mannes nach einer Frau und umgekehrt beträfe.

»Ich finde Joshie sehr begehrenswert, und offenbar gefalle ich ihr auch, also gibt es im Prinzip kein Problem, mit ihr ins Bett zu gehen. Aber ...«

»Klar, aber das kannst du nicht, ohne sie zu heiraten.« Arlie nickte verständnisvoll. »Logisch. Und da du sie nicht heiraten willst – jedenfalls jetzt noch nicht –, hat es auch keinen Sinn, weiter darüber zu reden, stimmt's?«

»Stimmt«, murmelte Critch. »Du hast völlig recht, Arlie.« Und aus den Augenwinkeln musterte er seinen Bruder mit ungläubigem Staunen.

Denn Arlies Miene war ohne Falsch, ohne den geringsten Anflug von Ironie. Zweifellos meinte er es so, wie er es gesagt hatte. Die Vorstellung außerehelichen Verkehrs mit einer Enkelin von Tepaha konnte er einfach nicht akzeptieren.

»Du guckst ein wenig beunruhigt«, meinte Arlie und blickte seinem Bruder in die Augen. »Kann ich dir irgendwie helfen?«

»Was?« Critch blinzelte irritiert. »Ach so, nein, nein. Ich habe mir nur gerade Gedanken gemacht, ob, äh...«

»Ja?«

»Nun ja, ob wir uns vielleicht trennen sollten. Ich meine, du und Kay, ihr übernehmt ein Gebiet, und ich und Joshie ein anderes. Meinst du, ich wäre schon soweit? Pa hat heute morgen gesagt, wir sollten es vielleicht mal versuchen – wenn du es für richtig hältst, natürlich.«

Arlie zögerte und kaute an einem Grashalm. »Warum versuchen wir's nicht einfach?« schlug er vor. »Ist schließlich der einzige Weg, um herauszufinden, ob du es kannst.«

»In Ordnung«, sagte Critch und fügte hinzu, selbst wenn es nicht funktionierte, wäre der Versuch dennoch nicht ganz umsonst. »Wenigstens brauchen wir uns einen Tag lang keine Sorgen zu machen, daß die Mädchen wieder aufeinander losgehen.«

»Das ist ein gutes Argument!« erklärte Arlie, stand auf und klopfte sich den Hosenboden ab. »Okay, so wie es aussieht, können wir weiterreiten.«

Die beiden Mädchen kamen zurück, jede saß auf einem Pferd und führte das andere am Zügel. Die vier Tiere wurden an ihre Eigentümer verteilt und die beiden Mädchen von der Planänderung in Kenntnis gesetzt. Dann ritten Arlie und Kay zusammen den Weg hinunter, während sich Critch und Joshie quer durch die Felder nach Süden wandten.

Joshie ritt dicht neben Critch, angeblich, um ihn mit den Aufgaben des Tages vertraut zu machen. Als sich ihre Beine wiederholt berührten, versuchte Critch sich abzusetzen, doch vergeblich. Unter endlosem Geplapper – Critch konnte nur raten, was davon wirklich wichtig war – hielt sie sich dicht an seiner Seite, preßte sich gegen ihn, bis er ihre Wärme spüren konnte und ihm der erregende Duft ihres Körpers in die Nase stieg.

Da es ihm nicht gelang, auf Abstand zu ihr zu gehen, gab er es schließlich auf. Entschied einfach, ihr den Willen zu lassen und zu sehen, was sie nun anfangen würde. Im Moment gar nichts. Anscheinend hatte er ihr das Wasser abgegraben, indem er jeden Widerstand aufgab. Denn plötzlich wurde sie sehr schweigsam, das kleine runde Gesicht verwirrt in Falten gelegt. Sie erlaubte ihrem Pferd sogar, ein wenig von ihm abzurücken, womit der aufreizende Körperkontakt für den Augenblick beendet war.

So ritten sie eine Zeitlang dahin. Critch gratulierte sich heimlich, war jedoch gleichzeitig irgendwie enttäuscht über seinen Sieg. Schließlich riskierte er einen Blick und stellte fest, daß sie ihn spitzbübisch anlächelte, den Kopf kokett zur Seite geneigt. Und abermals drängte sie ihr Pferd dicht an seines heran.

»Ich war böses Mädchen vor einer Weile«, sagte sie, mit vor Verlangen rauher Stimme. »Du versohlen meinen Arsch?«

»W-was? Nein! Nein, natürlich nicht!« schnauzte Critch. »Was ist denn los mit dir?«

Zuckersüß erwiderte Joshie, nichts sei los. Sie sei eine böse Squaw gewesen, und böse Squaws bekämen eine Tracht Prügel. »Das ist so«, verkündete sie heiter. »Und so war es schon immer.«

»Bei mir jedenfalls nicht!« entgegnete Critch bestimmt.

»Wieso nicht?« wollte Joshie wissen. Und fügte strahlend hinzu: »Ich wetten, du versohlen Arsch verdammt gut! Du mir hauen Scheiß aus Arsch!«

»Ja, verdammt noch mal...!« Wütend über diesen Rückschlag drehte er sich zu ihr um. »Was zur Hölle soll das? Bist du verrückt geworden? Jetzt hör auf, so zu reden, sonst werde ich wirklich sehr ärgerlich auf dich!«

Joshie warf ihm einen Blick verwirrter Unschuld zu. Wie denn reden? fragte sie. Sie redete doch wie alle anderen auch.

»Ich reden viel gottverdammt gut«, versicherte sie, leicht beleidigt. »Vielleicht du reden schlecht.«

Critch holte tief Atem, er war kurz vor dem Explodieren. Langsam stieß er die Luft aus, bekam sich wieder in den Griff und sah ein, daß ihr Einwand durchaus berechtigt war.

»Es tut mir leid, Joshie«, sagte er. »Du sprichst tatsächlich wie alle anderen, und da ich hier in der Minderheit bin, habe ich anscheinend unrecht und du recht. Trotzdem...«

»Min... Min-der-heit? Was ist das, Ol' Critch?«

»Ein verdammter Idiot in diesem Fall«, sagte Critch. »Aber, hör mal, Joshie. Als ich klein war, hat Pa Lehrer engagiert, die auf die Ranch kamen, von einer Familie zur anderen zogen und allen Kindern Lesen und Schreiben beibrachten. Außerdem...«

»Ist immer noch so«, unterbrach ihn das Indianermädchen. »Und wenn Junge oder Mädchen weg in Schule gehen wollen, Old Onkel Ike, er schicken sie.«

»Dann hast du ja eine gewisse Schulbildung. Zumindest kannst du das Einmaleins und Lesen und Schreiben.«

Klar könne sie das, versicherte Joshie. Wie alle Indianerkinder. Auf die Schule sei sie nicht gegangen, weil sonst kaum jemand ginge und sie nicht allein sein wollte. »Zu gottverdammt einsam«, betonte sie vergnügt. »Ich dann – wie du sagen? – Minder-keit.«

»Minderheit. Aber worauf ich eigentlich hinauswollte, ist folgendes. Du hast genügend Schulbildung, um zu wissen, daß nette Mädchen nicht so reden wie du...«

»Ich nettes Mädchen!« empörte sich Joshie. »Ich viel gottverdammt nett!«

»Natürlich, das bist du. Ein außerordentlich nettes Mädchen«, sagte Critch beruhigend. »Aber die Leute werden denken, daß du nicht nett bist, wenn du Wörter benutzt wie, äh, Scheiße und Arsch und...«

Joshie unterbrach ihn und erklärte, daß sie allen gottverdammten Leuten, die behaupteten, sie sei nicht nett, in den Arsch treten würde. »Und Old Onkel Ike und Old Großvater Tepaha und alle anderen, sie auch arschtreten! Du sagen, Old Onkel und Old Großvater nicht nett? Niemand hier nett? Das mir erzählen wollen, hä?«

»Nein, natürlich nicht. Aber du hast es doch anders gelernt, Joshie. Deine Lehrer haben dir doch nicht solche Wörter beigebracht, oder?«

»Ho! Vielleicht weil Lehrer gottverdammte Idioten! Sie haben immer recht, alle anderen unrecht – ha, von wegen! Ich sagen dir etwas, Ol' Critch«, fuhr sie erregt fort. »Ist so: Wenn du bei Apachen, du weiß Gott lieber reden Apache. Du reden Osage oder Kiowa oder Comanche, dann du vielleicht verlieren deinen gottverdammten Skalp.«

»Tja«, seufzte Critch, »ich glaube, ich verstehe, was du meinst, aber…«

Er beendete den Satz nicht und versuchte die Unterhaltung in weniger gefährliche Bahnen zu lenken. »Was ist das für ein Hof da drüben? Ich sehe keine Menschen.«

Bissig sagte Joshie, mit seinen Augen sei alles in Ordnung: er sehe keine Leute, weil der Hof unbewirtschaftet sei. »Boden ausgelaugt, deshalb Onkel Ike sagen, Land brachliegen lassen. Dann überall Gras und Unkraut wachsen. Bauen Boden wieder auf.«

»Das ist sehr interessant«, schmeichelte ihr Critch. »Du weißt eine ganze Menge.«

»Aber nicht wissen, wie gut reden«, schmollte Joshie. »Nix nettes Mädchen.«

»Ach, jetzt hör aber auf«, meinte Critch lächelnd. »Das habe ich wirklich nicht gesagt.«

»Doch. Du sagen, Joshie reden schlecht. Sagen, Joshie schlechtes Mädchen.«

»Aber das hab ich nicht gesagt! Auf jeden Fall habe ich es nicht so gemeint. Ganz im Gegenteil, ich finde, du bist das netteste Mädchen, das mir je begegnet ist.«

»Aber nicht hübsch?« Unmerklich dirigierte sie ihr Pferd näher heran. »Du nicht denken, ich hübsch?«

»Aber natürlich denke ich, daß du hübsch bist«, versicherte Critch. »Du bist ein sensationell hübsches Mädchen, Joshie.«

»Sationell? Was ist sationell?«

»Sensationell. Das heißt sehr, sehr, sehr hübsch.«

»Ja...« Joshie spielte mit ihrem Zügel, die Augen niedergeschlagen. »Du mögen mich ganz viel, Ol' Critch?«

»Aber ja! Gewiß doch.«

»Wieviel du mich mögen?«

»Ja, hm, sehr. Ganz doll.«

»Sationell?« fragte sie leise. »Sationell, sationell doll, Ol' Critch?«

Und sie hielt ihm ihr kleines rundes Gesicht entgegen, die bebenden rosa Lippen über den kleinen weißen Zähnen leicht geöffnet. Wohlige Schauder rieselten ihr über die vollen Brüste, und die Brustwarzen zeichneten sich hart und deutlich unter dem Stoff ihres Hemdes ab. Und ihre Arme hoben sich und begannen, seinen Kopf zu sich herabzuziehen. Und...

Und ihr Pferd, das sie zu oft und zu nah an Critchs Pferd herangedrängt hatte, bleckte seine schwarzen Lippen und biß das andere Tier in den Hals.

Danach überstürzten sich die Ereignisse.

Critchs Pferd wieherte empört, machte einen Satz zur Seite und bäumte sich auf den Hinterbeinen auf. Dann ließ es sich mit knochenbrecherischer Wucht wieder auf die Vorderhufe fallen. Es trat aus, bockte und raste dann wie eine schwarze Rakete querfeldein. Critch hatte gleich zu

Anfang die Zügel verloren und damit die Kontrolle über das Pferd. Er konnte sich nur am Sattelknauf festhalten und beten – und in beidem hatte er herzlich wenig Übung. Und für einen Auffrischungskurs blieb ihm keine Zeit.

Das Pferd flog über ein fünf Fuß hohes Steinmäuerchen, Reste einer Corral-Einfriedung. Mühelos schwebte es über einen aufgeschreckten Schwarm Wachteln. Es sprang über ein breites Bachbett und eine Siedlung von Präriehunden, über ein übles Dornengestrüpp und eine endlose Zahl ebenso gefährlicher Hindernisse, die auf seinem selbstgewählten Kurs lagen. Furchtlos übersprang es sie alle – ein Roß mit Flügeln an den Hufen, unerschrocken und anscheinend durch nichts zu erschrecken. Und dann kam es zu einem Fleck nackten Bodens – ein Fleck, ungefähr zweimal so groß wie eine Handfläche. Nur ein winziger kahler Fleck, kaum zu erkennen in dem üppigen Bewuchs. Aber das Pferd sah ihn und empfand ihn, mit der nicht nachvollziehbaren Logik seines Pferdeverstandes, als eine ungeheure Bedrohung.

Das Tier grub abrupt alle vier Hufe in den Boden und kam in Sekundenbruchteilen zum Stehen. Critch verkeilte die Stiefel in den Steigbügeln und hielt sich hinten und vorne am Sattel fest. So gelang es ihm, trotz des enormen Stoßes nach vorn, im Sattel zu bleiben. Unglücklicherweise blieb der Sattel nicht auf dem Pferd.

Es gab ein reißendes, fetzendes Geräusch. Dann riß der Bauchgurt, und Critch schoß samt Sattel schräg nach oben.

Auf dem höchsten Punkt seines Flugs drehte sich der Sattel langsam, bis er sich über ihm befand. Critch hatte die Füße noch in den Steigbügeln verheddert. Dann stürzte er wie ein Stein zu Boden, und vierzig Pfund Gewicht fielen noch auf ihn drauf.

Der Aufprall preßte ihm die Luft und einen Schrei aus dem Körper. Gleichzeitig hörte er in der Ferne Joshie schreien.

Dann hörte er nichts mehr.

2

Während ihre Pferde an der grasbewachsenen Bachböschung weideten, verzehrten Kay und Arlie ihr Mittagsmahl, bestehend aus Brötchen und Dörrfleisch. Arlies gute Laune war wiederhergestellt, verbesserte sich noch, als er sich den Bauch füllte. Kay, die wußte, daß seine Stimmung besser nicht mehr werden konnte, überwand sich zu dem Geständnis, was sie heute morgen getan hatte. Eine Tat, die sie vom ersten Augenblick an schon wieder bedauert hatte.

»Es mir tun gewiß ganz viel leid, Ol' Arlie«, sagte sie ängstlich. »War einfach verrückt vor Sorge wegen dir, sonst ich nicht so was Dummes tun.«

Arlie nickte geistesabwesend und stopfte sich ein ganzes Brötchen in den Mund. Kauend und krümelspuckend meinte er: »Ja… also… ich kann's dir wirklich nicht verübeln.«

»Ehrlich?« fragte Kay in einer Mischung aus Hoffnung und Ungläubigkeit. »War in Ordnung, Bauchgurt von Critchs Sattel durchschneiden?«

Arlie nickte abermals mechanisch und fügte dem Brei

in seinem Mund ein großes Stück Fleisch hinzu. Klar, das war in Ordnung, sagte er. Was sollte schließlich schlimmes daran sein, daß…

Er hustete, verschluckte sich, würgte. Kam stolpernd auf die Beine, krümmte sich, hustete, würgte und spuckte feuchte Essensreste in die Landschaft. Mit wäßrigen Augen und nach Atem ringend, kam er schließlich zur Ruhe und fixierte seine Frau mit einem mörderischen Blick.

Kay wich vor ihm zurück, ihre Stimme war nur noch ein verängstigtes Wimmern.

»Tut mir leid. Tut mir so leid, lieber alter Arlie. Du… du mögen guten Schluck kaltes Wasser, ja? Ich holen auf der Stelle!«

»Nein«, sagte Arlie tonlos. »Du bleibst hier.«

»Aber… ich sagen tut mir leid, Ol' Ehegatte!« beharrte Kay. »Ich machen verdammt dumme Sache, tut mir ganz viel gottverdammt leid!«

»Nein.« Arlie schüttelte bedächtig den Kopf. »Du glaubst nur, daß es dir leid tut. Wenn Critch umkommt oder schwer verletzt wird, dann erst wird es dir richtig leid tun. Dir und mir.«

»Mir und dir? Wie das meinen, Arlie?«

»Wie das meinen?« äffte Arlie sie wütend nach. »Was glaubst du denn, was ich meine, du gottverdammte dumme Squaw? Was glaubst du, wem man die Schuld gibt, den Bauchgurt durchgeschnitten zu haben?«

»Aber ich übernehmen Schuld! Ich sagen Wahrheit!« protestierte Kay; und dann, als sie die Sinnlosigkeit solch eines Geständnisses einsah, brach sie in hilfloses Weinen aus.

»So ist's recht. Heul dir nur die verdammten Augen aus«, fauchte Arlie. »Das hilft uns wirklich viel!«

Schluchzend versicherte Kay noch einmal, daß es ihr leid täte. Sie wiederholte es immer wieder, fügte demütig und hoffnungsvoll hinzu, daß sie eine ganz gemeine, böse alte Squaw sei und schwere Strafe verdient hätte. »Du mir den Arsch schlagen, ja?« bettelte sie unter Tränen. »Machen alles wieder gut, Ol' Ehegatte?«

»Von wegen, du dumme Squaw!«

»B-bitte... bitte«, bettelte Kay und fummelte an ihrem Hosengurt. »Bitte, bitte Arsch versohlen und machen alles wieder okay!«

Weinend, das Köpfchen gesenkt, öffnete sie die Gürtelschnalle und ließ die Hosen hinuntergleiten. Sie zerrte das kurze Hemd hoch und entblößte die goldbraune Haut unterhalb ihres Nabels.

Und stand da und heulte herzzerreißend. Schluchzte hilflos und doch zuversichtlich, hoffte immer noch, daß Arlie »alles wieder okay« machen würde. Ein Kind mit dem Körper einer Frau. Ein Kind, das von seiner Umgebung in die Rolle der erwachsenen Frau gezwungen worden war.

Und schließlich legte Arlie den Arm um sie und nannte sie mit brummiger Zärtlichkeit seine alte Squaw, und er befahl ihr, mit dem Weinen aufzuhören, bevor sie sich die Socken naß machte.

»Sollen die Leute denken, daß du in die Socken gepißt hast?« neckte er sie liebevoll. »Verdammt noch mal, die denken am Ende, du wärst noch ein Kind, und dann kann ich dich nicht mehr vernaschen.«

Kay schniefte, kicherte unter Tränen. Sie gab eine unschuldig-unanständige Antwort auf den Scherz ihres Mannes. Arlie küßte sie auf den Kopf, seine Lippen berührten den schneeigen Scheitel zwischen den straff geflochtenen Zöpfen. Er gab ihr einen Klaps auf die entblößten Hinterbacken. Dann bückte er sich, zog ihr die Hosen wieder hoch und schnallte den Gürtel zu.

»Okay«, sagte er, »ich hoffe, du hast etwas daraus gelernt, Kay. Von jetzt an hältst du dich aus meinen Angelegenheiten heraus, kapiert? Wenn ich will, daß etwas geschieht, dann tue ich es selbst. Du läßt die Finger weg und hältst dein Plappermäulchen, sonst verprügele ich dir so den Arsch, daß du aus dem letzten Loch pfeifst.«

Seine Frau murmelte ein unterwürfiges »Okay«, dann musterte sie ängstlich sein Gesicht. »Ich werden brav sein, jede Wette. Aber... auch okay gehen mit Critch? Du alles in Ordnung bringen, Ol' Ehegatte?«

Arlie sagte, er werde tun, was er könne, wobei dies natürlich von Critchs Zustand abhinge. »Wenn er schlimm verletzt ist oder gar tot – nun, dann kann ich nichts machen. Jeder Idiot kann sehen, daß der Sattelgurt nicht gerissen, sondern durchgeschnitten ist.«

»Nein, nein, bitte...« Erneut füllten sich ihre Augen mit Tränen. »Er nicht schlimm verletzt, bitte! Nicht tot!«

»Hoffen wir's. Ich werd's vermutlich bald wissen.«

Er nickte, drehte sich um und schlenderte zu seinem grasenden Pferd. Kay wollte ihm folgen, doch er winkte ab.

»Du bleibst hier und wartest auf mich, Old Squaw. Möchte nicht, daß du noch mehr in die Sache verwickelt wirst, als du schon bist.«

»Aber vielleicht du mich brauchen. Vielleicht wenn ich sagen Critch, daß ich Bauchgurt durchgeschnitten, er dann nicht böse auf dich.«

»Vielleicht sagt ihm überhaupt niemand etwas«, erklärte Arlie. »Vielleicht spreche ich gar nicht mit ihm.«

Kay starrte ihn verwirrt an. »Warum das? Wir uns nicht entschuldigen, ihm sagen, tut uns gottverdammt viel leid, dann Ol' Critch erzählen Old Onkel und Old Großvater. Du und ich in ganz viel großen Schwierigkeiten!«

»Du bekommst sowieso schon genug Schwierigkeiten«, erwiderte Arlie. »Du und Joshie. Wenn Pa und Tepaha die Kratzer auf euren Gesichtern sehen und herausfinden, daß ihr euch geprügelt habt, dann könnt ihr euch auf was gefaßt machen!«

»Mir egal. Diese Schwierigkeiten nicht so schlimm. Aber wenn Ol' Critch erzählen, daß ...«

»Und wenn er *nichts* davon erzählt? Stell dir vor, er hält den Mund und bringt auch Joshie dazu, den Mund zu halten?«

»Ich mir vorstellen?« Kay runzelte verständnislos die Stirn. »Du dir vorstellen, daß Hundescheiße Wassermelone? Macht keinen gottverdammten Sinn.«

Arlie sagte, für sie als Squaw, die nur Arsch hätte und kein Hirn, würde es vielleicht keinen Sinn machen. Aber für so einen abgewichsten Hundesohn wie Critch würde es durchaus Sinn machen.

»Und unterschätz nicht, wie verdammt schlau er ist«, fügte er hinzu, als er sich aufs Pferd schwang.

»Er nicht so schlau wie du!« erklärte Kay loyal. »Mein alter Arlie, er schlauester Hundesohn der Welt!«

Arlie quittierte das Kompliment mit einem Achselzucken und ließ sein Pferd tänzeln. »Sei dir mal nicht so sicher«, sagte er. »Warte ab, was ich tue, falls Critch tot sein sollte.«

3

Die vier Männer waren mit dem ostwärts fahrenden Zug durch King's Junction gekommen und dann beim dritten Halt ausgestiegen. Von dort aus waren sie mit einer Draisine wieder nach Westen gefahren, bis sie an der Stelle angehalten hatten, wo sie sich jetzt befanden.

Einer der Männer war ein Rottenführer, der andere ein Bezirksinspektor der Eisenbahngesellschaft. Die beiden anderen waren der United States Marshal Harry Thompson und sein Neffe, Deputy Marshal James Sherman Thompson.

Die vier wuchteten die Draisine von den Schienen und setzten sie neben der Trasse ab. Dann gingen sie die Geleise entlang bis zu der Stelle, wo eine schwere Segeltuchplane aufgespannt war.

»Hoffentlich habe ich dadurch keine Spuren verwischt«, meinte der Rottenführer besorgt und deutete auf die Plane. »Aber ein Fuß hat herausgeschaut, und da dachte ich...«

»Sie haben genau das Richtige getan«, beruhigte ihn Marshal Thompson. »Also, Sie sagen, Sie haben gestern abend gegen sieben die Entdeckung gemacht?«

»Jawohl, Sir. Nachdem meine Streckenarbeiter Feierabend hatten, bin ich die Strecke noch einmal abgefahren und habe die Arbeit kontrolliert... Ich mache das immer, Mr. Hardcastle« – ein Blick zu dem Bezirksinspektor, der beifällig nickte. »Ich bin langsam gerollt, und die Sonne hat noch geschienen, da hab ich im Gebüsch was blinken sehen. Natürlich denk ich mir, einer von meinen verdammten Arbeitern hat ein Werkzeug liegenlassen... Ich schaue immer nach Werkzeug, Mr. Hardcastle. Ich weiß, daß Werkzeuge kostbar sind, und...«

»Meine Zeit auch«, unterbrach ihn Marshal Thompson trocken. »Vielleicht sollten wir nicht mehr davon verschwenden als unbedingt notwendig. Einverstanden?«

»Äh... Ja, klar. Ich meine, jawohl, Sir.«

»Vielen Dank. Ich gehe davon aus, daß Sie allein waren, als Sie die Leiche entdeckten, korrekt? Und Sie haben niemandem etwas davon erzählt? Wunderbar. Dann bleibt uns im Moment nur noch eines zu tun. Eine ziemlich unangenehme Pflicht. Gentlemen, wenn Sie bitte Ihre Handschuhe anziehen und mir helfen würden...«

... Die Leiche wurde in die Segeltuchplane gewickelt, auf die Draisine gewuchtet und zum Ausgangspunkt der morgendlichen Expedition zurücktransportiert. Sie legten sie in den Sarg, der mit dem westwärts fahrenden Abendzug eintraf, und der Marshal und sein Deputy kehrten mit dem gleichen Zug nach El Reno zurück.

Deputy Thompson hatte eine ganze Anzahl von Fragen und Vorschlägen für Marshal Thompson, als sie durch die Nacht fuhren. Marshal Thompson hatte nach längerem Schweigen nur einen einzigen Vorschlag für Deputy Thompson: den Mund zu halten oder ihr Privatabteil zu verlassen.

Prompt stand der junge Mann auf. »Entschuldigung«, sagte er steif. »Ich wollte dir nicht zu nahe treten.«

»Ach, setz dich, setz dich«, seufzte sein Onkel. »Sei doch nicht so schnell eingeschnappt, Jim. Wenn du weiterhin ein öffentliches Amt bekleiden willst, mußt du dir zwei Dinge merken. Empfindlichkeit ist ein Luxus, den du dir nicht leisten kannst; das ist Nummer eins. Zweitens machst du dich nicht sonderlich beliebt, wenn du einem Mann Sachen erzählst, die er bereits weiß, und ihm Fragen stellst, die er nicht beantworten kann.«

»Ich war mir nicht bewußt, daß ich das getan habe. Und außerdem sehe ich mich nicht als Teilnehmer in einem Beliebtheitswettbewerb.«

»Aber das *bist* du, Jim. Ganz sicher. Ich bin sowohl Preisrichter als auch Publikum in diesem Wettbewerb, und wenn du mir mißfällst, disqualifiziere ich dich.« Er warf seinem Neffen einen langen Blick zu, und seine Augen wurden nachdenklich. »Das war natürlich ein Scherz, Jim; niemand braucht sich, ob mit mir verwandt oder nicht, bei mir einzuschmeicheln, um seinen Job zu behalten. Es wäre eher der schnellste Weg, ihn zu verlieren. Aber dessen ungeachtet bin ich der Meinung, es wäre an der Zeit, daß du dir etwas Neues suchst – etwas Besseres.«

Deputy Thompson sah seinen Onkel prüfend an, dann wandte er den Blick zum Fenster und zu dem dunklen Panorama draußen. Plötzlich ein Gebimmel und verschwommene rote und weiße Lichter, als sie einen Bahnübergang passierten. Die Lokomotive stieß ein langes unheimliches Heulen aus, furchtsam, als ihre Scheinwerfer über die Prärie strichen und nichts als Leere fanden.

»Ich bin dreißig, Onkel Harry. Ich habe nicht mehr viel Zeit, mir eine Karriere aufzubauen...«

»Wie wahr«, sagte sein Onkel mit todernstem Gesicht. »In einem Jahr oder so wirst du dir auf deinen langen grauen Bart treten. Jetzt warte doch, warte!« lachte er und hob die Hand. »Ich beabsichtige, dir eine Karriere zu verschreiben, Jim. Genau das habe ich vor. Wenn du mal einen Augenblick deinen Unmut vergißt und mir zuhörst...«

Das Territory war erstmals 1889 zur Besiedelung freigegeben worden, erklärte er (das Territory, im Gegensatz zu dem alten Oklahoma im Osten, in das vor gut fünfzig Jahren die Fünf Zivilisierten Stämme gezogen waren). Aber Deputy James Sherman Thompson hatte tatsächlich sehr wenig davon gesehen, sein Job hatte ihn an einen Ort gebunden, und dieses wenige war mittlerweile so dicht bevölkert – relativ gesehen –, daß dort die Möglichkeiten für einen intelligenten jungen Mann doch eher beschränkt waren. So ein Mann tat gut daran, es schleunigst woanders zu versuchen, im Big Pasture Country oder in den Unassigned Lands, also den noch nicht aufgeteilten Gebieten, oder in einem der Gebiete, die kürzlich für die Besiedelung geöffnet worden waren oder bald geöffnet würden.

»Okay, Jim, die Gegend, an die ich gedacht habe, liegt drunten im Kiowa-Caddo-Comanche-Land. Ich kenne ein paar Leute, die dir dort weiterhelfen werden, und mit deiner Erfahrung als Deputy Marshal und deinem Talent, dir Freunde zu schaffen... Wie zum Teufel machst du das eigentlich, Jim? Ich bin immer wieder überrascht, daß jemand, der so halsstarrig und schulmeisterlich ist wie du, auch nur einen einzigen Freund hat.«

Deputy Thompson bestritt entschieden, halsstarrig oder schulmeisterlich zu sein. Er habe allerdings gewisse Überzeugungen, und da er ein offener und ehrlicher Mensch sei, könne er damit nicht hinter dem Berg halten bei Menschen, die – weil sie nicht über sein Wissen und seine Bildung verfügten – gegenteilige und irrige Ansichten hegten.

»Und wie man Freunde gewinnt? Ich denke, die einzige Voraussetzung ist, daß man andere Menschen mag. Ich habe sehr wenig Männer getroffen, in denen ich nicht irgend etwas Gutes gefunden hätte, etwas, das mir ehrlich an ihnen gefiel. Ich mag sie genug, um mir ihre Namen zu merken, und die Namen ihrer Frauen und Kinder, und...«

»Und«, ergänzte der Marshal mit einem verständnisvollen Nicken, »das ist alles, was du zu tun brauchst – das Licht des Erkennens über einer Welt von Fremden leuchten zu lassen. Ich bezweifle, ob es einen Menschen mit einer so toten Seele gibt, daß er nicht darum beten würde, aus der Anonymität erlöst zu werden.«

Anerkennend leuchteten die blauen Augen seines Neffen auf; er warf den Kopf zurück und lachte, ein Lachen, das so verständnisvoll und gleichzeitig durch und durch gutherzig war, daß es dem pragmatischen Marshal ganz warm ums Herz wurde.

»Jim«, sagte er, »verdammt noch mal, Jim...!«

»Ja, Sir?«

Marshal Thompson zögerte, setzte zum Sprechen an, schüttelte den Kopf. Nach einer Weile sagte er: »Zurück zum Kiowa-Caddo-Comanche-Land. Ich denke, je schneller du dich auf den Weg machst, um so besser ist es für dich. Meine Freunde werden dich in jeder Beziehung unterstützen. Mit ihrer Hilfe, deiner Deputy-Erfahrung und deinem Talent, dir Freunde zu schaffen, müßtest du der ideale Kandidat für den Sheriffposten sein, wenn die County-Verwaltung eingerichtet wird.«

»Sheriff?« Sein Neffe war enttäuscht. »Ich bin ein qualifizierter Jurist. Warum nicht County Attorney, Bezirksankläger?«

»Aus zwei Gründen. Du bist zwar ausgebildeter Jurist, hast aber nie praktiziert. Und ein erfahrener und beliebter junger Anwalt, Al Jennings, will den Posten.«

»Oh«, sagte der Deputy abfällig. »Oh.«

»Du magst Al nicht? Hat er dir zu viele Sommersprossen?«

Deputy Thompson runzelte die Stirn und wischte den Spott beiseite. »Irgendwie traue ich ihm nicht. Er scheint sich zu sehr für seine Mandanten zu engagieren. Ist total fasziniert von ihnen. Du kannst dich kaum mit ihm unterhalten, ohne daß er dir nicht erzählt, wie clever dieser oder jener Kriminelle ist oder wieviel ›leichtes Geld‹ er schon gemacht hat.«

»Hmmm. Und?«

»Na ja... Ich meine, sieh's doch mal so. Wir beide kennen ehemalige Gesetzlose – Männer, die Banken überfallen und Züge ausgeraubt haben –, die dann zu Gesetzeshütern wurden. Ich halte es durchaus für möglich, daß umgekehrt aus einem Gesetzeshüter – einem County Attorney – ein Gesetzesbrecher wird. Sei es, daß er eine Bank überfällt, sei es, daß er Leute ausraubt.«

»Schlimme Aussichten für Al«, sagte Marshal Thompson ernst. »Aber eine einzigartige Erfahrung für dich. Du wärst so ziemlich der erste Sheriff in der Geschichte, der seinen County Attorney verhaftet.«

Der junge Thompson grinste halbherzig. Murmelte, daß dieser unglückselige Präzedenzfall vermieden werden könne, wenn er Bezirksrichter würde statt Sheriff. Sein Onkel ließ ihn wissen, daß der Richterposten bereits fest vergeben war, an einen gemeinsamen Freund, der außerdem als erfahrener Jurist galt. Der Deputy zeigte sich bestürzt.

»Er ist nicht qualifiziert, Onkel Harry. Ich weiß nicht, wie er es so lange geschafft hat, als Richter zu arbeiten. Stell dir vor, ich habe wiederholt gehört, wie er Geschworene belehrte, daß ein begründeter Zweifel ein Zweifel sei, für den sich ein Grund finden ließe!«

»Ja und? Was ist denn falsch daran?«

»Das wird er schon feststellen, wenn er's mal mit einem wirklich guten Verteidiger zu tun hat. Jemandem wie Temple Houston. Es ist ein absoluter Revisionsgrund. Jeder, der jemals von ihm verurteilt worden ist, kann dann eine Neuauflage seines Prozesses beantragen – und bekommt sie.«

Der Marshal brummte skeptisch. Dann lachte er leise, als ihm eine Erinnerung kam, und erklärte, bei Temple Houston würde ihn absolut nichts überraschen.

»Ich erinnere mich an einen Fall im vergangenen Jahr. Ein Flittchen aus einem Tanzschuppen, das eine Bank um praktisch ihr ganzes Kapital erleichtert hatte. Also, die Beweise waren mehr als erdrückend; Temple gab sich gar keine Mühe, eine Verteidigung aufzubauen. Aber natürlich hatte er keineswegs das Handtuch geworfen. Normalerweise zog sich diese Frau so an, daß so ziemlich alles nördlich und südlich des Nabels zu sehen war, aber Temple ließ sie ein Sonnenhäubchen aufsetzen und ein altmodisches Omakleid tragen. Und als er dann sein Plädoyer vor den Geschworenen halten mußte...« – Thompson lachte – »Ich wünschte, du wärst dabeigewesen, Jim. Ich kann mich nicht mehr an alles erinnern, was er sagte, nur an die Schlußworte, als er erst auf das Flittchen und dann auf die Zeugen der Anklage deutete. ›Wem wollen Sie glauben, meine Herren Geschworenen? Ich frage Sie, wem werden Sie Glauben schenken – dieser armen alten Frau, die am bröckelnden Abgrund der Ewigkeit steht, oder diesem blutsaugenden Kraken mit den Fangarmen in der Wall Street und den Zähnen in den Kehlen unserer gepeinigten Mitbürger – der *First Territorial Bank of Pumpkin Wells, Oklahoma!*‹ Die Jury sprach ein ›nicht schuldig‹, ohne die Geschworenenbank zu verlassen.«

Deputy Thompson lachte vergnügt. Der Marshal erinnerte sich an eine weitere Temple-Houston-Anekdote.

»Es war spät am Nachmittag, und Temple hatte den ganzen Tag schon ziemlich mitgenommen gewirkt. Mitten im Kreuzverhör eines Zeugen wandte er sich an den Richter und bat um dreißig Minuten Pause. Der Richter wollte natürlich den Grund dafür wissen. Temple sagte, es ginge darum, die Würde des Gerichts zu wahren. ›Ich habe einen schrecklichen Kater, Euer Ehren, und nur ein paar rasche Drinks können verhindern, daß mir der Kopf auseinanderplatzt und ich eine so heillose Verwüstung in diesen heiligen Hallen anrichte, daß sogar die blinde Göttin Justitia es mitbekommen muß und mit geschürzter Robe vor Entsetzen flieht.‹

Nun, der Richter kräuselte nachdenklich die Lippen und blickte zum County Attorney hinüber. ›Was sagt der Vertreter des Volkes?‹ fragte er.

›Wenn es dem hohen Gericht beliebt‹, sprach der Ankläger, ›des Volkes Sorge um die Würde des Gerichts wird nur noch übertroffen von unserer Sympathie und Bewunderung für unseren erlauchten juristischen Gegenspieler. Es ist uns eine Freude, sein Ersuchen um eine Unterbrechung zu befürworten, und es wäre uns eine noch größere Freude, ihn auf einen Drink zu begleiten.‹

›Für mich auch‹, sagte der Richter. ›Die Verhandlung wird vertagt.‹ Die drei gingen hinüber in den Saloon und...«

»Onkel Harry«, sagte der Deputy Thompson, *»Onkel Harry!«*

»...und dann haben sie – ja, was ist denn?« knurrte Marshal Thompson aufgebracht. »Du hast eine wirklich gute Story unterbrochen.«

»Tut mir leid. Ich wollte nur sagen, daß ich gern den Job als Sheriff annehmen würde. Es dürfte ein ausgezeichnetes Sprungbrett für höhere politische Ämter sein.«

»Sprungbrett? Das Sheriffsamt ist ein ganz schön wichtiger Job, Jim!«

»Sicher hast du recht, Onkel. Und ich werde ihm auch meine ungeteilte Aufmerksamkeit angedeihen lassen, solange ich es innehabe. Aber...«

»Ich weiß, ich weiß.« Der Marshal gestikulierte unwirsch. »Du strebst nach Höherem. Nach dem allerhöchsten Amt im Lande, nicht wahr? Jetzt mach nicht so ein hochmütiges Gesicht. Und erzähl mir um Himmels willen nicht, daß jeder Mann Präsident werden kann!«

»Warum nicht, Onkel Harry?« Sein Neffe war ehrlich verwundert.

»Ich stelle dir eine Frage. Wie groß ist die männliche Bevölkerung der Vereinigten Staaten, und wie viele von diesen Männern können gleichzeitig das Amt des Präsidenten innehaben?«

»Ja… natürlich kann immer nur einer Präsident sein, aber…«

»So ist es, nur einer, obwohl es unter den Abermillionen Männern viele, viele andere geben muß, die genauso qualifiziert sind. Du machst mir Sorgen, Jim.« Marshal Thompson schüttelte kummervoll den Kopf. »Ich fürchte, meine Lieblingsnichte, deine liebe Mutter, hat dir in deiner Kindheit einen Bärendienst erwiesen. Sie hätte dir mehr Mathematik beibringen und weniger auf der Tatsache herumreiten sollen, daß Abe Lincoln ihr Cousin vierten Grades war.«

»*Zweiten Grades.* Für eine Cousine vierten Grades hätte er wohl kaum die Trauung zelebriert.«

»Cousine zweiten Grades – ach ja? Und Mr. Lincoln hat sie mit deinem Vater verheiratet? Interessant, sehr interessant. Das Gedächtnis deiner Mutter scheint ja bemerkenswert scharf geworden zu sein, oder meines hat mich völlig im Stich gelassen.«

»Nach dem Sheriffsamt«, sagte Deputy Thompson steif, »werde ich für den Kongreß kandidieren.«

»Ach, halt den Mund«, sagte sein Onkel.

»Entschuldige, du hast das Thema Politik angesprochen. Ich wollte über den Mord an der Anderson-Schwester mit dir reden, also Little Sis...«

»Woher wissen wir, daß es Little Sis ist? Woher wissen wir, daß sie ermordet wurde?«

»Hm... natürlich können wir sie nicht eindeutig identifizieren. Dennoch können wir von der berechtigten Annahme ausgehen, daß die Tote Little Sis ist und daß...«

»Wir können das unterstellen, ja. Wir können weiterhin unterstellen, daß sie von ihrer älteren Schwester ermordet wurde. Little Sis sprang aus dem Zug, als sie entdeckte, daß Big Sis hinter ihr her war. Die letztere sprang ebenfalls aus dem Fenster, hinter Little Sis her, weil sie glaubte, Little Sis hätte die Beute aus ihren vielen Morden bei sich – *und möglicherweise hatte sie das Geld bei sich, Jim.* Big Sis hat ihr vielleicht alles abgenommen, bevor sie ihr den Schädel einschlug.«

»Aber Little Sis kann das Geld gar nicht gehabt haben! Critchfield King hatte es ihr gestohlen!«

»Hat er?«

»Selbstverständlich! Und Arlington King hat es Critchfield gestohlen.«

»Hat er?«

»Ja, natürlich! Du weißt, daß es so gewesen sein muß, Onkel Harry. Alle... alle Indizien deuten doch darauf hin, daß...«

»Sie deuten darauf hin, in unseren Köpfen. Wie sie auf eine Jury wirken, ist eine ganz andere Sache, wie du besser wissen solltest als ich. Hast du mir nicht gesagt, daß du ein qualifizierter Jurist bist? Nein, Jim«, entschied der Marshal, »wir haben im Moment keinerlei Beweise, nicht einmal handfeste Indizien. Wir können gewisse Dinge annehmen, und ich denke, unsere Annahmen sind korrekt. Ob wir sie allerdings beweisen können, hängt von Big Sis ab.«

»Von *ihr*? Wie das?«

»Sehr einfach. Wenn wir annehmen, daß Big Sis mit ihrer Schwester und Critch King im Zug war, muß sie Critchs Gesicht gesehen haben. Deutlich genug, um ihn wiederzuerkennen, wenn sie ihm jemals wieder begegnet. Außerdem hat sie möglicherweise von jemand im Zug erfahren, wer er ist. Oder falls er seinen richtigen Namen benutzte, kann sie ihn von Little Sis erfahren haben, bevor sie sie erschlug. Mit anderen Worten, wenn wir unterstellen, daß Critch das Geld gestohlen hat, wird Big Sis höchstwahrscheinlich versuchen, es sich von ihm wieder zu holen.«

Deputy Thompson beugte sich aufgeregt vor. »Du glaubst, sie ist noch in der Gegend? Warum organisieren wir nicht einen Suchtrupp und spüren sie auf?«

»Wo sollen wir nach ihr suchen? Sie kann überall sein in einem Umkreis von fünfzig Meilen. Möglicherweise finden wir sie, wenn wir genügend Zeit und Geld hätten, aber das wäre trotzdem erst die halbe Arbeit. Critch King – und vielleicht auch Arlie – hat sich der Beihilfe schuldig gemacht. Big Sis ist unsere einzige Hoffnung, ihn oder beide zu überführen.«

»Verstehe.« Der Deputy nickte. »Du läßt Critch beobachten, und wenn sie versucht, Kontakt mit ihm aufzunehmen …«

»Richtig«, sagte der Marshal. »Richtig, Jim. Und jetzt,

als dein Verwandter und dein Freund, bitte ich dich noch einmal inständig, deine absurden politischen Ambitionen aufzugeben.«

»Tut mir leid«, erwiderte sein Neffe kurzangebunden, »ich sehe nichts Absurdes darin.«

»Aber du *mußt* das doch sehen! Territorial Oklahoma wird von republikanischen Beamten regiert. Der Bundesstaat als solcher wird jedoch demokratisch sein. Geografisch gesehen liegt er im Süden, die Siedler sind vorwiegend aus dem Süden, also fällt er dem demokratischen Lager zu. Als Kandidat für ein lokales Amt, das Sheriffsamt in diesem Fall, kannst du dieses Handikap überwinden. Du hast Gelegenheit, vielen Leuten zu begegnen, sie persönlich kennenzulernen, dich mit ihnen anzufreunden. Und das ist alles, was du zu tun brauchst. Aber wenn du für den Kongreß oder den Senat kandidierst, mußt du vorwiegend Wahlreden halten, die Kontakte sind mehr unpersönlicher Natur...« Er brach ab und betrachtete das trotzige Gesicht seines Neffen. »Ich weiß, wovon ich rede, Jim, das gehört zu meinem Job. Ich kann dir sogar sagen, wer bei den Kongreßwahlen höchstwahrscheinlich dein Gegenkandidat sein wird.«

»Sehr interessant«, sagte der Deputy.

»Sein Name ist Gore. Merk dir den Namen, du wirst ihn in den kommenden Jahren ständig hören. Er ist aus dem Süden, ein Gentleman und ein Gelehrter. Außerdem ist er blind – was ihm eine riesige Menge von Sympathiewählern einbringen wird, auch wenn er das nicht will und auch nicht braucht. Leg dich nicht mit ihm an, Jim. Er zieht dir die Hosen stramm.«

»Das bezweifle ich, Sir.«

»Bezweifelst du«, fragte Marshal Thompson, »die Existenz des Wortes Neffenmord?«

»Ich glaube nicht, daß ich es jemals gehört habe, Sir.«

»Hmmmm«, sagte sein Onkel drohend. »Hmmmm.«

Anmerkung des Verfassers: Nach drei Amtsperioden als Sheriff von Caddo County, Oklahoma, kandidierte James Sherman Thompson gegen Mr. Gore für den Kongreß. Thompsons Wahlkampfzug, aus drei Waggons bestehend, trug ein Spruchband an jedem Waggon mit seinem vollen Namen, inklusive des Mittelnamens. Die Blaskapelle, die den Zug begleitete, spielte bei jedem Halt *Marching Through Georgia,* ein altes Schlachtlied der Nordstaatenarmee. Wie zu erwarten, erlitt Thompson eine vernichtende Niederlage, die sich durch das Verwandtschaftsverhältnis auch sehr negativ auf seinen Onkel auswirkte. Als sie sich nach einigen Jahren von dem Debakel erholt hatten, blieben sie fast zwei Jahrzehnte lang mächtige politische Figuren in Oklahoma. Und mehrere Städte in diesem Bundesstaat tragen in irgendeiner Form den Familiennamen; zum Beispiel Jimtomson.

Die Vorlage für die erfundenen Anderson-Schwestern war die Bender-Familie, die im südlichen Kansas ein Rasthaus betrieb, wo Übernachtungsgäste ausgeraubt und umgebracht wurden. Wie Big Sis und Little Sis sollen die Benders vor einem Aufgebot ins Oklahoma Territory geflohen sein, wo sie die Verfolger abschüttelten und schließlich zu höchst angesehenen Bürgern des neuen Bundesstaates wurden. Nach einem anderen Bericht allerdings sagte das Aufgebot bewußt die Unwahrheit, als es behauptete, daß die Familie ihnen entkommen sei.

Tatsächlich (so heißt es zumindest in dieser Version) wurden die Benders gefaßt und von ihren Verfolgern getötet, die dann das unrechtmäßig erworbene Geld für sich behielten.

Die Anekdoten um den Anwalt Temple Houston sind im Kern authentisch. Ein begründeter Zweifel ist natürlich kein »Zweifel, für den sich ein Grund finden läßt«. Indem er Geschworene auf diese Art belehrte, lieferte der besagte Richter (dessen Namen wir aus Pietätsgründen verschweigen wollen) einen absoluten Revisionsgrund – der ungefähr der Hälfte aller Gefängnisinsassen des Bundesstaates eine Neuauflage ihres Prozesses bescherte.

Al Jennings, der erste Bezirksankläger von Caddo County, beendete eine vielversprechende politische Karriere, indem er zum Verbrecher wurde. Er zeigte allerdings wenig Talent für seinen neuen Beruf – die gesamte Beute aus einem Eisenbahnraub bestand aus einer Bananenstaude –, und andere Galgenvögel lachten nur abfällig über seine wilden Geschichten von Schießereien mit Gesetzeshütern. (Seinen einzigen wirklichen Kampf hatte er offenbar mit einem niedrigen Baumast, der ihm mehrere Schneidezähne ausschlug.) In einer aufgeklärteren Ära wäre Jennings vielleicht die psychiatrische Behandlung zuteil geworden, die aufgrund seines unberechenbaren Verhaltens eindeutig geboten war. Im frühen Oklahoma gab es für Kriminelle jedoch nur einen Platz: das Gefängnis. Und der sommersprossige ehemalige Ankläger *war* ein Krimineller, zumindest nach eigenem Bekunden. Im Gefängnis gelangte Jennings zu einer gewissen traurigen Berühmtheit, indem er einem populären Schriftsteller seine »Taten« schilderte. Tatsächlich scheint der einzige, der von Jennings ernsthaft verletzt oder geschädigt wurde, Jennings selbst gewesen zu sein.

Die King-Ranch und das Städtchen King's Junction mit seinen zahlreichen Anhängseln und Unternehmen sind ausschließlich der Phantasie des Autors entsprungen. Erfunden sind auch die Menschen, die die Stadt und die Ranch bevölkern, einschließlich der Kings. Jeder, der auch nur im entferntesten mit der Geschichte Oklahomas vertraut ist, wird wissen, daß solche Orte und solche Personen nicht existieren und nicht existieren konnten. Alle anderen, die damit nicht so vertraut sind, müssen sich auf das Wort des Autors verlassen, des Sohnes von James Sherman Thompson.

4

Jeder einzelne Knochen tat Critch weh. Er lag auf einem Bett in dem verlassenen Farmhaus, seine Matratze bestand aus einem Stapel Kornsäcke; zugedeckt war er mit seiner Pferdedecke. Es schien nichts gebrochen zu sein, obwohl es ein wahres Wunder war, daß er mit heilem Genick davongekommen war. Joshie beugte sich über ihn und fragte angstvoll, ob er auch wirklich okay sei.

»Ich werde es überleben.« Critch zwang sich zu einem Lächeln. »Bin nur ziemlich schlimm durchgeschüttelt worden. Ich hoffe, du hast dir nicht weh getan, als du mich hierher geschleppt hast.«

»Ho!« Joshie wies diese Vorstellung entschieden zurück. »Ich gottverdammt viel starke Squaw. Stark wie der Teufel, weiß Gott!«

Er lächelte ihr zu, lachte dann leise. Verlegen wandte sie sich ab, schlug die Augen nieder. Dann artikulierte sie sorgfältig und betonte dabei jedes Wort: »Es... tut... mir... leid, Critch. Ich... spreche... nicht... gut.«

»Joshie«, sagte Critch, »Joshie, Liebes, mir gefällt's, wie du redest. Von mir aus brauchst du kein einziges Wort zu ändern.«

»Du... du meinst das wirklich?« Ihre großen Augen sahen ihn forschend an. »Kein Scheiß?«

»Kein Scheiß«, sagte er warm. »Ich mag alles an dir.« Und er meinte es auch so. Für eine kurze Ewigkeit war er tot gewesen; er hatte dem Tod ins Gesicht gesehen, und der Anblick und der Geruch des Todes hatten ihm eine Höllenangst eingejagt.

Doch er war gnädigerweise, durch pures Glück und dank Joshies Hilfe, ins Leben zurückgeholt worden. Joshie war eingeschritten, als der Tod nach ihm griff. Joshie würde für alles Notwendige sorgen, um seine Rettung zu vollenden.

Ob er sie mochte? Das war kaum das richtige Wort. Er hätte sie geliebt, wenn sie eine halbe Tonne gewogen hätte, mit einem Gesicht so reizlos wie ein Lehmziegel.

Lächelnd streckte er die Arme nach ihr aus: eine der wenigen absolut ehrlichen Gesten in seinem verpfuschten Leben. Er drückte ihr Gesicht an seines, spürte die weichen Brüste an seiner eigenen Brust, spürte ihr Herz wild schlagen. Mit unglaublicher Sanftheit, so sanft, daß er es kaum merkte, schob sie ein Bein über seinen Körper, zog dann das andere nach. Und schließlich befand sie sich in seinem Bett, lag auf ihm.

Er versuchte zu protestieren und spürte ihren Mund auf dem seinen. Der Protest blieb ihm im Halse stecken, und sie hob ihren Körper etwas an, eine kleine flinke Hand beschäftigte sich mit ihrer Hose. Nachdem die Hand ihr Werk getan hatte, griff sie in den Hosenschlitz seiner Levi's. Dann machte sie es sich wieder auf ihm bequem, und der weiche, straffe Körper preßte sich fester und fester an ihn. Er begann sich ruckartig zu beugen, nahm Critch in sich auf und umhüllte ihn zart. Und ihre Lippen flüsterten wie in Raserei, stießen einen ekstatischen, stockenden Strom unschuldiger Lüsternheit aus.

Und die warme Feuchtigkeit, die sein Geschlecht liebkoste. Und die entblößten Pobacken, die so gut in seinen Händen lagen. Und...

»Himmel noch mal!« rief er. »Was soll denn das, verflucht noch mal?«

Er gab ihr einen Schubs, schrie beinahe laut auf bei dem stechenden Schmerz, den diese Bewegung verursachte. Joshie flog aus dem Bett, stolperte über ihre heruntergelassenen Hosen und landete auf dem Hintern.

Sie stand auf, zog langsam die Hosen hoch und schnallte den Gürtel wieder zu. Stirnrunzelnd sah sie ihn an, mehr verwundert als ärgerlich.

»Warum du das tun, Ol' Critch? Du sagen, du mich mögen.«

»*Warum?* Ja, Himmel noch mal...« Er zügelte sich. »Ja klar, mag ich dich, Joshie. Ehrlich, ich mag dich sehr. Deswegen kann ich das nicht zulassen.«

»*Deswegen?*«

»Natürlich. Wenn ein Mann ein Mädchen so sehr mag und respektiert wie ich dich, dann, äh, tut er so etwas nicht. Oder läßt sie so etwas nicht tun.«

»Nein?« Verwirrt neigte sie den Kopf zur Seite. »Er nur ficken Mädchen, das er nicht mögen?«

»Äh, nein, so meine ich das nicht. Verstehst du, äh…« Er zögerte. »Hör zu, Joshie, es ist so: Nette Mädchen haben kein Verhältnis mit einem Mann, es sei denn, sie sind mit ihm verheiratet.«

»Ich nix wollen Verhältnis. Nur ficken. Außerdem, vielleicht wir heiraten irgendwann, ich wetten mit dir.«

»Hm… ja… Vielleicht heiraten wir irgendwann. Aber…«

»Ganz klare Sache«, sagte Joshie im Brustton der Überzeugung. »Kingblut muß sich mit Blut von Tepaha vermischen. So ist das.«

Critch fuhr sich nervös über die Lippen; murmelte, zweifellos habe sie recht. Aber Heirat sei etwas, das in ferner Zukunft liege, wie fern, könne er einfach nicht sagen, da sie in verschiedenen Welten aufgewachsen seien und er Zeit brauche, sich an diese Welt zu gewöhnen. Außerdem…

»Außerdem spielen das überhaupt keine Rolle«, erklärte sie. »Wir werden heiraten. Jetzt wir verlobt, wie du es nennen, also ist okay zu ficken.«

»Verdammt noch mal, Joshie!« Critch machte Anstalten, sich aufzurichten, sank dann mit einem Stöhnen wieder zurück. »Ich… hast du nicht heute morgen deinen Großvater gehört? Er sagte, du sollst nicht solche Worte benutzen.«

»Nein, er nicht sagen. Er sagen, sollen nur zwischen Mann und Frau benutzt werden. Außerdem, nix wollen Worte benutzen, wollen es einfach tun.«

»Kommt nicht in Frage!« erwiderte Critch heftig. »Vielleicht wirst du schwanger, verdammt noch mal! Und was ist dann?«

»Ho, ho!« rief Joshie spöttisch. »Squaw nicht wollen Baby, dann nicht haben Baby.«

»Na ja, trotzdem...«, begann Critch, dann wechselte er unvermittelt den Tonfall und versuchte es mit einem ganz anderen, praktischen Argument. »Das war ein ziemlich schlimmer Sturz, Joshie, und es ist möglich, daß ich mich innerlich verletzt habe. Andernfalls würde ich nur zu gern tun, was du möchtest. Um ganz ehrlich zu sein«, gestand er, und das war nicht mal eine Lüge, »ich bin mindestens so scharf darauf wie du. Aber wenn ich es versuche und ich eine ernste Verletzung habe...«

Joshie unterbrach ihn mit der Versicherung, daß sie ihm nicht erlauben würde, solch ein schreckliches Risiko einzugehen. »Du jetzt okay?« fragte sie besorgt. »Ich dich nicht innerlich verletzen irgendwo?«

»Nicht ernsthaft, wenn überhaupt«, beruhigte Critch sie. »Ich bin überzeugt, daß sich alles wieder einrenkt, wenn ich mich eine Weile schone.«

»Dann du dich schonen. Ich sorgen dafür, bei Gott!« sagte Joshie. »Ol' Boz, er sich auch innerlich verletzen. Machen, daß seine Eier nix mehr taugen. War sowieso gemeiner gottverdammter Bastard, aber...« Sie stockte, und ihr kleines Gesicht legte sich in kummervolle Falten bei der Erinnerung an den impotenten Boz. »Du jetzt mein Old Ehegatte«, fuhr sie dann munter fort. »Oder jedenfalls so gut wie Ehegatte. Wir dich jetzt schonen, später holen alles nach.«

Critch lobte sie für diese weise Entscheidung und unterdrückte einen Anflug von schlechtem Gewissen. Es hatte ihm nie etwas ausgemacht, zu lügen – tatsächlich log er lieber, als die Wahrheit zu sagen, weil es auf lange Sicht viel lohnender war und außerdem viel interessanter. Aber jemanden zu belügen, der sich so leicht täuschen ließ, der ihm so bereitwillig glauben *wollte*, war kaum etwas, worauf er stolz sein konnte. Und er sah auch keinen Gewinn darin. Warum also …

»Joshie«, sagte Critch. »Komm her.«

Okay, meinte sie und kam unverzüglich. Sank vor seinem Bett auf die Knie. »Was du wollen, Ol' Critch?«

Er legte den Arm um sie. Zog sie an sich, vergrub sein Gesicht in ihrem Haar. *Ich möchte dir etwas sagen, Joshie. Etwas sehr Wichtiges.*

»Wollen *dir* etwas sagen, Critch.« Joshie befreite ihren Kopf und sah ihn an. »Etwas Wichtiges.«

»Ich möchte dir …« Er unterbrach sich, betroffen über ihre ernste Miene. »Ja? Was ist denn, Joshie?«

»Wegen Ol' Arlie. Er Sattelgurt an Pferd durchgeschnitten. Deswegen du beinahe tot.«

»Aber … aber …« Sprachlos starrte er sie an. »Aber woher weißt du … warum …?«

»Gurt angeritzt. Soll ich dir zeigen?« Sie wollte aufstehen, doch seine Hand hielt sie zurück. »Ist wahr, Critch. Ol' Arlie, er durchschneiden.«

»Du meinst, du hast ihn gesehen? Und du hast mich nicht gewarnt?«

»Natürlich nicht!« rief Joshie entrüstet. »Ich lauschen heute morgen an Tür, während er und Kay reden. Kay wollen, daß er dich umbringen. Arlie sagen, vielleicht finden

Marshal Thompson heraus, dann Kay sagen, Arlie für hübschen kleinen Unfall sorgen. Verstehst du?« Sie warf ihm einen ängstlichen Blick zu. »Ich nix wissen mit Sicherheit. Nicht bis du haben Unfall und ich sehen Schnitt in Gurt.«

Critch nickte langsam, und blinde Wut stieg in ihm auf. Dieser gottverdammte Arlie! Was für ein niederträchtiges Schwein! Erst zwang er ihn, auf die Ranch zu kommen, und dann versuchte er, ihn umzubringen!

Wie tief konnte ein Mann nur sinken?

Joshie beobachtete ihn mit großer Sorge und mißdeutete sein wutverzerrtes Gesicht. »Tut mir ehrlich leid, Critch. Ich einfach nicht glauben, daß er es so schnell versuchen?«

»Was?« sagte er verständnislos. »Wovon redest du?«

»Warum er wollen dich umbringen. Ol' Arlie sagen zu Kay, kein guter Grund, dich umzubringen. Kay sagen, genügend Grund, wenn du herausfinden, daß Geld weg ist. Sie sagen, du okay, solange du denken, du bekommen Geld zurück. Aber wenn du herausfinden, daß er haben kein Geld, dann du ihn ganz sicher umbringen.«

Sie nickte mit großem Nachdruck, die dunklen Augen besorgt auf sein Gesicht gerichtet. Er saß ganz still, starrte sie an und durch sie hindurch. Und allmählich verzerrten sich seine Lippen zu einem schrecklichen Grinsen.

»Weg«, sagte er. »Das Geld ist also weg.«

»Ja.« Sie nickte. »Arlie von dir gestohlen, ja? War sehr viel Geld?«

Critchs Grinsen wurde zu einer gräßlichen Fratze. Oh, nein, sagte er, gar nicht viel. Kaum der Rede wert...

Er begann zu lachen. Lachend fiel er aufs Bett zurück, rappelte sich dann mühsam hoch. Stolperte herum, ungeachtet der Schmerzen; brüllte und lachte und heulte gleichzeitig.

Nicht viel Geld. *Nicht viel!*

Was für ein Witz! Das Geld war weg, und Arlie hatte Angst, daß Critch deswegen sauer war. Man stelle sich das vor! Denn er war natürlich kein bißchen sauer. Gott bewahre! Arlie mochte *denken,* daß er sauer war, wenn er den Schädel eingeschlagen bekam und die Rippen gebrochen und die Eier über einem Feuerchen langsam geröstet... da müßte Critch die ganze Zeit lachen. Müßte Arlie begreiflich machen, daß es eigentlich furchtbar komisch war.

So komisch, wie einem Bruder sein Vermögen abzuknöpfen und dann zu versuchen, ihn umzubringen...

»*Critch!* Bitte, Ol' Critch! Bitte aufhören.« Joshie klammerte sich verzweifelt an ihn und schluchzte beinahe. »Nicht mehr lachen, bitte. Macht mir große Angst.«

Der rote Nebel vor seinen Augen verflog. Sein hysterischer Anfall endete so plötzlich, wie er begonnen hatte, und er ließ sich fügsam von Joshie zum Bett führen. Hinlegen wollte er sich allerdings nicht.

»Ich bleibe lieber eine Weile sitzen«, erklärte er. »Laufe vielleicht sogar ein bißchen herum. Sonst werde ich steif wie ein Brett.«

»Hmm...« Joshie warf ihm einen zweifelnden Blick zu. »Okay, von mir aus, aber du nicht reiten Pferd. Ich holen Wagen für dich.«

Critch gab lächelnd seine Zustimmung, setzte dann aber eine betont besorgte Miene auf. »Aber es wird längst dunkel sein, bevor du wieder hier wärst. Das kann ich nicht zulassen, Joshie.«

»Ho«, meinte sie schnippisch, »das machen mir überhaupt nichts aus.« Aber Critch schüttelte nachdenklich den Kopf und erinnerte sie sanft und scherzhaft daran, daß sie jetzt seine Squaw sei und tun müsse, was er sage.

»Du läßt Arlie den Wagen bringen. Sorg dafür, daß er es tut. Sag ihm, daß ich unter vier Augen mit ihm reden will.«

»Aber er versuchen, dich umzubringen!« protestierte sie. »Er dich allein erwischen, er versuchen, dich endgültig zu erledigen, und du zu verletzt, um dich richtig zu wehren!«

»Jetzt mach dir mal keine Sorgen um mich«, sagte Critch und kraulte sie unter dem Kinn. »Mir geht's von Minute zu Minute besser. Außerdem wird Arlie nicht so dumm sein, zwei Mordversuche an einem Tag zu unternehmen.«

»Hmmm...« Sie hielt das für keine gute Idee. Warum sollte man ein Risiko eingehen, das vermieden werden konnte. »Ich sage dir, Ol' Critch...«

»Nein«, unterbrach sie Critch, »ich sage *dir* was, Ol' Joshie. Ich sage dir, schick Arlie mit dem Wagen. Und genau das tust du, ja?« Er gab ihr einen freundschaftlichen Klaps auf den Hintern, stand auf und küßte sie. »Noch etwas, Joshie. Dieser Bauchgurt ist gerissen, verstanden? Er wurde nicht durchgeschnitten, er ist gerissen.«

»Von wegen!« fauchte sie. »Wurde durchgeschnitten, bei Gott!«

»Aber das sagst du nicht. Du sagst, er sei gerissen. Das sagst du«, wiederholte er langsam und eindringlich. »Und wenn du das nicht tust, Joshie, kann es sein, daß ich dich nicht mehr mag...«

»*Nein!* Nein, o nein, Critch!«

»Das kann passieren, wenn du nicht tust, was ich dir aufgetragen habe. Dann mußt du dich vielleicht für den Rest deines Lebens mit dem Finger begnügen statt dem echten Ding.«

»Finger tabu«, erklärte Joshie. »Außerdem nix verdammt gut. Ich tun, was du sagen, Ol' Critch!«

Drei

I

Gut fünfhundert Yards von dem verlassenen Farmhaus entfernt lag Arlie auf dem Bauch in dem üppigen Gras, und seine Nervosität wuchs von Minute zu Minute. Joshies Pferd und Critchs sattelloser Gaul waren in dem unkrautüberwucherten Hof des Gebäudes angepflockt, offensichtlich befanden sich die beiden also im Haus. Aber in was für einem Zustand Critch war, konnte Arlie nur vermuten. Seit über einer Stunde hatte er im Gras gelegen und das Gehöft beobachtet. Nervös, sorgenvoll, auf seine profane Art irgendwelche höheren Mächte anrufend, daß seinem Bruder nichts Ernsthaftes zugestoßen sein möge. Über eine Stunde quälendes Warten... und er wußte genauso wenig wie am Anfang.

Eine rote Ameise krabbelte ihm in den Stiefel und schien ihn endlos oft zu beißen, bevor er sie zerquetschen konnte. Ein Schwarm winziger Mücken entdeckte ihn und begann einen flirrenden Tanz vor seinen Augen. Ließ sich nicht verscheuchen und suchte schließlich Zuflucht in seinen Nasenlöchern.

Danach tränten und brannten ihm die Augen, und seine Nase juckte wie verrückt. In seinem momentanen Elend sagte er sich, es sei ihm scheißegal, wenn Critch sich tatsächlich den Hals gebrochen hätte; es würde irgendeinem Henker die Arbeit sparen, da er sich so ein Ende ohnehin schon lange verdient hatte. Im nächsten Moment widerrief er allerdings den Gedanken mit abergläubischer Hast. Critchs Wohlergehen lag ihm sehr am Herzen. Oh, ja, ganz ehrlich. Niemand machte sich mehr Sorgen um Critch als er. Nichts würde sein Herz so erfreuen wie der Anblick von Critch, lebendig und einigermaßen wohlbehalten.

Arlie kratzte sich die juckende Nase, rieb sich die geröteten und brennenden Augen. Er hob etwas den Kopf, spähte zu dem fernen Haus hinüber. Sein Herz schlug einen plötzlichen Trommelwirbel, und sein breites Gesicht verzog sich zu einem freudigen Grinsen.

Critch trat aus der Tür des Blockhauses und lief in den Hof. Er ging vornübergebeugt, bewegte sich ziemlich steif und vorsichtig, und er hinkte. Aber er war alles andere als tot. Und ganz offensichtlich hatte er sich nicht ernstlich verletzt.

Er humpelte mit Joshie zu den Pferden und wartete, bis sie ihres bestiegen und die Zügel seines Pferdes ergriffen hatte. Er winkte ihr nach, als sie davonritt, sein Pferd galoppierte an ihrer Seite. Dann trat er wieder durch die Tür und verschwand im schattigen Inneren des Hauses.

Arlie blieb noch einen Moment im Gras liegen. Überlegte sich, ob es klug sei, seinen Bruder aufzusuchen, und verwarf schließlich die Idee. Critch würde nichts von dem angerissenen Sattelgurt erwähnen, und er würde auch Joshie verbieten, etwas zu sagen. Er würde nicht wagen, es zu erwähnen, damit nicht der gestrenge Old Ike ihn, Arlie, von der Ranch jagte – in welchem Fall er natürlich das Geld mitnehmen und damit Critchs Zugriff vollends entziehen würde.

Wenn Critch je herausfand, daß das Geld weg war...! Aber das war jetzt nicht wichtig; darüber konnte er sich Gedanken machen, wenn es soweit war. Wichtig war jetzt nur, daß Critch nichts von dem Mordversuch erwähnte. Er würde es als Unfall hinstellen. Und da ein Unfall logischerweise nicht voraussehbar ist, wäre ein Besuch zum jetzigen Zeitpunkt ungeschickt, um es milde auszudrücken.

Wie peinlich, meilenweit von seiner Route abzuweichen, um sich nach den Verletzungen eines Mannes zu erkundigen, wenn man offiziell gar nichts von diesen Verletzungen wissen konnte. Wie peinlich für beide!

Es wäre einfach nicht richtig, dachte Arlie rechtschaffen. Und so kroch er zielsicher durch das Gras zurück, zu dem eine halbe Meile entfernten *arroyo,* wo er sein Pferd angebunden hatte. Da er im Grunde ein Wilder war, hätte er sich stundenlang auf diese Art fortbewegen können; der Jäger, der von einem Augenblick zum anderen zum Gejagten werden konnte. Instinktiv, ohne bewußte Anstrengung, waren seine Bewegungen praktisch lautlos. Und keine verräterische Spur war hinter ihm im Gras zu sehen. Ab und zu hob er spähend den Kopf aus dem üppigen Bewuchs, aber das dauerte nicht länger als den Bruchteil einer Sekunde, so daß niemand ihn gesehen haben konnte. Oder, besser gesagt, sich dessen bewußt geworden wäre, daß er ihn gesehen hatte. Praktisch im selben Augenblick war er da und nicht mehr da. Offenbar nichts als eine Sinnestäuschung, ein Spiel von Licht und Schatten.

Aber während er nicht gesehen werden konnte, sah er selbst sehr gut. Und obwohl er nicht zu hören war, hörte er sehr gut. Daher änderte er nach acht oder zehn Minuten die Richtung, bog im rechten Winkel von seinem Kurs ab. Nach vielleicht weiteren zehn Minuten bog er erneut scharf nach rechts ab und bewegte sich jetzt fast direkt auf das Haus zu. Es dauerte noch einige Minuten, dann tauchte er direkt hinter Ethel (Big Sis) Anderson auf.

Sie kroch auf Händen und Knien, eine Haltung, bei der sich ihre Hose straff über dem Hintern spannte. Grinsend zielte Arlie mit seinem dicken Zeigefinger auf den Spalt zwischen den Gesäßbacken und stach kräftig zu.

Mit einem schrillen Schrei fuhr Big Sis hoch und griff mit beiden Händen nach dem so rüde attackierten Körperteil. Arlie packte sie, fesselte ihr die Handgelenke mit seinem Halstuch und warf sie auf den Rücken. Es ging alles viel zu schnell für Ethel Anderson; bevor sie wußte, wie ihr geschah, war es schon geschehen. Gerade war sie noch auf die Blockhütte zugekrochen. Im nächsten Moment lag sie gefesselt und hilflos, und ein Bauerntrampel – einer der Kings anscheinend – saß auf ihr drauf.

Er grinste ihr ins Gesicht, tastete sie wenig zimperlich ab, bis er das fest zusammengerollte Bündel Geldscheine gefunden hatte – alles, was sie noch besaß – und ihre .28er Pistole. Er steckte das Geld in die Jackentasche und schleuderte die kleine Damenpistole weit weg ins hohe Unkraut.

In der Zwischenzeit hatte Miß Anderson einigermaßen ihre Fassung wiedergewonnen und war wieder fast die alte – unverfroren, schamlos, hinterhältig. »Wie wär's mit uns, Großer?« sagte sie mit einem einladend-lüsternen Blick.

»Wenn du mir schon Sachen abnimmst, warum nimmst du nicht gleich mich?«

»Wie soll ich dich nehmen?« erwiderte Arlie mit gespielter Begriffsstutzigkeit. »Du meinst, ich soll dich essen, oder was?«

»Kannst du auch probieren«, murmelte sie. »Iß mich oder tu das nächstbeste. Schau dir mal meine Titten an.«

Er öffnete ihr das Hemd und betrachtete die hervorquellende Fülle und die rötlichen Brustwarzen. Staunend riß er den Mund auf, dann blickte er sie mit ehrlich verwunderten Augen an.

»Du hast ja nur zwei«, beschwerte er sich.

»Ich habe nur – *waaas?* Wie viele soll ich denn haben, du Dummkopf?«

»Hängt davon ab, ob du eine Kuh bist oder eine Sau oder eine Hündin. Also, für eine Kuh halte ich dich nicht, du bist so verflucht dreckig, daß ich dich in keinem Kuhstall haben möchte. Ich schätze also, du bist eine Sau oder …«

»Du gottverdammter Klugscheißer!« fauchte Ethel und spuckte ihm mitten ins Gesicht.

Arlie grinste und ließ den Speichel an seiner Wange herunterlaufen, er machte keine Anstalten, ihn wegzuwischen. »Du spuckst ziemlich gut«, sagte er. »Willst du es noch mal probieren?«

»Und ob ich das will, du Arsch!« rief sie. Und sie tat es. Spuckte ihm wiederholt ins Gesicht, bis ihr Mund trocken war und sie nicht weiterspucken konnte.

Arlie fragte sie, ob sie auch wirklich fertig sei; wenn nicht, solle sie sich ruhig Zeit lassen. Unbehaglich schüttelte Miss Anderson den Kopf, versuchte ein entschuldigendes Lächeln. Denn sie hatte Angst, was ihr höchst selten im Leben passiert war. Angst in einem Ausmaß, wie sie es noch nie erlebt hatte. Arlie fuhr sich mit dem Ärmel übers Gesicht und wischte den Speichel ab. Er grinste immer noch, ein sinnloses, leeres Grinsen. Ein Grinsen, das Abgründe andeutete, wo unaussprechliches Grauen lauerte.

Miss Anderson riß ihren Blick von dem Grinsen los; stieß hervor, daß es ihr leid täte. »Ehrlich! Ich meine es wirklich! Wenn Sie mich gehen lassen würden, Mr.... äh... Mr....«

»King ist der Name«, sagte Arlie. »Der Bursche, an den du dich anschleichen wolltest, in dem Haus da drüben, ist mein Bruder Critch. Und du bist, nehme ich an, die Frau namens Big Sis Anderson, und du wirst dringend gesucht wegen Mordes.«

Big Sis zögerte. »Ja, das stimmt. Aber da gibt es etwas, was du wahrscheinlich nicht weißt. Dein Bruder hat das Geld, für das ich gemordet habe. Er hat es meiner jüngeren Schwester gestohlen.«

»Ach ja? Und wo ist deine Schwester jetzt?«

»Also, ich... äh... Ich weiß es nicht genau. Aber...«

»Ist ja auch egal«, lachte Arlie. »Aber jetzt erzähl ich dir was, was du noch nicht weißt. Ich habe Critch das Geld geklaut. Jeden Penny, und ich habe jeden Penny ausgegeben.«

Miss Anderson nickte rasch und sagte: »Na schön. Du wirst mich nicht der Polizei ausliefern, oder? Denn wenn du das tust, lassen die dir keine Ruhe wegen dem Geld.«

Nein, sagte Arlie, er beabsichtige nicht, sie auszuliefern. Die Kings hielten nichts davon, die Polizei mit ihren Problemen zu behelligen. »Aber du bist ein Problem, und ich weiß nicht, wie ich damit umgehen soll. Ich meine, was zum Teufel fange ich mit dir an?«

»Du brauchst gar nichts zu tun. Schwing dich nur einfach runter, den Rest erledige ich.«

»Du meinst, du haust einfach ab? Und kommst nicht wieder?«

»Warum nicht? Was soll ich denn noch hier, nachdem das Geld futsch ist?«

»Das ist aber nett von dir«, rief Arlie. »Ich sage dir, das Geld ist weg, und du glaubst mir aufs Wort. Mich wundert nur, wie ein so leichtgläubiger Mensch an so viel Geld gekommen ist.«

»Hör zu!« fauchte Big Sis. »Wenn du was zu sagen hast, dann sag es! Ob du das Geld hast oder nicht, kommt aufs gleiche raus. Ich kann nichts daran ändern.«

»Ach nein? Ich hätte gedacht, daß du sehr viel daran ändern kannst. Zumindest wirst du es versuchen. Du willst dein Geld zurück, sonst kriegen ich und mein Bruder Critch ein Hackebeil in den Schädel. Schätze, wir bekommen so oder so eins in den Schädel, nachdem du doch die Hackebeil-Lady bist.«

Miss Anderson fluchte ausgiebig und erklärte, er könne glauben, was er wolle, vorausgesetzt, er nehme jetzt seinen fetten Arsch von ihr runter. »Ich habe dir die Wahrheit gesagt, verdammt noch mal! Jetzt steh auf, bevor du mir die Luft abdrückst.«

»Nein«, sagte Arlie.

»Nein? Was meinst du damit, nein?«

»Ich meine, du hast mich nicht überzeugt, daß du mir

und meinem kleinen Bruder nicht eine Menge Ärger bereiten wirst. Also muß ich mich vermutlich selbst davon überzeugen, nicht wahr? Ich muß sicherstellen, daß du mir oder Critch nie mehr in die Quere kommst.«

»Dann tu's doch, verdammt noch mal! Aber steh auf, um Himmels willen, damit ich atmen kann!«

Arlie schwang sich von ihr herab, hielt sich aber gebückt in dem hohen Gras. Ethel Anderson setzte sich auf und atmete tief durch. Arlie fragte sie, wo sie ihr Pferd gelassen hätte; erfuhr, daß es hinter einer kleinen Baumgruppe etwa eine Viertelmeile nördlich stand. Er befahl ihr, in diese Richtung zu steuern, und löste ihr die Handfesseln, damit sie vor ihm herkriechen konnte.

So legten sie einige hundert Yards zurück, bis sie die Rückseite des Hauses passiert und fast schon freies Gelände erreicht hatten. Da warf sich Miss Anderson plötzlich auf den Rücken, schleuderte ihm eine Handvoll Erde ins Gesicht und holte kräftig mit beiden Beinen aus. Sie kam auf die Füße und rannte los, so schnell sie ihre wohlgeformten Beine tragen wollten. Sie sprang aus dem Gestrüpp ins freie Gelände. Mit wild klopfendem Herzen raste sie auf die Bäume zu, hinter denen ihr Pferd angebunden war. Sie umrundete die Baumgruppe und...

Und mußte sich zurückwerfen, um nicht von Arlies gezücktem Messer aufgespießt zu werden. Er gestikulierte damit und befahl ihr, sich auf dem Boden auszustrecken. Sie gehorchte, die Augen angstvoll auf sein Gesicht gerichtet. Murmelte verworrene Entschuldigungen für das, was sie getan hatte. Liebenswürdig erwiderte Arlie, sie brauche deswegen kein schlechtes Gewissen zu haben. Seine Pläne mit ihr hätten sich durch den Fluchtversuch nicht geändert.

»Okay, jetzt werden wir dich erst mal von diesen Kleidern befreien...« Mit zwei, drei kräftigen Handbewegungen hatte er ihr die Kleider heruntergerissen. »Und jetzt nehme ich mir ein hübsches Stück von deinem Arsch.«

Ihre Angst legte sich ein wenig, und gereizt sagte sie, er hätte sie auch so bumsen können, ohne ihr die Kleider zu zerreißen. Ein schönes Bild würde sie abgeben, wenn sie nackt durch die Landschaft zöge! Arlie erwiderte, ihre Nacktheit würde ihr ganz bestimmt nichts ausmachen, da sie dann mit ganz anderen Dingen beschäftigt sei.

»Wie das zum Beispiel«, sagte er, rollte sie auf den Bauch und packte eine nackte Gesäßbacke. »Wenn du nur noch mit einer Arschbacke herumläufst.«

Der kalte Stahl des Messers drückte gegen das wohlgerundete Fleisch. Sie keuchte, schrie dann auf, als die Klinge einsank, fast begraben war in der pulsierenden Weichheit.

»Was machst du da...? *Nein! Aufhören! AUFHÖREN!*«

Arlie verminderte den Druck auf das Messer und fragte sie, worüber sie sich so aufrege. »Ich nehme mir ein hübsches Stück von deinem Arsch, wie ich gesagt habe.«

»Du bist v-verrückt... *Nein! N-n-n-ein!*«

Arlie verlagerte sein Gewicht ein wenig und drückte ihr das Gesicht auf den Boden, so daß ihre Schreie nur noch ein gedämpftes Stöhnen waren. Sie krümmte sich und warf sich hin und her, doch Arlie drückte sie noch mehr nieder mit seinem Gewicht und murmelte beruhigend, sie solle sich doch nicht so anstellen.

»Was ist denn schon ein Stück Arsch für ein Mädchen,

das so viel davon hat wie du? Wenn du Angst hast, daß du davon Schlagseite bekommst, dann kann ich das ja ausgleichen, indem ich ein Stück von der anderen Backe abschneide. Und lieg endlich still, damit ich...«

Big Sis bäumte sich heftig auf. Stieß einen kurzen, erstickten Schrei aus. Dann brach sie bewußtlos zusammen, lag still und regungslos da.

Als sie aus ihrer Ohnmacht erwachte, lag sie mit gefesselten Händen auf dem Rücken. Ein Knebel aus einem Fetzen Stoff steckte in ihrem Mund, und Arlie hockte auf ihrer Brust und hatte ihr den Rücken zugewandt. Er blickte über die Schulter, bedachte sie mit einem Grinsen, einem aufmunternden Zwinkern und einem Nicken. Dann packte er mit einer Hand das lockere Fleisch ihres Schoßes, setzte das Messer an und ritzte langsam einen Kreis um ihre Scham.

Er habe beschlossen, ihren Arsch intakt zu lassen, erklärte er ihr, da es ein relativ harmloser Körperteil sei. Statt dessen werde er den wirklichen Unheilstifter entfernen. Und mit ihrer Mithilfe und seiner Sachkenntnis würde die Operation ganz schmerzlos sein.

»Wünschte, ich hätte einen Dollar für jede Muschi, die ich herausgeschnitten habe«, fuhr er fort und zog sorgfältig den Kreis mit dem Messer nach. »Ein alter Indianertrick, weißt du, und wir Kings sind vermutlich mehr Indianer als Weiße. Das Komische dabei ist, daß die Frau kaum etwas spürt – du spürst doch nichts, oder? –, erst viel, viel später. Vielleicht liegt es daran, daß es hauptsächlich Muskeln sind, weißt du, und sehr elastisch; läßt sich mehr dehnen als Katzendarm. Stell dir vor, ich hab mal gesehen, wie ein Kerl einem Mädchen die rausgeschnittene Möse über den Kopf gezogen hat und dann am Hals zuschnappen ließ. Mann-o-mann, was für ein Anblick!« Er schüttelte sich vor Lachen. »Die Puppe ist herumgetorkelt wie ein geköpftes Huhn; wurde von ihrer eigenen Möse erdrosselt. Jetzt – *lieg still!* Wenn du nicht aufhörst herumzuhampeln, muß ich dir *wirklich* weh tun…«

Big Sis konnte nicht still liegen, so wenig wie sie still sein konnte. Sie zitterte und bebte am ganzen Körper, und aus ihrem geknebelten Mund drang unablässig ein ersticktes Stöhnen.

»Okay, wollen wir mal sehen…«, murmelte Arlie. »Ja, ich schätze, das genügt. Jetzt noch ein kräftiger Ruck an den Haaren, und das Ding müßte sich so leicht herausheben lassen wie ein Haufen Schweinescheiße.«

Er krallte seine Finger in ihre Schamhaare und zog kräftig und gleichmäßig. Er hielt inne und versuchte es noch einmal mit einem kräftigeren Ruck. Dann drehte er den Kopf und warf ihr einen verlegenen Blick zu.

»Macht's dir was aus, ein oder zwei Tage zu warten, bis es von selbst abfällt? Scheint richtig festgeklebt zu sein. Schätze, es ist verschorft von dem vielen Blut.«

Zur Erklärung zeigte er ihr seine Hand, von der das Blut troff. Dann, als ihre Augen immer größer wurden, drehte er sich wieder um und wischte die Hand an ihrem Schoß ab.

»Schätze, ich tu das Blut wieder dahin, wo ich's herhabe, einverstanden? Okay, nachdem wir das erledigt haben…«

Er nahm ihr die Fesseln und den Knebel ab, dann stand er auf und hielt ihr die Hand hin. Sie nahm sie schweigend, starrte ihn aus ausdruckslosen Augen an und ließ sich auf die Beine helfen. Als er sie zu ihrem Pferd führte, ihr in den Sattel half, blickte er ihr forschend in das versteinerte Gesicht – in die Augen, die nur nach innen schauten – und war beinahe schockiert von dem, was er sah. Hätte sie beinahe bedauert.

Beinahe. Er war praktisch immun gegen Schocks und gegen Gefühle von Mitleid.

»Okay, du wirst es überleben«, sagte er schroff. »Ich hab dir die heilige Furcht vor dem Herrn eingebleut, und du meinst, du wärst halb tot. Aber...«

»Ich weiß...« Sie lächelte ihn plötzlich an, das offene, unschuldige Lächeln eines Kindes. Und ihre Stimme war dünn und hoch; die Stimme eines Kindes. »Es ist genau, wie Papa sagt.«

»Äh, wie meinst du das?« fragte Arlie.

»Ich lebe bei Papa«, piepste sie. »Papa und meine kleine Schwester Anne. Papa sagt, es würde nur am Anfang weh tun, aber dann würden wir uns prima fühlen. Und ich schätze, er muß es wissen, weil er mein Papa ist, und mein Papa weiß alles!« Sie warf den Kopf zurück in kindlicher Prahlerei; dann umwölkte sich ihre Stimme und wurde weinerlich. »Aber es tut trotzdem furchtbar weh. Und...« Mit tränenlosen Augen begann sie zu schluchzen. »Ich will meine Mama. *Ich will meine Mama haben...!*«

Ein gallenbitterer Kloß steckte Arlie im Hals. Es wurde ihm beinahe übel, als er ihn herunterschluckte. »Allmächtiger!« hauchte er. »All-mäch-ti-ger!«

»Ich muß jetzt gehen«, sagte Ethel Anderson. »Du gehst auch besser, sonst wird *dein* Papa böse.«

Sie nickte ihm fröhlich zu. Trieb ihr Pferd mit den nackten Fersen an und galoppierte davon. Und in der untergehenden Sonne blickte Arlie ihr nach, sah zu, wie die nackte Frau kleiner und kleiner wurde. Und schließlich am Horizont verschwand, so wie alle Dinge verschwinden müssen.

Arlie drehte sich um und stapfte los, zu seinem eigenen Pferd. Seine großen Hände ballten und öffneten sich, und sein Inneres war in Aufruhr. Gefühlsmäßig war er hin- und hergerissen, zwischen Selbstvorwürfen und Selbstlob, er war zugleich erschüttert und zufrieden.

Konnte eine Sache sowohl richtig als auch falsch sein? Konnte Gerechtigkeit auch Ungerechtigkeit sein? Tadel kämpfte mit Rechtfertigung, und die letztere siegte schließlich.

Als er sein Pferd erreichte, zuckte er die Achseln, und seine Miene und sein Gewissen hellten sich auf.

»Scheiß und vier sind sechs«, murmelte er. »Schoß 'ne Gans und fing 'ne Hex'.«

...Es war mitten in der Nacht, als Ethel Anderson die Farm erreichte, und Gutzmann lag bereits im Bett. Als er das Pferdegetrappel hörte, stand er auf und zündete die Petroleumlampe an. Er versuchte, seinen Ärger zu unterdrücken, während sie Hafer aus dem Futterschuppen holte und dann, nach einer Weile, das Pferd zum Wassertrog führte. Er hörte, wie das Scheunentor geöffnet, dann wieder geschlossen wurde. Und schließlich müde, schlurfende Schritte, die über den Scheunenhof kamen und sich dem Haus näherten.

Gutzmann unterdrückte das anerkennende Lächeln,

das seinen strengen und finsteren Gesichtsausdruck zu verdrängen drohte.

Seine Greta war doch eine gute Frau. Kümmerte sich zuerst um die Tiere, dann erst um sich. Trotzdem, war das eine Rechtfertigung dafür, daß sie sich wie eine Hure benahm? Die halbe Nacht wegblieb und ihm Beleidigungen an den Kopf warf, statt Erklärungen zu geben?

In seinem langen grauen Unterzeug richtete er sich zur vollen Größe auf, als sie zur Tür hereinkam, das Gesicht ernst und drohend.

»So, Greta«, donnerte er, »du wirst mir jetzt sofort sagen, warum... warum...«

Der Lampendocht war aus Gründen der Sparsamkeit heruntergedreht und verbreitete nur einen schwachen Lichtschein. Was er von ihr sah, war verschwommen und unvollständig: ein Kopf mit einem Gesicht, ein Teil ihres Oberkörpers, als Silhouette gegen die Dunkelheit draußen. Aber ihre Nacktheit war nicht zu übersehen – und die Tatsache, daß sie da draußen in der Öffentlichkeit gewesen war, zweifellos vor anderen Männern, ohne Kleider. Und das genügte, um ihn zur Weißglut zu bringen.

»Böses Mädchen!« brüllte er. »Gefallenes Weib! Warum? Was is', antworte mir!«

Ethel neigte demütig den Kopf. Die Hände behielt sie auf dem Rücken.

Mit ihrer Kinderstimme sagte sie: »Ich hab mein Ding verloren, Papa. Du kannst es nicht mehr mit mir tun.«

»Was? *Was?*« keuchte Gutzmann und bemerkte endlich den dunklen Flecken an ihrem Schoß. »Was ist mit dir passiert, Greta? Warum redest du wie ein kleines Mädchen?«

»Ich bin das liebe kleine Mädchen von meinem Papa«, sagte Ethel verzweifelt, »und mein Papa liebt mein Ding mehr als jeder andere. Und jetzt ist es fort. Und... und...« Sie blickte ihn trotzig an. »Es ist nicht meine Schuld, und du darfst mich nicht auspeitschen.«

Du willst mir vorschreiben, was ich zu tun habe, du kleines Miststück? Hast dir deine Muschi zugenäht, was? Na schön, ich werd dir die Fäden gleich rausreißen...!

»Mein Gott!« stammelte Gutzmann. »Ach, meine arme kleine Greta! Bitte, sag Gutzy, warum... was...«

»Ich werde dich umbringen, Papa. Ich werde dir dein Ding abreißen.«

Ihre Hände schossen nach vorn und fuchtelten mit dem Gegenstand, den sie verborgen gehalten hatten. Es war eine Mistgabel, und die scharfen Zinken glänzten matt unter dem angekrusteten Mist.

Gutzmann war starr vor Staunen. Fassungslos, unfähig zu einer Bewegung, stammelte er wirre Fragen, was dieses Horrorszenario zu bedeuten habe. Ethel ignorierte seine Fragen und kam langsam auf ihn zu; schließlich begann sie zu singen:

Jesus will mich als sein Sonnenstrahl,
ein Sonnenstrahl, ein Sonnenstrahl!
Jesus will mich als sein Sonnenstrahl,
Ich bin der Sonnenstrahl für ihn!

Unvermittelt stach sie zu. Gutzmann stieß einen Schrei aus und warf sich zur Seite. Die Zinken der Mistgabel bohrten sich in die Wand hinter ihm, und bevor er sich aufrappeln konnte, um ihr das Werkzeug zu entwinden, hatte sie es schon wieder aus der Wand gerissen. Und ging damit erneut auf ihn los.

Vorsichtig wich er zurück und behielt sie scharf im Auge. Tastete blindlings nach etwas, womit er sich verteidigen konnte. Er stolperte gegen einen Stuhl, wäre fast gestürzt, als sie abermals auf ihn einstach. Er spürte den Herd hinter sich, jetzt abgekühlt, nachdem das Feuer vor Stunden erloschen war, und begann ihn zu umkreisen. Zu spät erinnerte er sich an den großen Stapel Feuerholz, den er am Abend hinter dem Herd aufgeschichtet hatte. Der Stapel war zu groß, um daran vorbeizukommen oder rücklings darüberzusteigen. Und natürlich mußte er es rücklings tun. Sobald er sich umdrehte, wäre er ein toter Mann.

Jetzt lachte sie mit kindlichem Vergnügen, als sie seine mißliche Lage erkannte; fing dann an zu schluchzen und wollte gern ein Sonnenstrahl für Jesus sein.

Und die ganze Zeit kam sie näher. Und holte langsam mit der Mistgabel aus für den tödlichen Stich.

Mit schweißnassen Händen tastete Gutzmann hinter sich. Fühlte die rauhe Borke des Feuerholzes. Versuchte ein Scheit zu finden, das ihm als Waffe dienen konnte.

Er fand keines. Es waren zersägte Stücke eines gespaltenen Baumstamms. Zu groß und schwer, um sie fest packen und mit ihnen ausholen zu können. Große Holzstücke brannten länger als kleine, obwohl sie manchmal schwer zu entzünden waren. Gewöhnlich mußte er eines zu Kleinholz zerhacken und...

Gutzmann fand endlich seine Waffe. Er schlug damit zu,

den Bruchteil einer Sekunde bevor Ethel mit der Mistgabel zustechen konnte.

Sie ließ die Mistgabel fallen und sagte nur ein einziges Wort, ein langgezogenes »Ohhhh«, das sich wie ein erleichterter Seufzer anhörte. Dann brach sie zusammen, und ihr einziger Laut war das Blubbern ihrer Wunde.

»Greta!« schrie Gutzmann gequält. Er stolperte hinter dem Herd hervor und sank neben ihr auf die Knie. Zuerst hielt er die Augen fest geschlossen, und als er sie dann öffnete, wandte er sich von ihrem Gesicht und ihrem Körper ab, von der tödlichen Wunde, die er ihr zugefügt hatte, und betrachtete nur ihren Körper.

Im Sterben war sie auf die Seite gefallen, ein Knie leicht angezogen: fast in der Haltung eines Embryos. Gutzmann studierte die entblößte Gesäßbacke, bewegte den Körper behutsam, so daß er die andere betrachten konnte.

Stirnrunzelnd richtete er sich auf. Kratzte sich verwirrt den ungepflegten Kopf. Nach einem langen Moment rollte er sie auf den Rücken und spreizte ihr mit unbeholfener Sanftheit die Beine. Er griff hinter sich ins Wasserschiff des Herdes, schüttelte mehrere Handvoll Wasser über ihren Schoß und rieb vorsichtig mit dem Ärmel seines Unterhemdes.

Wieder lehnte er sich zurück, verwirrt von diesem scheinbar paradoxen Anblick.

Seine kleine Greta … ganz blutig war sie an der Stelle, die er so oft und begeistert besucht hatte. Doch wie konnte das sein? Woher stammte all das Blut? Er fand nicht den kleinsten Schnitt, nicht die kleinste Verletzung, weder zwischen ihren Beinen noch sonstwo an ihrem Körper.

Ratlos betrachtete er sie, blinzelte dann plötzlich und beugte sich tiefer.

Um den Schambereich herum gab es einen tiefen kreisförmigen Abdruck; dem roten Streifen sehr ähnlich, den er auf ihrem Gesäß entdeckt hatte. Den letzteren hatte er dem Sattel zugeschrieben oder einem zu engen Höschen. Aber das konnte kaum sein, nachdem sich um ihren Schoß herum ein praktisch identischer Abdruck befand.

Gutzmann konnte sich nur eine Ursache für so einen Streifen vorstellen. Aber auch das konnte nicht sein, weil es, nach seinem Verständnis, widernatürlich und sinnlos gewesen wäre, so etwas zu tun:

Wenn man die stumpfe Kante eines Messers fest genug auf die Haut drückte, entstand so ein Abdruck...

Traurig schüttelte Gutzmann den Kopf und verwarf entschieden und endgültig diese lächerliche Theorie. Nur er selbst war verantwortlich für den Tod seiner kleinen Greta. Nur er hatte ihn verschuldet. Er hatte pausenlos geplappert, bis ihr der Klang seiner Stimme wie das Summen eines Bienenschwarms erschienen sein mußte. Und die ganze Nacht hatte er auf ihr gelegen, hatte ihre Abhängigkeit ausgenutzt und nur blöde gelacht über ihre Bitten, sie in Ruhe zu lassen und ihre Pussie nicht ganz zu ruinieren.

Wie oft hatte sie ihn verflucht, ihm erklärt, daß er sie in den Wahnsinn treibe? *O Gott, o Gott! Es tut mir so leid, Greta!* Sie hatte ihn gewarnt, und er hatte ihre Warnungen in den Wind geschlagen. Und das war jetzt die schreckliche Folge seines selbstsüchtigen Verhaltens.

Diese seltsamen Streifen hatten nichts mit der Tragödie zu tun. Sie begannen jetzt schon zu verblassen. Sie würden verschwunden sein, bevor der Marshal jemanden schicken konnte, der die Sache untersuchte, und es war auch sinnlos, sie überhaupt zu erwähnen. Denn er allein war schuld. Er, Gutzmann, dieser selbstsüchtige, gedankenlose, fordernde Mann, der Greta in einen mörderischen Wahnsinn getrieben und ihr dann das hübsche Köpfchen mit einem Beil gespalten hatte.

2

Critch humpelte zum Brunnen hinaus und zog einen Eimer Wasser hoch. Er schöpfte mit den Händen, blies zwei winzige Silberfische aus dem Wasser und trank durstig. Das wiederholte er mehrmals, und in den Pausen dazwischen kaute er einen Streifen Trockenfleisch. Nachdem er so für sein leibliches Wohl gesorgt hatte, zog er das Hemd aus und wusch sich den Oberkörper.

Die Strahlen der untergehenden Sonne wärmten und trockneten ihn. Er kehrte ins Haus zurück und fühlte sich erheblich besser.

Er legte sich auf die Bettstatt und zündete sich einen Zigarillo an. Nachdem er ihn genußvoll geraucht hatte, war seine Wut auf Arlie weitgehend verflogen, und er konnte wieder vernünftig denken. Und einsehen, wie sinnlos und gefährlich es war, seinen Bruder umzubringen.

Marshal Thompson hatte sie beide davor gewarnt, das Gesetz selbst in die Hände zu nehmen. Und der Marshal war ganz offensichtlich ein Mann, mit dem nicht zu spaßen war. Er würde einen Mordversuch seitens Arlie nicht als

Rechtfertigung dafür ansehen, daß er Arlie umbrachte. Er würde lediglich darauf hinweisen, daß nur das Gesetz befugt war, Verbrecher zu bestrafen, und daß Individuen, die dagegen verstießen, selbst verbrecherisch handelten. Und das wäre dann – das vorletzte Kapitel im Leben von Critchfield King.

Das beste Argument, das gegen den Tod von Arlie sprach, war jedoch die Sinnlosigkeit einer solchen Tat. Es würde ihm nicht sein Geld zurückbringen. Er wäre dann für immer und ewig an diese hochverschuldete Ranch gefesselt, die er allein, ohne Arlie, so wenig bewirtschaften konnte, wie er fliegen konnte.

Es gab also zwei gute Gründe, Arlie nicht zu töten. Und vielleicht, räumte Critch ein, einen dritten. Die Tatsache, daß er zweifellos nicht in der Lage war zu töten. In seiner blinden Wut hatte er geglaubt, dazu fähig zu sein – hatte geschworen, Arlie umzubringen. Doch jetzt, nachdem er sich beruhigt, Zeit gehabt hatte, in aller Ruhe nachzudenken...

Arlies Ableben war natürlich wünschenswert. Und wenn auch nur aus dem Grund, daß es die beste Versicherung dagegen war, daß er selbst getötet wurde. Für den Moment mußte es jedoch ein Ideal bleiben. Ein Wunschziel, das sich nur erreichen ließ, wenn der richtige Moment gekommen war.

In der Zwischenzeit mußte Arlie jedoch bestraft werden. Er mußte lernen, daß ein Versuch, seinem Bruder Verletzungen zuzufügen, prompte und schmerzhafte Vergeltungsmaßnahmen zur Folge hatte.

Critch richtete sich in seinem Bett auf und blickte sich

suchend in dem dunkler werdenden Raum um. Dann blitzten seine Augen, er erhob sich und ging zu dem Herd, langte mit der Hand darunter. Die Hand schloß sich um einen metallischen Gegenstand, und er zog ihn hervor. Es war ein schwerer eiserner Schürhaken.

Hübsch, dachte er. Sehr hübsch. Er löste seinen Hosengürtel und schob den Schürhaken ins Hosenbein, schnallte den Gürtel wieder fest und machte versuchsweise ein paar Schritte. Natürlich konnte er nur steifbeinig laufen, aber das war okay. Auch ohne Schürhaken fühlte er sich ziemlich steif.

Er kehrte zum Bett zurück. Legte sich wieder hin. Es wurde immer dunkler, und er schloß die Augen. Nach wenigen Minuten war er fest eingeschlafen.

Mehrere Stunden später erwachte er von dem fernen Rattern eines Pferdewagens. Er richtete sich auf, spähte aus dem Fenster und sah das schwankende Licht einer Laterne. Eine Weile blieb er, wo er war, blickte der näher kommenden Laterne entgegen, lauschte auf das lauter werdende Rattern der Wagenräder. Dann, nach einem gedämpften *»Hallo!«* von Arlie, stand er auf und hinkte in den Hof.

»Hier!« rief er. »Alles wartet nur auf dich.«

»Gut! Ich bin sofort bei dir!« rief Arlie zurück.

Er sprang von dem Wagen und eilte auf ihn zu, bot ihm besorgt seine Hilfe an. Critch ließ sich bereitwillig helfen, sorgte aber dafür, daß Arlie nichts von dem Schürhaken merkte, und richtete es so ein, daß sein Bruder günstig stand für einen kräftigen Tritt, als er ihm auf die Ladefläche half.

»Yiiiaauu!« heulte Arlie auf und faßte sich zwischen die Beine. »Paß doch auf, du Idiot!«

»Ach, habe ich dich getreten?« fragte Critch unschuldig. »Tut mir schrecklich leid, Arlie.«

»Du hast mir fast... Ach, zum Teufel«, sagte Arlie, ging um den Wagen herum und schwang sich auf den Bock. »Mach dir's auf den Kissen bequem«, knurrte er, als sie losfuhren. »Ich hab was zu essen und eine Kanne Kaffee mitgebracht, liegt irgendwo da hinten.«

Critch dankte ihm freundlich. Erneut drückte er sein Bedauern über den Tritt aus und fügte hinzu, er hoffe nur, daß er keine edlen Teile getroffen habe. »Ich weiß, wie das weh tun kann«, sagte er. »Als der Sattel heute auf mir gelandet ist, dachte ich, er hätte mir die Eier zerquetscht.«

Arlie räusperte sich geräuschvoll. Er schwang die Zügel und trieb die Pferde an.

»Äh, wie ist das passiert, was glaubst du?« erkundigte er sich schließlich. »Sattelgurt gerissen?«

»Muß wohl. Wenn ihn jemand durchgeschnitten hätte, wäre er ein absolut verkommenes niederträchtiges Stück Scheiße – meinst du nicht? Und so jemanden kenne ich hier nicht – du vielleicht?«

»Äh, also, hör mal, warum haust du dir nicht was in den Magen?« brummte Arlie.

Critch erwiderte, das sei eine gute Idee, und nachdem er den Picknickkorb gefunden hatte, begann er zu essen. (Er hatte außerdem den Pfefferstreuer gefunden und den Deckel abgeschraubt.) Kauend und kaffeetrinkend schimpfte er lästerlich, obszön und lautstark weiter über eine solche Person – eigentlich undenkbar, daß so eine

Kreatur überhaupt existierte! –, die einem Mann den Sattelgurt durchschnitt.

»Weißt du was, Arlie? Ich glaube, jemand, der so etwas tut, würde auch ein Stinktier in den Arsch ficken und dann die Soße fressen ...«

»Halt den Mund!« brüllte Arlie. »Hast du mich gehört – *halt den Mund!*«

»Warum soll ich den Mund halten?« fragte Critch unschuldig.

Arlie drehte sich um und schrie, egal warum, er solle ruhig sein. »Weil wenn du dein stinkendes Maul noch einmal aufmachst, dann werde ich – *Yiiiaauu!*« heulte er und griff sich an die Augen. »*Iiiaauu!* Du Arschloch ... *Aauuuaah!*«

»Was ist denn los? Magst du keinen Pfeffer?« sagte Critch und schüttelte sich vor Lachen. »Versuch mal eine Dosis davon.«

Er stand auf und holte mit dem eisernen Schürhaken aus. Gerade als er mit aller Kraft zuschlug, holperten die Räder über einen Stein, und der Wagen bockte unerwartet. Arlie wurde nach rückwärts geschleudert, und der Schürhaken sauste direkt an seiner Nasenspitze vorbei. Geblendet fuchtelte er mit den Händen herum und suchte verzweifelt nach etwas, woran er sich festhalten konnte. Er fand auch etwas, den Schürhaken nämlich, mit dem Critch gerade zu einem neuerlichen Schlag ausholen wollte. Und in dem Moment holperte der Wagen zum zweitenmal über einen Stein.

Der Ruck schleuderte Arlie kopfüber vom Wagen herunter, wobei er sich sinnloserweise an den Schürhaken klammerte. Und Critch, der ihn ebenfalls festhielt und nicht rechtzeitig losließ, wurde mitgerissen.

Sie landeten zwischen den Pferden, auf der Deichsel. Es entwickelte sich ein verrücktes Handgemenge mit Hieben und Tritten und Schlägen, wovon nur ein Teil sein Ziel traf, der Rest die mit Recht entrüsteten Pferde.

Zorniges Wiehern und Schnauben übertönte den Tumult der beiden Brüder. Das Gespann bäumte sich auf und ging dann durch. Der Wagen flog buchstäblich hinterher, berührte nur die höchsten Punkte der Landschaft, und die Deichsel schwankte und schlingerte wie ein Schiff im Sturm.

Arlie und Critch wurden zwangsläufig voneinander getrennt. Während das Gespann durch ein dichtes stacheliges Gebüsch fegte, hatten die schon recht zerfetzten Brüder nur einen Gedanken, wie sie diese mörderische Jagd beenden konnten. Oder zumindest ihren Anteil daran. Doch das Schicksal hatte offenbar entschieden, daß hier zwei Narren waren, die nicht wußten, was sie wollten, und denen ausreichend Gelegenheit gegeben werden mußte, sich zu besinnen. Und die Pferde waren anscheinend zu der Überzeugung gelangt, daß, egal was ihre einstigen Herren wollten, dies jedenfalls nicht ihr Wille war. Und so bahnten sie sich ihren Weg durch das Land – durch den unwegsamsten, verwachsensten Teil davon – und nahmen die Gebrüder King mit.

Im Gegensatz zum Menschen sind dem Ausmaß der Verwüstungen, die ein Tier anrichten kann, glücklicherweise Grenzen gesetzt. Das Gespann erreichte diese Grenze, als es versuchte, ein tief eingeschnittenes ausgetrocknetes Bachbett zu überfliegen. Zwar überwanden die Pferde das Hindernis und setzten ihre verrückte Flucht durch die Nacht fort, aber sie nahmen nichts mit außer ein paar Fetzen ihres Geschirrs. Die Kings blieben zurück, halb begraben unter den Überresten des Wagens.

Eine Zeitlang waren sie zu zerschlagen und zu betäubt, um sich zu bewegen. Oder um überhaupt zu begreifen, was passiert war. Doch als sie sich ein bißchen erholt hatten, griffen sie fast gleichzeitig zu ihren Messern – die sie natürlich verloren hatten –, fluchten dann und suchten nach anderen Waffen.

Critch fand eine Radspeiche, Arlie ein Stück Kette, die vom Geschirr übriggeblieben war. Sie schlugen kraftlos aufeinander ein und fügten sich nicht mehr Schaden zu, als wenn sie mit einer Truthahnfeder aufeinander losgegangen wären. Keuchend beschimpften sie einander und fielen dann erschöpft zu Boden.

Dort rangen sie nach Atem, und ihre Herzen hämmerten vor Anstrengung. Eine leichte Brise ließ das Gras rascheln – es hörte sich an wie ein unterdrücktes Kichern. Ein paar Sterne spähten vom nachtdunklen Himmel herab und blinzelten belustigt. Aus der Ferne, kaum hörbar, kam ein triumphierendes Wiehern... der abschließende Kommentar des durchgegangenen Gespanns.

Die Brüder ruhten sich aus und sammelten Kraft.

Langsam zogen sie sich unter dem Wrack des Wagens hervor, krochen auf Händen und Knien die steile Böschung hinauf und in die Prärie hinaus.

Sie standen auf. Sie begannen sich langsam zu umkreisen, das Gesicht einander zugewandt, die Arme ausgestreckt. Warteten auf einen günstigen Moment. Arlie sagte, er würde Critch zu Brei schlagen. Critch sagte, er würde Arlie zu Brei schlagen.

»Ich laß dich deine eigene Scheiße fressen«, sagte er. »Eine doppelte Portion. Vielleich gebe ich dir auch noch was zu trinken. Eine Portion Pisse.«

»Du gottverdammter Klugscheißer!« schrie Arlie.

»Du schleimiger, gemeiner, hinterhältiger Bastard!« schrie Critch.

Unvermittelt versuchte er einen Fußtritt. Arlie packte den Fuß, verdrehte ihn und warf Critch zu Boden. Critch rollte sich verzweifelt zur Seite und versuchte dem Unheil auszuweichen. Doch Arlie warf sich auf ihn und ballte seine große Faust.

»Jetzt, bei Gott!« knurrte er. »Jetzt schlage ich dir alle...«

Mit einem Schmerzgeheul warf er sich zurück und hielt sich die Kniescheibe. Critch äffte ihn spöttisch nach, in der Hand einen Stein. Er versicherte Arlie, daß er sich den Schmerz nur einbilde und daß ihn so ein kleiner Stein unmöglich ernsthaft verletzt haben konnte.

»Sieh doch selbst«, empfahl er ihm. *»Du Scheißkerl!«*

Und schleuderte den Stein – verfehlte aber knapp den Kopf seines Bruders. Er grunzte enttäuscht, doch dann hellte sich seine Miene auf, als er sah, daß Arlie noch immer hilflos war; reif für ein paar gezielte Tritte gegen den Kopf.

»Jetzt ganz ruhig, mein Alter«, sagte er mit mörderisch sanfter Stimme. »Old Dr. Critchfield legt dich jetzt schlafen, und wenn du aufwachst – in drei oder vier Monaten...«

Er wollte aufstehen. Und setzte sich abrupt wieder hin. Verzog schmerzhaft das Gesicht, als er sich den verstauchten Knöchel hielt. Er begann zu fluchen.

Und Arlie hörte mit seinem Gestöhne auf und lachte schadenfroh. »Ich hoffe, er ist gebrochen, du Hurensohn! Geschieht dir recht, nachdem du versucht hast, mich zu treten.«

»Und ich hoffe, deine Kniescheibe ist am Arsch! Geschieht dir recht, da du meinen Sattelgurt durchgeschnitten hast!«

Arlie zögerte, fuhr sich nervös über die Lippen. »Was diesen Gurt betrifft, Critch, da übernehme ich die Verantwortung, bevor ich Kay darunter leiden lasse. Aber ... zum Teufel, du müßtest doch wissen, daß ich so was Dummes nicht machen würde! Vielleicht muß man mich nicht gerade unter einem Waschzuber verstecken, damit die Sonne aufgeht, aber so dumm bin ich nicht, daß ich einen Sattelgurt durchschneide.«

»Wer hat dann ... du meinst, Kay war es?«

Arlie nickte mit einer Mischung aus Abscheu und Stolz. »Diese verdammte kleine Squaw! Sie war sauer, und sie dachte, sie würde mir damit helfen, mich schützen, verstehst du, und ... Herrgott nochmal! Jeder Idiot würde doch sehen, daß der Gurt angeritzt war, und mich dafür verantwortlich machen!«

Critch musterte seinen Bruder mißtrauisch; schließlich nickte er zustimmend.

»Okay«, sagte er. »Du hast den Gurt nicht durchgeschnitten. Was ist jetzt mit dem Geld? Und frag mich nicht, was für Geld!«

»Was für G… Okay, okay«, sagte Arlie hastig. »I.K. hat es dir gestohlen, und ich habe es ihm abgenommen. Ich gebe es zu, wenn du dich dann besser fühlst.«

»Du hast es nicht mehr. Was hast du damit gemacht?«

»Ja, äh, wie kommst du drauf, daß ich es nicht mehr habe? Im übrigen«, meinte er trotzig, »war es überhaupt nicht dein Geld. Du hast es diesen Anderson-Schwestern geklaut.«

»Wo ist das Geld, Arlie? Wenn ich mir darüber auch noch Gedanken machen muß…«

»Verdammt noch mal, Critch, ich hätte es dir schon noch gesagt! Später, nachdem du dich eingelebt hättest.«

»Sag's mir jetzt.« Critch wartete. »Ich weiß, du hast es von El Reno hierher gebracht. Was hast du anschließend damit gemacht?«

»Ich hab's nicht mit zurückgebracht. Diese Stahlkassette in meiner Reisetasche sollte dich ablenken. War nur zerschnittenes Zeitungspapier drin.«

»Na schön«, sagte Critch. »Die gleiche Frage noch mal. Was hast du mit dem Geld gemacht?«

Arlie murmelte, daß er es ausgegeben hätte. Critch lachte ärgerlich. »Ausgegeben? Wofür könntest du denn zweiundsiebzigtausend Dollar ausgegeben haben?«

Arlie sagte es ihm und wiederholte es noch einmal, als Critch ihn nur sprachlos anstarrte.

»Wofür hätte ich es denn sonst ausgeben sollen, nachdem die Ranch kurz davor stand, unter den Hammer zu kommen? Ich hab's für das ausgegeben, worauf du jetzt sitzt. Und ich meine nicht deinen lausigen Arsch!«

Trotzig starrte er seinen Bruder an. Critch starrte

zurück, und in seinem Kopf drehte sich alles. Er versuchte nachzudenken. Versuchte vielleicht, nicht daran zu denken, wie seine Zukunft jetzt aussah. Seine Hand tastete nach der Tasche, suchte vergeblich nach einem Zigarillo. Stirnrunzelnd blickte er an sich herab, schien zum erstenmal zu bemerken, in welchem Zustand sich seine Kleider befanden. Schließlich seufzte er und schüttelte sich; ein Mann, der aus einem Traum erwacht und in die Realität zurückkehrt.

»Was meinst du, Arlie? Glaubst du, wir können uns hier irgendwo Pferde borgen?«

»Unwahrscheinlich«, erwiderte Arlie. »Die Leute hier haben nur Arbeitspferde, und sie würden fast einen Tag verlieren, bevor wir sie zurückbringen könnten. Außerdem, wenn du nach Einbruch der Dunkelheit hier auf einen Hof kommst, kriegst du höchstwahrscheinlich eine Kugel verpaßt, bevor du hallo sagen kannst.«

»Dann machen wir's uns am besten hier draußen bequem, oder? Pa wird nach uns suchen lassen, sobald dieses durchgegangene Gespann in der Stadt auftaucht.«

»*Wenn* es in der Stadt auftaucht«, wandte Arlie ein. »Es ist nicht in diese Richtung gelaufen, und ich glaube kaum, daß die Gäule große Eile damit haben. Zu viele Felder mit jungem grünem Mais unterwegs.«

»Tja, was machen wir dann...?«

»Du hast dir den linken Knöchel verrenkt, stimmt's? Und mir hast du das rechte Knie zerschmettert. Wie wär's dann, wenn wir uns gegenseitig stützen, auf dem kaputten Bein hinken und das Gewicht auf die beiden anderen verlagern...?«

Sie standen auf, soweit man es so bezeichnen konnte. Sie begannen ihren gemeinsamen Humpelgang, doch Critch wich plötzlich mißtrauisch zurück.

»Langsam, Arlie! Du hast eine Schnittwunde an der Hand.«

»Was? Ja, tatsächlich, verdammt noch mal!« sagte Arlie und ballte die Faust, um die Blutung zu stoppen. »Aber was geht dich das an, Bruderherz?«

»Ich würde sagen, es ist ein frischer Schnitt. Und das geht mich eine ganze Menge an.«

Arlie erklärte wahrheitsgemäß, es sei kein frischer Schnitt. Es sei schon vor Stunden passiert... irgendwie... und durch die turbulenten Ereignisse offenbar wieder aufgeplatzt.

»Jetzt schau mal, Critch. Wo zum Teufel sollte ich denn in diesen Fetzen ein Messer verstecken?«

»Okay.« Critch nickte widerstrebend. »Also, machen wir uns auf den Weg.«

Aber jetzt zögerte Arlie und wies darauf hin, daß ein Mann, der einen Schürhaken in seinen Kleidern verstecken konnte, viel raffinierter war als er.

»Schüttele deine Arme, Bruderherz. Kräftig, wenn ich bitten darf! Und vielleicht solltest du auch die Hosen runterlassen.«

»Einen Teufel werde ich tun! Außerdem ist wenig genug davon übrig.«

Arlie zuckte die Achseln, sagte, er müsse es wohl einfach riskieren.

Critch schnaubte abfällig, erklärte, er selbst riskiere noch viel mehr.

»Also fang bloß nichts an. Sonst mach ich dich fertig, ich schwör's dir.«

»Das gleiche gilt für dich, Bruder Critch.«

Und so kamen sie endlich aufeinander zu, stellten sich so nebeneinander, daß die lädierten Beine innen, die gesunden außen waren. Dann legten sie sich gegenseitig die Arme um die Schultern und machten sich auf den langen Rückweg zur Junction.

Es war bereits später Vormittag, als sie dort eintrafen, und kaum hatten sie die Geleise überquert, fuhr auch schon der Zug von El Reno ein. Die Brüder ignorierten ihn, waren zu erschöpft, um sich auch nur umzudrehen. Marshal Harry Thompson kletterte aus dem Zug auf den Bahnsteig und schnippte Rußflocken von seinem schneeweißen Hemd. Als der Zug abfuhr, spähte er die Trasse entlang und nickte dem Kopf zu, der aus dem hohen Unkraut aufgetaucht war. Der Kopf verschwand wieder, und Thompson marschierte den Weg entlang hinter Arlie und Critch her.

Wenige Schritte vor dem Ranchhaus holte er sie ein, erkundigte sich leutselig nach der Ursache ihres jämmerlichen Zustandes. Arlie gab eine nervöse Erklärung ab, und der Marshal drückte sein höfliches Bedauern aus.

»Ich kann mir vorstellen, daß ihr beide völlig kaputt seid, nicht wahr? Daß ihr jetzt an nichts anderes denkt, als etwas zu essen und dann ins Bett zu gehen? Leider, leider, Gentlemen...« Er blickte von einem zum anderen, und seine dunklen Augen waren plötzlich hart geworden. »Ich fürchte, solche leiblichen Genüsse müssen für eine Weile aufgeschoben werden. Auf unbestimmte Zeit, könnte man sagen. Ich muß Ihnen einige Fragen stellen.«

»Äh, Fragen?« Arlie schluckte nervös. »Was für Fragen?«

»Vergiß es!« sagte Critch kurz angebunden. »Ich frühstücke jetzt, und dann lege ich mich ins Bett. Der Marshal kann seine Fragen aufschieben oder sonst was damit tun.«

»Zum Beispiel?« erkundigte sich Thompson.

»Scheißen Sie sich doch in den Hut!«

Critch griff nach der Tür. Hielt abrupt inne, die Hände halb erhoben, als er in den blauschwarzen Lauf des Fünfundvierzigers blickte.

»Diese Bemerkung, die Sie gerade gemacht haben«, sagte der Marshal, »wurde die Grabinschrift des letzten Mannes, der so etwas zu mir gesagt hat. Hätten Sie das auch gerne auf Ihrem Grab stehen, Mr. King?«

Critch schüttelte den Kopf und brachte ein schwaches Grinsen zustande. »Ich würde es lieber verschieben, Sir. Auf unbestimmte Zeit, wie Sie so schön sagen.«

»Oder bis Sie meine Fragen beantwortet haben?«

»Oder bis dahin. Aber wir haben gewisse Rechte, Marshal. Bevor das hier weitergeht, steht uns eine Erklärung zu, um was für Fragen es sich handelt.«

»Sie haben natürlich völlig recht«, sagte Thompson und steckte den Revolver wieder weg. »Verzeihen Sie bitte diese Unterlassung. Meine Fragen – auf die ich vollständige und zufriedenstellende Antworten erwarte – betreffen Raub und Mord.«

3

Sie hatten sich in der Hotelbar versammelt – die Brüder und der Marshal, Ike und Tepaha. Eine Flasche Whiskey und Gläser standen vor den beiden alten Männern. Sie nahmen hie und da einen Schluck; ihre gefurchten Gesichter waren ausdruckslos und ließen nicht das geringste Interesse an dem erkennen, was geschah oder gleich geschehen mochte.

»... also, Arlie?« sagte der Marshal. »Ich warte noch immer. Wie lautet deine Antwort?«

»Klar, Marshal Harry, klar. Jetzt, äh, lassen Sie mich einen Moment nachdenken...« Arlie runzelte nachdenklich die Stirn. »Einen Moment noch. Es fällt mir gleich ein. Äh, hmm, äh... Wie war die Frage noch mal, Marshal?«

»Immer noch die gleiche, die ich dir schon fünfzehnmal gestellt habe! Die gleiche wie vor fast einer Stunde!«

»Äh, ja, Sir?«

»Also schön, ich wiederhole sie noch einmal. Vor drei Wochen, auf einen Tag genau kommt's nicht an, hast du ungefähr siebzigtausend Dollar Schulden abgezahlt, Schulden, die auf dieser Ranch lasten. *Woher hattest du das Geld?*«

»Woher ich es hatte?«

»Du hast mich genau verstanden! *Ja!*«

»Hmmm«, sagte Arlie. »Also, lassen Sie mich überlegen...«

Früher mischten sich die Gesetzeshüter nicht ein, dachte Tepaha. Wenn ein Sohn etwas angestellt hatte, wurde einfach der Vater unterrichtet, der sich der Sache dann so annahm, wie er es für richtig hielt. Denn wer war besser geeignet, über seinen Sohn zu richten, als der Vater? Wer war am ehesten in der Lage, über die angemessene Strafe zu entscheiden? Und da es der Missetäter war, der bestraft wurde, mußte er es auch sein, der abgeurteilt wurde, und nicht die Missetat, die er begangen hatte. Sicher, gelegentlich kam es zu Fehlurteilen, aber das passierte viel seltener, wenn der Vater ein Urteil fällte und nicht das Gesetz. Dies war so, und es konnte auch nicht anders sein. Denn das Urteil des Vaters war ein Urteil, das einem einzelnen Menschen galt und ihm gerecht wurde; es beinhaltete sowohl Ehre als auch Wissen. Und das Urteil des Gesetzes war das einer gesichtslosen Masse (und geschaffen von dieser Masse) – und dies im Namen der Gerechtigkeit!

Auf jeden Fall, dachte Tepaha, war Stehlen nichts Verwerfliches, es sei denn, man bestahl Freunde oder die eigene Familie. Andere, die bestohlen wurden, waren selbst Kriminelle, denn dadurch, daß ihre Wertsachen gestohlen werden konnten, hatten sie zweifellos einen ehrlichen Mann zum Diebstahl verleitet.

Ebensowenig war es möglich, einen hartnäckigen Gläubiger zu betrügen. Das Schlimmste, was man ihm antun konnte, war weniger schlimm, als er es verdiente. Wie konnte es auch anders sein? Vertrauen war nicht etwas, was man an einem Tag einem Mann schenkte, am nächsten Tag entzog und am dritten erneut gewährte. Dies war einfach kein Vertrauen, sondern abscheulichster Betrug. Echtes Vertrauen war dauerhaft – nicht etwas, das man schenkte, wenn es nicht benötigt wurde, und entzog, wenn man es am dringendsten brauchte. So war das nämlich. Nur ein Gesetz, das sich mit einer blinden Göttin brüstete, konnte anderer Ansicht sein.

Ol' Marshal Harry steckt voller Scheiße, dachte Tepaha.

»Zum letzten Mal, Arlie«, knurrte Marshal Thompson. »Ich frage dich zum letzten Mal...«

»Ich werde die Frage beantworten«, sagte Critch. »Arlie hat das Geld von mir.«

»Natürlich hat er es von Ihnen.« Grimmig wandte sich der Marshal Critch zu. »Ich habe mich schon gefragt, wann Sie oder er das endlich zugeben würden. Er hat Ihnen das Geld gestohlen, und Sie...«

»Mir *gestohlen?*« Critch blickte ihn erstaunt an. »Ja, wie kommen Sie denn darauf...?« Er verstummte und brach dann in schallendes Gelächter aus. »Entschuldigung, Marshal. Ich habe ganz diesen kleinen Spaß vergessen, den wir mit dem Indianerjungen getrieben haben. Du hattest ihn wohl auch vergessen, Arlie, was?«

»Ja klar, war mir völlig entfallen!« erklärte Arlie und prustete los. »Versteh ich gar nicht, wie ich das vergessen konnte, so wie wir den alten I. K. reingelegt haben. Sie hätten sich totgelacht, Marshal Harry!«

Thompson blickte säuerlich von einem Bruder zum anderen. »Ihr erwartet, daß ich euch das abnehme? Daß dieser Diebstahl nur ein Scherz war?«

»Ich glaube nicht, daß Ihnen etwas anderes übrigbleibt«, meinte Critch, »solange Arlie und ich sagen, daß es ein Scherz war.«

»Aber sicher«, sagte Arlie mit einem gewinnenden

Lächeln. »Sie werden doch nicht diesem I.K. glauben. Er ist der schlimmste Lügner im ganzen Territory, und das können eine ganze Menge Leute beschwören.«

Thompson sagte, er wolle nicht weiter auf dem Punkt herumreiten; ob das Geld Critch gestohlen wurde oder ob er es Arlie gegeben habe, sei im Grunde nicht von Bedeutung. Der...

»Oh, da muß ich Ihnen widersprechen, Marshal«, unterbrach ihn Critch. »Die Glaubwürdigkeit von I.K. könnte von allergrößter Bedeutung sein. Wenn er einmal gelogen hat, wird er zweifellos auch bei anderen Dingen lügen.«

»Vergessen Sie's«, schnauzte Thompson. »Ich will lediglich wissen, woher Sie das Geld haben – fast siebzigtausend Dollar!«

»Ach, hier ein bißchen, da ein bißchen«, sagte Critch lässig. »Glücksspiel, Baumwollspekulation; solche Sachen.«

»Können Sie das beweisen?«

»Natürlich nicht. Niemand könnte es. Glücklicherweise brauche ich die Herkunft meines Geldes nicht nachzuweisen. Aber ich glaube«, fügte er mit einem hinterhältigen Lächeln hinzu, »ich kann die Glaubwürdigkeit zumindest eines Teils meiner Aussage untermauern, wenn Sie bereit wären, eine Runde Poker mit mir zu spielen.«

Thompson sagte, er sei nicht bereit dazu und es sei auch unnötig. Er wisse bereits, woher Critch das Geld habe; von Ethel und/oder Anne Anderson, alias Big Sis und Little Sis Anderson.

»Hmmm.« Critch runzelte nachdenklich die Stirn.

»Ethel und Anne Anderson. Wo habe ich diese Namen schon einmal gehört?«

»Kommen Sie mir nicht so, Mister! Sie haben das Geld von der einen oder von beiden gestohlen, *und ich kann es beweisen!*«

Früher tat ein Mann das, wozu er das Zeug hatte, dachte Old Ike King, und meist war kein großer Unterschied zwischen den Männern, die er baumeln ließ oder die ihn baumeln ließen, je nachdem, wie das Schicksal es wollte. Meistens steckte nichts Persönliches dahinter, egal um was es ging. Es war einfach eine Frage des Schnappens oder Geschnapptwerdens, des Tötens oder Getötetwerdens. Klar, da gab es Burschen, die heulten und winselten – aber es gab auch Kerle, die in Tränen ausbrachen, wenn man sie mit einem neuen Seil aufhängte. Und, klar, vielleicht hätte man sich gewünscht, daß manches anders aussah, aber es war nun einmal so, und man konnte nichts weiter tun, als auszuhalten und zu hoffen.

Früher, dachte Old Ike King, war ein Freund jemand, den man nie töten würde, auch wenn man die Gelegenheit dazu hatte, und umgekehrt. Ein Freund war jemand, für den man töten würde, und umgekehrt. Ein Freund war jemand, der nie etwas Unrechtes tat, egal was er tat; der bei einem selbst nie etwas Unrechtes fand, egal was man tat.

Die *padres* zum Beispiel waren keine üblen Kerle, auf ihre Art. Aber es war nur natürlich, daß sie manchmal richtig und falsch verwechselten, da sie selten beschossen oder skalpiert wurden, wenn überhaupt. Für sie war es einfach, zu glauben, daß es da einen Burschen mit einem langen grauen Bart gab, der dort droben im Himmel wohnte und auf jeden aufpaßte oder zumindest nicht zuließ, daß man sie tötete, es sei denn, es wäre zu ihrem Besten. Es war einfach für sie zu glauben, daß es eine Hölle tief drunten in der Erde gab und nicht dort, wo sie tatsächlich war, wo man nämlich nicht nach ihr zu graben brauchte.

Auf eine merkwürdige Weise dachten Old Ike King und die *padres* ziemlich ähnlich. Sie glaubten daran, daß der bärtige Alte dort oben im Himmel nie etwas falsch machte, während Ike daran glaubte, daß die Freunde, also jene, die ihm am nächsten standen, nie etwas Falsches taten.

Man mußte einfach an sie glauben, nicht wahr? Sonst würde man verrückt werden, nachdem man jeden Tag hundertmal zu entscheiden hatte, was richtig oder falsch war oder irgendwo dazwischen lag.

Um es auf den Punkt zu bringen, an was *konnte* man denn glauben, wenn nicht an seine Freunde und an seine Familie? Ein Mann, der an ihnen zweifelte und einem Außenstehenden glaubte, mußte ein ganz schön armseliges Arschloch sein…

»…ich fürchte, ich verstehe nicht ganz, Marshal«, sagte Critch gerade. »Sie behaupten, ich hätte das Geld von den Andersons gestohlen, andererseits scheinen Sie keine Vorstellung von dem Betrag zu haben, den die beiden besaßen. Ich hoffe doch sehr, daß dies nicht Ihre übliche Vorgehensweise ist, Sir. Um einen Vergleich zu ziehen: Sie könnten einem Mann Pferdediebstahl vorwerfen ohne einen Beweis, daß das Pferd je existiert hat.«

Verbissen senkte Thompson den Kopf, und sein Gesicht rötete sich. »Wir wissen folgendes«, sagte er. »Die Andersons waren ungefähr zehn Jahre im Geschäft, und in dieser Zeit brachten sie knapp vierzig gutbetuchte Reisende um. Die Annahme ist durchaus berechtigt, daß sich ihre angesammelte Beute auf siebzigtausend Dollar belief.«

»Vielleicht, vielleicht auch nicht.« Critch zuckte die Achseln. »Die Schwestern hatten Unkosten in diesen zehn Jahren. Die Annahme ist durchaus berechtigt, daß sich diese Unkosten auf vierzig- oder fünfzigtausend Dollar beliefen.«

»Ich spreche von dem Nettobetrag! Nach Abzug der Unkosten!«

»Hmmm. Ich nehme an, Sie sind zu Ihrer Einschätzung gelangt, nachdem Sie die verschiedenen Verwandten und Erben der Mordopfer befragt haben? Sie sagten Ihnen, wieviel die Verblichenen vermutlich bei sich hatten?«

»Richtig. Da war ein Mann, der hatte allein fast zehntausend Dollar.«

»Ja? Und wieviel hatten die anderen bei sich?«

»Also, da war einer mit siebentausendfünfhundert Dollar, einer mit über viertausend, ein anderer mit fast achttausend, und ...«

Thompson verstummte und hätte sich am liebsten auf die Zunge gebissen. Insgeheim verfluchte er seinen Neffen, der ihn zu dieser Aktion überredet hatte, die so offensichtlich ein Schuß in den Ofen war.

Critch lachte leise. »Nun, Marshal? Wenn die Männer, die Sie erwähnt haben, typische Beispiele sind, müssen die Schwestern eher eine halbe Million kassiert haben als siebzigtausend. Was, glauben Sie, ist mit dem Rest passiert?«

»Werden Sie nicht frech, junger Mann!«

»Das würde mir nicht im Traum einfallen, Sir. Sie stecken auch so schon genug in Schwierigkeiten. Ich vermute, die Erben von praktisch allen vermißten Personen im Land werden behaupten, daß ihre Lieben von den Andersons ermordet wurden und daß die besagten Lieben zum Zeitpunkt ihres Ablebens beträchtliche Vermögenswerte bei sich getragen haben. Wenn alle diese Ansprüche geltend gemacht und gerichtlich anerkannt sind, natürlich ohne daß jemand zufriedengestellt wird, dann fürchte ich, daß Sie und die Leute, von denen Sie in Ihr Amt eingesetzt wurden, eines gemein haben, was Sie im Moment noch nicht haben. Sie alle wünschen sich dann, tot zu sein.«

Der Marshal knurrte ärgerlich und räumte insgeheim ein, daß Critch vermutlich recht hatte. Auf jeden Fall hatte er nicht die Absicht, das herauszufinden, indem er Anklage gegen den jungen King erhob. Es gab schlicht und einfach keine gesicherten Erkenntnisse, die eine Verhaftung rechtfertigen würden. Keinen Beweis, daß die Andersons etwas Stehlenswertes besaßen oder daß Critch es gestohlen hatte.

Critch hingegen war keineswegs so selbstsicher, wie er sich gab. Er wagte es immer noch nicht, seinen Vater anzusehen. Und Old Ike hatte bis jetzt kein Wort gesprochen noch auf andere Art erkennen lassen, wie er über die Sache dachte. Daß er wissen mußte oder ziemlich überzeugt war, daß das Geld gestohlen war, schien sicher. Und ob das Gesetz, wie es von Marshal Thompson vertreten wurde, das beweisen konnte oder nicht, spielte für ihn keine Rolle. Old Ike war sein eigenes Gesetz. Er richtete selbst.

»Nun, Marshal?« Critch lehnte sich an die Bartheke, um seinen verletzten Fuß zu entlasten. »Ich glaube, ich habe alles gesagt, was es zu sagen gibt. Wollen Sie mich immer noch verhaften?«

Thompson schüttelte den Kopf, sagte, er habe nie im Leben jemanden verhaften *wollen*. »Nein, ich werde Sie nicht verhaften. Tatsächlich bin ich nicht in der Hoffnung oder mit der Absicht hierhergekommen, das zu tun. Ich bin vermutlich nicht so vertraut mit dem Strafgesetzbuch und den Vorschriften über Beweisführung, wie Sie es zu sein scheinen. Aber ich bin genügend bewandert, um zu wissen, wann ich einen hieb- und stichfesten Schuldvorwurf gegen einen Mann habe und wann nicht – und in diesem Fall habe ich ihn offensichtlich nicht. Natürlich habe ich gerade das Äußerste versucht. Aber der eigentliche Grund meines Besuchs – ich glaube, ich habe es schon erwähnt, nicht wahr? – ist Mord.«

»Mord?« Critch blinzelte irritiert. »Was für ein Mord?«

»Der Mord an Ethel (Big Sis) Anderson.«

»Aber das ist Blöds...!« Critch brach ab und beschäftigte sich angelegentlich mit seinem Zigarillo. Gewann ein paar Sekunden zum Nachdenken.

Irgend etwas stimmte hier nicht, irgend etwas an Thompsons Ton und Haltung paßte nicht. Ein Mordvorwurf hätte logischerweise Vorrang vor allem anderen, warum also...? Egal, dachte Critch, egal. Die Frage war, wie konnte er das zu seinem Vorteil nutzen? Um das Wohlwollen seines Vaters zurückzugewinnen.

»Nun, Marshal...« Er zuckte die Achseln. »Wenn Sie mich des Mordes beschuldigen wollen...«

»Ich weiß nicht, ob ich das tun werde. Vielleicht beschuldige ich statt dessen Arlie.«

Mit einem kalten Grinsen wandte er sich zu Arlie um, der gerade einen Schluck Whiskey trank. Arlie verschluckte sich, spuckte Whiskey und Speichel und stieß einen entrüsteten Schrei aus.

»Das ist eine gottverdammte Lüge! Ich habe diese Frau nicht umgebracht!«

»Ach?« Der Marshal zog die Brauen hoch. »Wenn du es nicht warst, dann hat es Critch getan. Ich weiß, daß einer von euch schuldig ist. Sehen Sie, meine Herren...«

Big Sis war am gestrigen Nachmittag umgebracht worden, so lautete seine Erklärung. In der Nähe der Blockhütte, in der sich Critch angeblich von seinen Verletzungen erholte. Arlie war ebenfalls in dieser Gegend und zu diesem Zeitpunkt gesehen worden und hätte, wie Critch, Gelegenheit gehabt, den Mord zu begehen... *zu dem es einen Augenzeugen gab!* Der Augenzeuge war jedoch ein Stück entfernt gewesen und konnte nur sagen, daß einer der Brüder den Mord begangen hatte – aber nicht, welcher. Also...

»Das ist überhaupt kein Problem«, sagte Critch gelassen. »Ich bin schuldig, Marshal.«

»Ist das ein uneingeschränktes Schuldbekenntnis?« fragte der Marshal. »Sie möchten es sich nicht noch einmal überlegen?«

»Überlegen? Was denn?«

»Die Tatsache, daß mein Augenzeuge dazu neigt, eher

Arlie als Sie für den Mörder zu halten. Okay, Sie waren zum Zeitpunkt des Mordes ganz in der Nähe. Sie können den Mord beobachtet haben. Und wenn Sie die Aussage meines Zeugen bestätigen können…«

»Marshal!« Critch bedachte ihn mit einem entrüsteten Blick. »Sie wollen doch nicht, daß ich meinen Bruder belaste, indem ich Ihnen die Unwahrheit sage?«

»Ich will damit andeuten, daß Sie *jetzt* die Unwahrheit sagen! Daß Sie es tun, um Ihren Bruder zu schützen!«

»Unsinn! Hören Sie, ich habe nichts zu gewinnen, aber alles zu verlieren, wenn ich lüge.« Critch schüttelte den Kopf, ließ ihn schuldbewußt hängen. »So wie die Dinge jetzt stehen, weiß ich, daß mein Vater keine hohe Meinung von mir haben kann. Er wird mich schwerlich als geeignet ansehen, in seine Fußstapfen zu treten. Wenn ich genügend Zeit habe, bin ich vielleicht in der Lage, mich in seinen Augen zu rehabilitieren, aber diese Zeit könnte ich mir nur erkaufen, wenn ich Arlie die Schuld für einen Mord zuschiebe, den ich selbst…«

»Du brauchst mir nichts zuzuschieben!« fauchte Arlie. »Ich tue das selbst. Ich weiß es zu schätzen, Bruderherz, daß du mich decken willst, aber ich werde das nicht zulassen.« Er richtete sich zu seiner vollen Größe auf und streckte die Arme aus. »Legen Sie mir die Handschellen an, Marshal Harry. Ich habe diesen Mord begangen.«

Der Marshal blickte ihn an, schüttelte spöttisch den Kopf. Er habe die Fakten nicht ganz korrekt dargestellt, sagte er. Tatsächlich sei sein Augenzeuge der Meinung, daß Critch der Mörder war. Wenn also Arlie diese Zeugenaussage bestätigen könne…

»Das werde ich nicht!« sagte Arlie verbissen. »Ich hab's getan, und ich nehme die Schuld auf mich.«

»Du hast es nicht getan«, rief Critch. »Ich bin Ihr Mann, Marshal.«

»Ein Arschloch bist du!« – »Ein Arschloch bist du!« schrien die Gebrüder King.

Und als sie streitlustig voreinander standen, mit erhobenen Fäusten, brach der Marshal plötzlich in Gelächter aus. Lächelnd versicherte er ihnen, daß keiner schuldig sei, daß die Person, die Ethel Anderson umgebracht hatte, bereits ein Geständnis abgelegt habe.

»Okay«, fuhr er fort, »ihr habt natürlich ein Recht darauf, zu erfahren, warum ich diesen Hokuspokus veranstaltet habe. Die Antwort ist, daß ich den Eindruck hatte, ihr beide könntet mir eine ganze Menge Ärger verursachen. Und um diesen Ärger zu vermeiden, mußte ich zuerst schwerwiegende Zweifel zerstreuen, die ich bezüglich eures Charakters hatte.«

»Mit dem Charakter meiner Jungs ist alles in Ordnung...« Old Ike sprach zum erstenmal. »Hättest du mich gefragt, würde ich es dir gesagt haben.«

Und Tepaha fügte hinzu, daß Ol' Harry ein Riesenarschloch sei, unfähig zu sehen, was sogar ein Idiot sehen könne.

Der Marshal nickte höflich und entschuldigte sich. »Da ich sie nicht so gut kenne wie ihr beide, habe ich sie als zwei sehr entschlossene, selbstsüchtige junge Männer angesehen. Die durch und durch egoistisch sind und vor nichts zurückschrecken, wenn es um ihren Vorteil geht. Ich bin froh, sagen zu können, daß ich mich geirrt habe.«

Er war keineswegs überzeugt, daß er sich geirrt hatte. Dennoch, es gab immer noch Wunder auf dieser Welt. Und wenn ein Hund böse wurde, weil man Böses zu ihm sagte, vielleicht wurde er dann, wenn man Gutes zu ihm sagte – na ja, zumindest weniger bissig.

»Scheiße«, knurrte Old Ike und erhob sich schwerfällig, zusammen mit Tepaha.

Er ging zur Tür, gefolgt von Tepaha. Ike murmelte von Plänen, die er zu machen habe, und von dem Mangel an Zeit für verfluchte Dummheiten. Er fügte hinzu, daß die Jungs jetzt frühstücken sollten. Dann, nach einer grollenden Pause:

»Du bist auch herzlich zum Essen eingeladen, Harry.«

»Hmmm, ja vielen Dank, Ike...« Der Marshal zögerte. »Wenn du sicher bist, daß es dir keine Umstände macht...«

Ike wischte den Einwand mit einer Handbewegung beiseite und ging zur Tür hinaus. Doch Old Tepaha wandte sich um, und seine Augen blitzten stolz und hoheitsvoll: Er sprach in einer Mischung aus Apache und Spanisch, wie es alle weisen Männer tun, wenn sowohl Feinfühligkeit als auch Nachdruck geboten ist.

»Hat ein Hund den Wigwam von Old Ike King betreten?« erkundigte er sich. »Denn kein Mann würde es wagen, seinem Gastgeber zu unterstellen, so arm an Anstand und Gütern zu sein, daß seine Gegenwart eine Last für ihn wäre.«

»Ich bin kein Hund«, erwiderte Thompson. »Wir haben zusammen geraucht und uns am Feuer des anderen gewärmt, und wir sind Freunde.«

»Dann folge mir!« sagte Tepaha. »Im Wigwam von Old

Ike King gibt es immer Fleisch, an dem jeder Mann sich satt essen kann. Und es gibt immer zu trinken. Mescal und Tequila, und für Ehrengäste den besten Whiskey.«

Der Marshal neigte höflich den Kopf. »Dies habe ich gesehen«, erklärte er.

4

Nachdem das Frühstück beendet und Lebewohl gesagt worden war, ging Marshal Thompson durch das Städtchen King's Junction zur Bahnstation zurück. Bei dem Halbblut erkundigte er sich nach der Ankunftszeit des nächsten westwärts fahrenden Zuges, ging dann den Bahnsteig entlang bis zu seinem Ende und blieb hinter dem Frachtschuppen stehen.

Dort konnte er weder von den Einwohnern des Städtchens noch von dem Stationsvorsteher gesehen werden. I.K. kletterte prompt aus dem Graben neben der Bahntrasse und lief zu ihm. Sein Anzug und der Rest seiner Bekleidung waren neu erstanden, aber niemand hätte ihm das geglaubt, so wie er aussah.

»Wie geht's, wie steht's, Marshal Harry?« sagte er keck. »Wie hängt dein Hammer heute?«

Thompson erwiderte, daß er bei der letzten Inspektion noch ganz befriedigend gehangen habe. Dann schüttelte er ungläubig den Kopf, als er den jungen Indianer von oben bis unten betrachtete.

»Mein Gott, I.K.! Wie kann ein einzelner Mensch so viele Schmutzflecken am Anzug haben?«

»Ho, ho«, lachte I. K. und stieß ihm kumpelhaft den Ellbogen in die Rippen. »Du nix Witze machen, Witzbold. Ich ein Hühnerstallinspektor.« Dann, nach einem mißtrauischen Blick in die Runde, fragte er: »Hast du ihnen Handschellen verpaßt, hä? Zum Bahnhof getrieben wie gottverdammte Schweine?«

Nein, erwiderte der Marshal, er habe nichts dergleichen getan. Und, nein – als Antwort auf die nächste Frage –, er habe ihnen auch nicht den Arsch weggeschossen. I. K. starrte ihn an, tat lautstark und unmißverständlich seine Verwunderung und Mißbilligung kund.

»Was für Scheiß du machen, Ol' Harry? Dieser Critch, er haben zweiundsiebzigtausend Dollar, die er stehlen ...«

»Die er vermutlich gestohlen hat«, unterbrach ihn der Marshal. »Leider kann ich es ihm nicht nachweisen.«

»Aber sicher doch! Wenn Geld nicht gestohlen, wieso er nicht machen Beschwerde bei dir, als Arlie mich Geld von ihm stehlen lassen? Du ihn fragen, Ol' Harry. Du sehen, wie alter Hurensohn sich winden.« I. K. nickte bedeutungsvoll und warf Thompson einen forschenden Blick zu. »Vielleicht besser ich Marshal. Zeigen dir, wie man Job richtig macht.«

Gelassen erwiderte Thompson, daß dies vielleicht gar keine schlechte Idee sei. Als Vorbereitung dazu schlug er dem jungen Indianer vor, zuerst einmal zu lernen, die Wahrheit zu sagen – oder wesentlich besser zu lügen.

»Critch besteht darauf, daß er Arlie das Geld gegeben habe, und Arlie bestätigt das. Da den beiden nie ein Diebstahl nachgewiesen wurde, du aber nach eigenem Eingeständnis ein Dieb bist – und ein Lügner dazu ...«

I.K. stieß einen entrüsteten Fluch aus. »Ich niemals Lüge erzählen, bei Gott! Sag mir einen Fall, wo ich lügen!«

»Jetzt gerade, zum Beispiel. Und gestern nachmittag, als du den Rottenführer veranlaßt hast, mir dieses Telegramm zu schicken.« Der Marshal sah ihn streng an. »Du hättest dich und mich damit ganz schön in Schwierigkeiten bringen können, I.K. Glücklicherweise bekam ich kurz darauf ein Telegramm von einem Constable, der mir sagen konnte, wer die Frau tatsächlich getötet hat.«

»Was?« explodierte I.K. »Wie meinst du das? Ol' Arlie sie töten – genau die Frau, von der du mir Foto zeigen! Hat sie mit Messer zu Tode gestochen!«

»Nein«, sagte Thompson. »Nein.«

»Hmmm... Vielleicht ich machen Fehler. Ich sehen Critch sie erstechen und denken, es war Arlie.«

»Nein. Du hast nichts dergleichen gesehen, weil keiner von beiden sie getötet hat.«

»Bei Gott, ja! Ja, ja, ja!«

Der Marshal sagte, bei Gott, nein, nein, nein! »Die Frau wurde letzte Nacht von einem Farmer namens Gutzmann getötet. Sie hatte in den vergangenen drei Wochen bei ihm gewohnt. Offenbar drehte sie plötzlich durch, und er mußte sie in Notwehr töten.«

»Aber... aber...« I.K. kam plötzlich eine Idee. »Okay, war vielleicht so: Ol' Arlie oder Critch stechen sie, wie ich sagen, bringen sie halb um, dann Ol' Gutzmann...«

»Vollendet die Arbeit?« Thompson schüttelte den Kopf. »Nein, I.K. Sie hatte keine Stichwunden, nicht mal einen Kratzer. Die einzige Verletzung war an ihrem Kopf, wo Gutzmann sie mit einem Beil traf.«

»Aber, bei Gott …«

Sein Mund öffnete und schloß sich hilflos. Er gestikulierte wild, schlug sich mit der Faust in die Handfläche. Erneut versuchte er zu sprechen, und erneut brachte er kein Wort heraus. Schließlich gab er es auf. Akzeptierte fatalistisch die paradoxe Vorstellung, daß er etwas gesehen hatte, was er nicht gesehen haben konnte.

»Bei Gott«, sagte er und blickte über die Eisenbahnschienen hinweg auf die endlose Weite der King-Ländereien. »Ich schätzen, ich ganz schön Scheiße gebaut.«

»Ach, was soll's«, tröstete ihn Marshal Thompson, »wir alle machen Fehler. Der Trick dabei ist, daraus zu lernen und es in Zukunft besser zu machen.«

»Ho, ho, schöne Zukunft ich haben«, sagte I. K. düster. »Ich bleiben hier in Gegend, Old Onkel schneiden mir Eier ab.«

Der Marshal riet ihm, daß es unter diesen Umständen klug sei, nicht in dieser Gegend zu bleiben. »Okay, du scheinst ja ein ganz intelligenter junger Mann zu sein. Genau der Bursche, den ich für einen Job in meinem Büro brauche …«

»Hey, ist gottverdammt tolle Idee, Marshal Harry!« rief I. K. begeistert. »Ich tragen großes Abzeichen, pusten Leuten Arsch weg, ja?«

»Also, nicht ganz. Du wärst mein Chef-Deputy, zuständig für die Besen- und Schrubber-Abteilung. Wärst voll dafür verantwortlich, daß alle Büros saubergehalten werden. Hört sich vielleicht nicht wie ein großartiger Job an, aber es würde dir zum Leben reichen, und außerdem hättest du Gelegenheit, auf die Schule zu gehen.«

»Schule! Hah!« rief I.K.

»Ja, Schule«, sagte Thompson. »Du brauchst das, I.K. Ohne Schule, ohne eine Ausbildung sehe ich nur ein sehr trauriges Leben für dich in Oklahoma.«

I.K. knurrte, warf dem Marshal einen abfälligen Blick zu. Zum erstenmal klang seine Stimme gereizt. »Ich erzählen dir was über Indianer in Oklahoma, Ol' Marshal. Was für ein Leben wir führen werden. Wie du sagen, ich cleverer junger Bursche, ich können dir also verraten...«

»Ja?«

»Nein. Ich dir nur verraten, daß ich schon viel, viel wissen. Ich wissen, wie man spielen, wie man saufen, wie man ficken Frau. Mehr ich nicht brauchen zu wissen.«

»Wie steht's mit lügen?«

»Lügen?«

»Du hast mich verstanden«, sagte der Marshal streng. »Deine Lügen sind keinen Penny wert, richtig? Heute morgen habe ich dich bei zweien erwischt, und ich hab mich nicht mal angestrengt.«

»Aber, verdammt noch mal, ich nicht haben...!« I.K. besann sich, schluckte den Protest hinunter. »Okay«, seufzte er. »Vielleicht ich nicht lügen so gut. Ol' Critch und Arlie, sie vielleicht lügen verflucht besser, ehrlich.«

»Schön, schön.« Der Marshal breitete die Hände aus. »Also, was ist, junger Freund?«

»Hmmm... Ich lernen, wie man gut lügen in Schule?«

»Ja, wo willst du es denn sonst lernen?« sagte der Marshal lässig.

»Ich lernen von erstklassigen Lügenbüchern? Büchern voll mit gottverdammten Lügen?«

»Überzeug dich selbst.« Der Marshal zuckte die Achseln.

»Bei Gott, ich es tun! Wir schütteln Hand darauf, Marshal Harry, ja?«

Er streckte ihm seine schmutzverkrustete Hand hin.

Thompson betrachtete sie und ersetzte diplomatisch seine eigene Hand durch eine Zigarre.

»Rauch die Zigarre«, sagte er und hielt ihm ein Streichholz hin. »Auf deine glorreiche Zukunft als der größte Lügner in Oklahoma.«

I.K. stieß eine mächtige Qualmwolke aus. Bedachte Thompson mit einem listigen, wissenden Grinsen.

»Du nix Witze machen, Witzbold«, sagte er. »Ich ein Hühnerstallinspektor.«

5

Es war noch vor Tagesanbruch, als sich der alte Ike King, nach einer unruhigen, schlaflosen Nacht, mühsam aus dem Bett erhob und sich ankleidete. Es war August, und in der Nacht war es drückend heiß gewesen, dennoch konnte er nicht die Hitze für seine Schlaflosigkeit verantwortlich machen. Zum Teufel, Hitze hatte ihm nie etwas ausgemacht, so wenig wie Kälte. Ihm nicht *wirklich* etwas ausgemacht, das heißt, bis letztes Jahr oder so. Also war es offensichtlich etwas anderes, was ihm zu schaffen machte.

Ein Gefühl, daß alte Feuer sich in seinem Magen entfacht hatten, daß seine Lungen an dem Rauch fast erstickten.

Ein Gefühl, daß sein Herz, trotz des zunehmend heftiger werdenden Pochens, jeden Moment aufhören könnte zu schlagen.

Er kleidete sich fertig an, setzte sich dann aufs Bett, um zu verschnaufen. Nach einer Weile stand er wieder auf, schlurfte zur Tür und trat auf den Korridor hinaus.

Er und Tepaha trafen sich an der Treppe, und sie gingen gemeinsam in die Bar hinunter. Bei starken Drinks knurrten und murrten sie miteinander, und Tepaha gestand, daß auch er schlecht geschlafen habe. Im Gegensatz zu Ike hatte er jedoch die Ursache dafür herausgefunden.

Es waren die Küchensquaws. Das Alter hatte sie schlampig und nachlässig werden lassen, so daß das beste Essen in ihren Händen zu Pfusch wurde. Das wiederum sorgte für einen derartigen Aufruhr im Magen, daß das Getöse Schlaf unmöglich machte. Tatsächlich sei es ein Glück, daß er wach geblieben war, denn andernfalls wäre er vielleicht an dem üblen Fraß der Squaws gestorben.

Ike sagte, er stecke voller Scheiße.

»Critch ißt das Zeug seit sechs Monaten, nicht wahr? Ein piekfeiner junger Mann, der immer nur in den besten Restaurants gegessen hat. Er sagt, das Essen ist gut, und ich schätze, er weiß es besser als so ein dummer alter Bastard wie du.«

Tepaha sagte, Ike stecke voller Scheiße.

»Scheiße«, sagten sie im Chor und funkelten einander an. Dann gingen sie zusammen frühstücken.

Sie aßen erheblich mehr als sonst – Ike, um zu zeigen, daß er Tepahas Meinung geringschätzte; Tepaha, um zu zeigen, daß er ebenso robust war wie Ike.

Dann, nachdem Ikes Söhne und Tepahas Enkelinnen zu ihrer täglichen Runde aufgebrochen waren, kehrten die beiden alten Männer in die Bar zurück.

Sie tranken noch einige Gläser, nickten sich gelegentlich zu, sprachen jedoch kaum ein Wort. Nach einem ungewöhnlich langen Schweigen sagte Tepaha, es sei Zeit für ihren Spaziergang, doch Ike erklärte mit Entschiedenheit, sie seien gerade erst davon zurückgekehrt.

»Versuchst mich reinzulegen, was?« höhnte er. »Meinst, ich wüßte nicht mehr, was ich tue?«

Tepaha setzte zu einer geharnischten Antwort an, schluckte sie dann jedoch hinunter nach einem forschenden Blick in das Gesicht seines alten Freundes.

»Du bist zu schlau für mich, Old Ike«, sagte er, konnte sich allerdings einen kleinen Seitenhieb nicht verkneifen. »Zu dumm, daß du bei deinem Creek-Nigger-Weib nicht so schlau warst.«

»Zum Teufel«, grollte Ike, »daß sie eine Creek war, macht sie noch nicht zum Nigger. Neunundneunzig zu eins, daß sie kein Nigger war. Ich hab sie damit nur aufgezogen.«

»Klar. Ich auch nur machen Spaß«, sagte Tepaha.

Ike nahm noch einen tiefen Zug, verspürte ein Drücken und Brennen im Magen. Er fuhr sich mit der Hand über die Stirn, wischte den kalten Schweiß weg, und dann nahmen seine Züge allmählich einen verschmitzten Ausdruck an.

»Gottverdammich«, sagte er lachend, »der Teufel soll mich holen, wenn ich sie nicht zum Narren gehalten habe.«

»Wie? Was du sagen, Old Ike?« erkundigte sich Tepaha.

Ike grinste nur und gab keine Antwort.

Dann sprach er von den guten alten Zeiten, als sie noch jung waren und zusammen vor einem mexikanischen Exekutionskommando geflohen waren.

»Die Jungen heute haben nicht mehr den Mumm, wie wir ihn hatten, Tepaha. Sperr sie ein und sag ihnen, daß sie am nächsten Morgen erschossen werden, und sie spielen wahrscheinlich die ganze Nacht an ihren Piephähnen rum.«

»Jungen taugen nichts«, pflichtete Tepaha bei.

Ike trank noch einen gewaltigen Schluck. Er brauchte ihn, um die Wirkung des ersten auszugleichen. Egal warum, auf jeden Fall brauchte er ihn.

Tepaha fragte ihn, wie es gekommen sei, daß er damals in Mexiko war. Ike sagte, daran sei gar nichts Ungewöhnliches.

»Schätze, ich war ungefähr zwölf, als ich von Louisiana abgehauen und nach *Tejas* gegangen bin. Hatte so gut wie nichts mit, außer meinen Kleidern und diesem fünfschüssigen alten Collier. Hast du schon mal einen Collier gesehen? Also, das waren Steinschloßpistolen, und sie wurden ungefähr ab 1810 hergestellt. Ich weiß nicht, ob sie jemals offizielle Armeewaffen waren, aber dieser Blaurock hatte eine, und…«

Seine Stimme erstarb, aber seine Lippen bewegten sich weiter. Erzählten lautlos einen Teil der Geschichte, den sein Geist für sich behalten wollte. Dann, nach zwei oder drei Minuten, war er wieder zu verstehen.

»…war nicht übel in der Mission, aber mehr als zwei Jahre hab ich's nicht ausgehalten. Es war einfach nichts los; und wenn was los war, unterbanden es die *padres*, und die

Missionsindianer gefielen mir auch nicht. Ich meine, Tepaha, was war denn das für ein Leben für einen Indianer, nur da rumzuhängen und sich sagen zu lassen, was er zu tun hatte und wann er es tun durfte. Ich sage nicht, daß die *padres* sie schlecht behandelt hätten, aber...«

»Padres hätten verprügeln sollen ihre roten Ärsche«, sagte Tepaha verächtlich. »Missionsindianer – gottverdammte Suppenindianer! Singen, beten, kriegen vielleicht große Schüssel Suppe. Scheiße!«

»Ja, so hab ich das auch gesehen«, fuhr Ike fort. »Also, erwachsener Mann, fünfzehn und ein bißchen, da bin ich nach Mexiko gegangen, was ja gerade über die Grenze war. Hab mir eins von den Missionspferden geborgt, damit ich überhaupt vom Fleck kam, und als das zuschanden geritten war, hab ich mir Pferde von den *Mejicanos* geborgt. Hab mir auch ein paar andere Dinge geborgt, wie zum Beispiel ein bißchen Geld hier und da, damit ich in den *cantinas* was zum Ausgeben hatte. Na ja, und schließlich landete ich in dem Gefängnis, wo du auch warst...«

Er betrachtete sein leeres Glas, schob es beiseite. Er griff nach der Flasche und trank daraus – trank, bis Tepaha sie ihm behutsam aus der Hand nahm.

»Du sagst, du bist von Louisiana losgezogen, Ike. War das deine Heimat?«

»Florida!« brüllte Ike unvermittelt. »Kannst du denn nichts behalten?«

»Florida ist Heimat von Seminolen«, sagte Tepaha. »Fast das gleiche wie Creek.« Und nach einer Pause fragte er: »Du Teilseminole, Ol' Ike, wie kommt's, daß du dich in Louisiana rumtreiben?«

Er konnte sich seine Neugier selbst nicht erklären. In all den Jahrzehnten, die sie zusammen gewesen waren, hatte er kaum einen Gedanken an die Herkunft seines Freundes verschwendet. Doch jetzt war die Sache unerklärlicherweise von großer Wichtigkeit für ihn

»...bin kein Teilseminole!« fauchte Ike. »Auch nicht Creek oder Cherokee oder Choctaw oder Chickasaw. Aber als sie angefangen haben, die Stämme auf den Trail zu schicken... um 1930 war das für meine Leute...«

Wie zuvor bewegten sich seine Lippen, ohne daß ein Laut zu hören war. Wieder ließ er das aus, was sein Geist für sich behalten wollte oder was zu schmerzhaft war, um es zu erzählen. Doch Old Tepaha konnte vieles von dem, was fehlte, ergänzen.

Die Fünf Stämme hatten große Teile des fruchtbarsten Landes im Süden besessen. Fleißig, geschickt und gebildet, waren sie dem wachsenden Neid ihrer weißen Nachbarn ausgesetzt. Und als die weiße Bevölkerung wuchs, wuchs auch der Druck auf den Kongreß...

Der erzwungene Exodus der Fünf Stämme aus ihren Stammesgebieten war eines der schmachvollsten und weitgehend totgeschwiegenen Kapitel in der amerikanischen Geschichte. Entwurzelt, zu Tausenden und Abertausenden, wurden sie nach Nordwesten in eine Wildnis jenseits des Arkansas getrieben, wo sie ihre eigenen Territorien haben und für immer in Freiheit leben sollten. Dort würden sie natürlich viel »glücklicher« leben. Es war »zum Besten« des roten Mannes.

Die unfreiwillige Auswanderung begann in den zwanziger Jahren des neunzehnten Jahrhunderts und endete gut zwanzig Jahre später. Viele, die sich auf die Reise begeben hatten, kamen niemals an. So entsetzlich viele, daß die Route, die sie entlanggetrieben wurden, unter dem Namen »Der Trail der Tränen« in die Geschichte einging.

Die weiße Regierung erlaubte den Indianern großzügig, alle ihre Besitztümer in die neuen Siedlungsgebiete mitzunehmen. Alles – einschließlich ihrer Negersklaven. Und damals wie heute galt jeder als Neger, der Negerblut in sich hatte, egal wie gering der Anteil...

Tepaha warf Ike einen scharfen Blick zu – der ihm natürlich gar nichts verriet. Zögernd fragte er: »Du Junge von Sklavenaufseher, Old Ike? Vielleicht Sohn von Blaurock?«

»Wer zum Teufel sagt das?« erwiderte Ike finster. »Und was spielt das für eine Rolle?«

Tepaha zuckte die Achseln, sagte, natürlich sei es nicht wichtig. »Ich habe nur gefragt, Old Ike. Du sagen, du kein Indianer. Kein Seminole, kein Creek, kein...«

»Gottverdammich!« Ike brach in brüllendes Gelächter aus. »Gottverdammich, wenn ich sie nicht richtig gut zum Narren gehalten habe!«

Sein Lachen wurde lauter, heftiger. Er begann am ganzen Körper zu zittern, die Augen traten ihm hervor, die Adern im Nacken waren dick geschwollen. Er hustete, rang keuchend nach Atem, aber das Lachen wollte nicht aufhören. Seine Augen fanden die von Tepaha, luden ihn ein, an dem Witz seiner Herkunft teilzuhaben – und an dem nahe bevorstehenden Witz, dem größten, schlimmsten Witz von allen. Dann, ganz langsam, erhob er sich von seinem Stuhl und richtete sich majestätisch auf.

»Ich bin Old Ike King«, sagte er auf Apache. »Löwen

fliehen beim Klang meines Namens, und gewaltige Bären kriechen im Staub vor mir und lecken mir die Eier, aus Angst, daß ich sie mit einem Stöckchen züchtige. In meinem Wigwam gibt es immer Fleisch, und...«

Sein schwerer Körper stürzte zu Boden und ließ das ganze Haus erbeben.

Die Küchensquaws kamen herbeigerannt und stießen verwunderte und entsetzte Schreie aus. Doch Tepaha stampfte mit dem Fuß auf, fluchte schrecklich und vertrieb sie aus dem Zimmer. Denn das hirnlose Schnattern von Squaws kriecht wie Maden durch das Ohr eines Mannes in sein Gehirn und richtet dort eine solche Verwüstung an, daß seine eigene Rede ebenfalls schwachsinnig wird. Dies ist wohlbekannt.

Tepaha sank auf die Knie neben seinem gestürzten Freund. Er sagte, na los, Old Ike, es ist Zeit, Pläne zu machen – und er legte sich einen Arm von Ike um die Schultern und faßte ihn um den Rücken. Und langsam, Stück für Stück erhob er sich. Und zog wundersamerweise den toten Mann mit empor.

Taumelnd, die Knie einknickend unter dem schrecklichen Gewicht, steuerte er auf die Treppe zu. Denn sie waren Brüder, und er war Tepaha, Old Ike Kings *vaquero*-Häuptling.

Er schaffte es bis zum Treppenaufgang, tastete mit dem Fuß nach der ersten Stufe und fand sie. Nach mehreren Versuchen gelang es ihm, auch den zweiten Fuß nachzuziehen. Dort stand er, keuchend, und ein dumpfes Rasseln erfüllte seine Brust, seine Augen waren vom Schweiß fast geblendet.

»Bei Gott«, murmelte er, und sein Herz schlug donnernd wie eine Kriegstrommel. »Du ein verdammt schwerer Hundesohn, Old Ike...«

Er bekam den Fuß auf die nächste Stufe, wollte den anderen Fuß nachziehen. Doch etwas war mit der Treppe passiert, etwas so Seltsames, daß er vor Staunen erstarrte. Konnte nur zusehen, wie sie sich langsam drehte, sich dann allmählich neigte, bis er die Decke sehen konnte.

Von irgendwo war ein mächtiges Krachen zu hören. So laut, daß sein Widerhall gar nicht enden wollte. Da war ein Augenblick unglaublichen Schmerzes, und dann ein Gefühl der Wonne, wie Tepaha es nie für möglich gehalten hätte.

»Bei Gott, wir haben es geschafft, Old Ike«, dachte er stolz.

Die Küchensquaws kamen erneut angerannt, und jetzt war ihr Geschnatter und Geheule so schlimm, daß es das Hirn des weisesten Mannes zerstört hätte. Doch Tepaha hatte bereits seine Ohren vor ihnen verschlossen.

Für immer.

Epilog

Der räudigste aller Hunde darf den erhabensten aller toten Männer anpinkeln...

Dies ist wohlbekannt.

Arlie kommentierte diese Tatsache an einem Sonntagnachmittag im Herbst, als die beiden Brüder, begleitet von Joshie und Kay, die letzte Ruhestätte von Old Tepaha und Old Ike besuchten. Die beiden Männer waren nicht im verachtenswerten Stil der Weißen begraben worden – denn warum sollten sie? Statt dessen waren ihre vollständig bekleideten Körper in eine bequeme sitzende Position gebracht und dann mit Steinen bedeckt worden, in der Form eines indianischen *wickiup*. So waren sie geschützt vor den Zähnen der Nagetiere, aber nicht völlig abgeschlossen von den Elementen, mit denen sie schließlich ihr ganzes Leben verbracht hatten und die sie möglicherweie auch im Tode brauchten (was ja niemand genau wissen konnte). Das letztere war vielleicht der Auslöser für Arlies Bemerkungen an diesem Sonntagnachmittag.

»Hab mal eine Geschichte gehört über einen Osage, der in einem *wickiup* beerdigt worden war. Anscheinend hatte er mehrere Hündinnen besessen, und ihr Geruch hing noch an seinen Kleidern. Natürlich kamen alle Hunde aus der Umgebung und pinkelten auf sein Grab. Nun war er aber, wie sich herausstellte, nicht wirklich tot, sondern nur scheintot, und diese ganze Hundepisse sickerte ins Innere und weckte ihn wieder auf. Er grub sich durch die Steine und ging in sein Dorf zurück. Aber das war eine ganz komische Sache, Critch – weißt du, was passiert ist?«

Critch nickte lächelnd, da er die Geschichte auch gehört hatte: Kein anderer Indianer wollte mit dem Mann sprechen, jeder behandelte ihn wie Luft, sogar seine eigene Frau, wenn er Verkehr mit ihr hatte. Für die Indianer war ein Mann, der gestorben war, ein für allemal tot, und diese Kreatur, die da zu ihnen zurückgekehrt war, war nur ein böser Geist.

»Hmmm« – Arlie warf einen letzten kritischen Blick auf die Gräber. »Fehlt nur noch eines, würde ich sagen. Da sollte ein Kriegsspeer zwischen ihnen stecken, mit einem Skalp daran. Irgendwie fehlt das«, fügte er hinzu, mit einem Seitenblick auf seinen Bruder. »Critch, es würde dir doch nichts ausmachen, wenn ich mal nachts in dein Zimmer schleiche und mir ein paar Haare hole?«

»Mir nicht«, erwiderte Critch. »Aber dir würde es hinterher eine Menge ausmachen.«

Arlie lachte und schlug seinem Bruder auf die Schultern. Sie wandten ihre Pferde und machten sich auf den Rückweg, gefolgt von den Mädchen.

Unterwegs hatte Arlie ein ernstes Gespräch mit seinem Bruder. »Ist ein bißchen spät, dir zu danken, Critch, aber lieber spät als gar nicht. Jedenfalls bin ich dir sehr verbunden, daß du dem Marshal nicht gesagt hast, wem ich dieses Geld geklaut habe.«

»Ach, das ist in Ordnung«, erwiderte Critch leichthin. »Mach dir keine Gedanken.«

»Andererseits«, fuhr Arlie nachdenklich fort, »habe ich wohl *dir* einen Gefallen getan, indem ich dem Marshal nicht sagte, daß ich es dir gestohlen habe. War ja nicht ganz leicht zu erklären, wo es herstammte.«

»Aber ich habe es erklärt, lieber Bruder. Ich habe zugegeben, daß es mir gehörte.«

»Ja, klar. Nachdem du Zeit hattest, dir eine passende Erklärung auszudenken.«

»Warum einigen wir uns nicht auf folgendes«, schlug Critch vor. »Du schuldest mir nichts, und ich schulde dir nichts.«

Arlie zögerte, schüttelte dann den Kopf. Sagte, seiner Ansicht nach schulde ihm Critch sehr wohl etwas. »Denk doch dran, wie ich mich vor dich gestellt habe, als der Marshal dir den Mord an Big Sis anhängen wollte. Habe behauptet, daß ich es gewesen sei, nicht wahr?«

»Ja und?« sagte Critch. »Das gleiche habe ich doch für dich getan.«

»Ja, klar. Weil du dich vor Pa in ein günstiges Licht rücken wolltest! Ich weiß das, weil ich... äh... Jedenfalls hast du verdammt genau gewußt, daß du kein Risiko eingingst mit deinem Geständnis. Wenn Marshal Harry auch nur den geringsten Beweis gehabt hätte, hätte er uns verhaftet, statt stundenlang rumzuschwätzen!«

Die Brüder starrten einander an. Ein spöttisches Lächeln spielte um Critchs Lippen, und Arlie bekam einen roten Kopf.

»Wie du gesagt hast, Brüderchen«, meinte er mit einem betretenen Grinsen, »du schuldest mir nichts, und ich schulde dir nichts. Wir haben beide versucht, bei Pa Punkte zu sammeln. Wir wußten beide, daß uns nichts passieren konnte, wenn wir den Mord gestanden. Ich schätze, wir sind uns so ähnlich, daß wir, äh…«

Er verstummte und warf seinem Bruder einen langen, forschenden Blick zu. Dann erkundigte er sich, ob er eine offene Frage stellen dürfe.

»Aber selbstverständlich«, sagte Critch.

»Ja, also… sag mal ganz ehrlich, wie stehst du zu mir? Ich meine, hättest du die Ranch lieber allein für dich? Wenn du es leicht und gefahrlos arrangieren könntest, meine ich?«

»Ich stelle dir eine Frage«, sagte Critch. »Die gleiche.«

»Würdest du mir glauben, wenn ich dir antworte?«

»Würdest du *mir* glauben, wenn ich darauf antworte?« sagte Critch.

Arlie blickte ihn finster an. Doch dann fing er an zu grinsen und brach in schallendes Gelächter aus.

»Zum Teufel, Brüderchen! Eines ist mal sicher!«

»Und das wäre?«

»Wir schuften uns auf dieser Ranch vielleicht zu Tode, aber langweilig wird es uns nie werden! Nein, Sir, du und ich, wir werden keine einzige langweilige Minute haben!«

Critch lachte beifällig.

Als sie weiterritten durch den herbstlichen Nachmittag, fingen Joshie und Kay, die sich die ganze Zeit brav und sittsam verhalten hatten, plötzlich an zu kichern, so laut, daß die beiden Männer es hören konnten. Arlie versuchte eine strenge Miene aufzusetzen – schließlich war er jetzt das Familienoberhaupt. Als ihm das kläglich mißlang, sprach er tadelnd zu seinem Bruder.

Die Squaws würden langsam aufmüpfig, erklärte er, und das sei hauptsächlich Critchs Schuld. Denn bei einer Squaw mit einem Mann und einer anderen ohne Mann wüßte man nie, was passieren könnte. Und was, verdammt noch mal, sei denn mit Critch los, daß er Joshie nicht heirate?

»Wozu die Eile?« Critch zuckte die Achseln. »Irgendwann werde ich das schon tun.«

»*Irgendwann?* Was ist denn das für eine Antwort? Du magst sie doch, nicht wahr?«

»Sehr. Ich denke, sie ist die entzückendste Frau, die mir je begegnet ist.«

»Na also, sie ist auch ganz verrückt nach dir. Also heirate sie, verdammt noch mal! Sie braucht einen Mann, und du brauchst eine Frau.«

»Oh«, sagte Critch unschuldig, »du meinst, wir brauchen uns, um miteinander zu schlafen? Deswegen sollen wir heiraten?«

Ja klar, meinte Arlie, was denn sonst, und fügte hinzu, er sei höchst besorgt über die sexuelle Enthaltsamkeit seines Bruders. »Es ist einfach nicht normal für einen Mann, wenn er es nicht regelmäßig kriegt«, erklärte er düster. »Und für eine Squaw ist es auch nicht gut. Mich überläuft richtig eine Gänsehaut, wenn ich mir vorstelle, was passieren kann, wenn ihr zwei nicht bald miteinander bumst. Vielleicht werdet ihr beide wahnsinnig.«

»Du meine Güte!« sagte Critch. »Das können wir aber nicht zulassen, oder?«

Er blickte über die Schulter zurück und winkte. Die beiden Mädchen kamen sofort herangeritten, und Critch hob Joshie aus ihrem Sattel und setzte sie vor sich aufs Pferd.

Sie kuschelte sich vergnügt an ihn und gab ihm die Zügel ihres Pferdes. Während Arlie entgeistert glotzte, schlug Critch vor, sein Bruder und Kay sollten einen langen Ritt machen, da er und Joshie private Geschäfte im Hotel zu erledigen hätten.

»Normalerweise erledigen wir das nachts«, erklärte er, »aber bis dahin ist es noch lange hin, und wir können nicht mehr warten. Du hast doch hoffentlich nichts dagegen... großer Bruder?«

Arlie schluckte, zog ein finsteres Gesicht. »Also, jetzt hör mal...«, begann er. »Was zum Teufel geht hier vor? Und was für krumme Geschäfte sind das überhaupt?«

»Nun ja...« Critch zog belustigt die Brauen hoch. »Sagen wir einfach, ich will niemanden behumsen, aber was wir vorhaben, reimt sich darauf.«

Joshie fing wieder an zu kichern und drückte sich zärtlich an ihn. Kay warf Arlie einen resignierten Blick zu und verdrehte die Augen.

»Oh, Mann«, seufzte sie, »du ganz schöner Dummkopf, Ol' Ehegatte.«

»Aber... aber... Gottverdammich!« Hilflos blickte Arlie von seiner Frau zu Critch und Joshie. »Ich meine, wie... was... zum Teufel...!«

Er blinzelte. Schüttelte heftig den Kopf wie ein Mann, der sich von einem kräftigen Boxhieb erholt. Als Critch und Joshie langsam davonzogen, machte Arlie den kläglichen Versuch, seine Stimme unbekümmert klingen zu lassen.

»Reite sie behutsam, kleiner Bruder! Leg die Sporen ab, bevor du in den Sattel steigst!«

»Laß die Sporen an«, rief Kay. »Laß Ol' Joshie bocken!«

»Ich bocken auch so!« schrie Joshie zurück. »Ol' Critch, er verdammt viel Mann!«

Jim Thompson im Diogenes Verlag

»Thompsons Romane sind so rabenschwarz wie die Seelen seiner Helden. Die Sprache ist dem Inhalt angepaßt: kurz, hart, lakonisch. Pflichtlektüre für Anhänger des Hard-boiled-Krimis.« *Kölner Stadtanzeiger*

»Thompson macht kein Hehl daraus, daß er mit der Weltsicht seiner Helden zutiefst übereinstimmt. Das Land der unendlichen Möglichkeiten: In seinen Romanen ist es ein einziges Nest von beschränkten, gefräßigen, geilen Provinzlern, die Zeit der Depression zur Ewigkeit geworden.« *Der Spiegel, Hamburg*

Der Mörder in mir
Roman. Aus dem Amerikanischen von Ute Tanner und Ulrike Wasel

Getaway
Roman. Deutsch von Günther Panske und Klaus Timmermann

Gefährliche Stadt
Roman. Deutsch von Ute Tanner und Werner Rehbein

After Dark, My Sweet
Roman. Deutsch von Andre Simonoviescz

Eine klasse Frau
Roman. Deutsch von Andre Simonoviescz

Zwölfhundertachtzig schwarze Seelen
Roman. Deutsch von E. R. von Schwarze und Andre Simonoviescz. Nachwort von Wolfram Knorr

Revanche
Roman. Deutsch von Andre Simonoviescz

Muttersöhnchen
Roman. Deutsch von Andre Simonoviescz

Kill-off
Roman. Deutsch von Andre Simonoviescz

Es war bloß Mord
Roman. Deutsch von Thomas Stegers

Kein ganzer Mann
Roman. Deutsch von Thomas Stegers

Der King-Clan
Roman. Deutsch von Michael Georgi

Ein Satansweib
Roman. Deutsch von Andre Simonoviescz

Jonathan Latimer im Diogenes Verlag

»Auf die Frage, was er denn von Beruf sei, antwortet der Hallodri: ›Für die Welt bin ich ein einfacher Geschäftsmann. Tatsächlich aber bin ich ein großer Detektiv.‹ Stimmt, auch wenn er natürlich das schwarze Schaf aus der illustren Familie der Spürnasen ist. Aber sind sie nicht alle ein bißchen meschugge, diese Sherlock Holmes, Hercule Poirots, Miss Marples, Nero Wolfes, Perry Masons, bis hin zu Sam Spade und Philip Marlowe? Diese Eierköpfe und einsamen Wölfe, die die kranke bürgerliche Gesellschaft von ihren Geschwüren zu befreien versuchen?
Latimers Romane, die mit rasantem Tempo ablaufen und voll leichtfüßiger Pingpong-Dialoge sind, mehr mit Ben Hecht und Frank Capra zu tun haben, waren nie so recht akzeptiert im Krimi-Kanon. Hoffentlich werden bald alle ins Deutsche übersetzt. Sie haben es verdient, denn sie sind von zeitlosem Witz.«
Wolfram Knorr/Die Weltwoche, Zürich

Leiche auf Abwegen
Roman. Aus dem Amerikanischen von Ulrike Wasel und Klaus Timmermann

Wettlauf mit der Zeit
Roman. Deutsch von Nikolaus Stingl

Mord bei Vollmond
Roman. Deutsch von Kurt Bracharz

Rote Gardenien
Roman. Deutsch von Walter Kolbenhoff

Salomons Weinberg
Roman. Deutsch von Kurt Bracharz

Den Toten ist's egal
Roman. Deutsch von Helmut Gerstberger

Verbotener Dschungel
Roman. Deutsch von Ulrike Wasel und Klaus Timmermann

Der enthauptete Großonkel
Roman. Deutsch von Andre Simonoviescz

Die falsche Nonne
Roman. Deutsch von Irene Holicki